경영처세학으로 본

인물 삼국지

자유토론 편집부 평역

주식회사 자유지성사

책머리에

세간에는 '삼국지'라는 타이틀을 달고 나타난 책들이 무수히 많다. 그만큼 삼국지는 불멸의 명작임에는 틀림이 없다. 하지만 인물 분석에 대해서는 소홀한 편이다. 그래서 우리는 그저 유비는 현군이고, 조조는 간웅이다, 하는 식의 작가 시선으로 쓰여진 내용만을 아무런 비판없이 받아들이고 있을 따름이다.

삼국지가 수험생이나 직장인들에게 필독서처럼 여겨지고 있는데 비해 삼국지를 통해 얻어낸 효과는 그다지 크지 않다고 해도 과언은 아닐 것이다. 바로 '내가 판단한 삼국지'가 아닌, 작가 나관중이 쓴 '소설 삼국지'만을 읽었기 때문이다.

유비는 개인적인 의리를 위해서 싸우다 죽고 나라까지 망친다. 끝까지 촉한의 운명에는 관심이 없고 그저 도원결의만 생각했다. 자신의 몸이 얼마나 중요하고, 백성의 평화가 얼마나 소중한가를 조금도 깨닫지 못했다. 하지만 그는 사람을 부리는 재주 하나는 뛰어났다. 똑똑한 사람은 똑똑한 대로, 어리석지만 착한 사람은 그 적성에 맞게 활용하는 지혜가 있었다.

그렇다면 조조는 어땠는가, 그는 보통 머리가 아니었다. 재주와 덕의 문제가 생기면 덕을 취합하는 것이 중국의 도덕인데 조조는 아니었다. 도덕이 없더라도 재주만 있으면 그를 부하로 받아들였다. 그만큼 그는 실리주의자였다. 조조는 난세에서는 간웅밖에 될 수 없었지만, 안정된 사회에서는 능신감이었을지 모른다. 시도 잘

짓고, 예술을 아꼈다.

또 제갈량은 고단수 술책가였다. 적벽대전에서 바람을 만들어 조조군에게 치명적인 피해를 준 것처럼 꾸몄지만, 사실은 무역풍에 대한 정보였을 따름이었다. 그러나 그는 술수만 뛰어난 인간은 아니었다. 그의 행동에는 장중함이 흘렀다. 그는 급한 경우에만 술수를 사용했다. 그리고 동기를 일으킨 뒤에는 인간 대 인간으로 대하는 매력을 지녔다. 그는 대의명분이 아니면 절대 움직이지 않았기 때문에 전쟁에 져도 멋있게 졌다.

관우는 겨우 춘추 한 권을 읽고 그것만을 지킨 인물이었다. 그러나 뛰어난 지략가도 아니고, 학문도 높지 않았지만 자신의 능력을 잘 활용하여 부하를 다루는 장점을 지녔다. 사람들이 관우가 죽은 이후에도 좋아한 것은 그가 영웅도를 확립했기 때문이다.

우리는 너무도 권선징악 사상에 물들어 있다. 시대의 인물은 개성의 대비일 뿐이지 선악의 대비가 되는 인간은 없다는 말을 귀담아 들을 필요가 있겠다. 삼국지는 누가 선이고 악이냐를 말하는 것이 아니다.

이 책은 등장인물들의 개성을 심도 있게 다루어 읽은 이에게 비판력과 논리력을 익히게 하려 애썼다. 날이 갈수록 치열해 가는 경쟁 속에서 수험생들이, 그리고 직장인들이 이 책을 통해 좀 더 나은 세계관을 배울 수 있기를 바란다.

2022년 6월

자유토론 편집부

◁ 차 · · · · · 례 ▷

도움 주는 말

「삼국지」와 「삼국지연의」는 다르다. 삼국지는 정사지만, '연의'는 소설이다. 물론 '삼국지'나 '연의'나 그 시대 상황 속의 인물들은 공통적이다. 다만 우리가 재미있게 읽는 것이 '연의' 쪽이라 보통 삼국지라면 '연의'를 생각하게 되는 것이다.

「삼국지연의」란 어떤 책인가.

작가 나관중은 원말 명초 사람으로 당시 상황을 춘추 전국 시대와 비교하고 있다. 천하 대세의 역사 속에서 분열에서 통일로, 통일에서 분열로 나뉘어지는 시대 상황을 소설로 표현한 것이다. 그런데도 나관중은 작중 인물을 천하 대세의 허수아비로 그리지 않았다는 사실이다. 역사는 어차피 천하 대대로 흐르지만 그 역사의 주인공은 인물이다. 인물들에 의해 펼쳐지는 인간 드라마가 바로 「삼국지연의」라 할 수 있겠다.

'연의'는 인간 드라마인 만큼 작중 인물을 한 명씩 한 명씩 분석하다 보면 그 시대 흐름을 알 수 있다. 또한 작품 「삼국지연의」의 맥락도 짚을 수 있다.

촉, 위, 오의 유비, 조조, 손권을 비롯한 난세의 인물이 그 세력 다툼 속에서 얼마나 욕망의 노예였는가. 또 천하 대세 속에서 그 인물들이 어떻게 살고 죽어 갔는가. 바로 이런 점이 '연의'에서 가장 중요한 중심이다. 천하 대세의 역사 속에서 인간의 역할이 무엇이었는가 하는.

소설은 작가의 정의 투영이다. 작가 나관중은 명의 건국에도 조금 참여한 인물로 한민족이라는 우월감이 상당하다. 즉 한민족, 피의 정통성에 대한 강조가 대단하게 이 책에서 표현되고 있다. '연의'가 인간 드라마이고 또 천하 대세 속에서의 인간 역할에 중점을 둔 소설이지만, 작가가 유비를 통해서 주관적 정의를 투영하고 있다. 지금의 우리 시각으로 볼 때, 조조는 타고난 법가 체질로 재기 넘친 인물이었다. 그러나 작가는 유씨라는 하나의 이유로 유비를 전통적인 후보로 정당화시킨다. 결국 '연의'는 작가의 주관이 투영된 인간 드라마라고나 할까. 아무리 역사 소설이지만 작가가 존재하는 한 주관이 개입되는 것은 어쩔 수 없다.

정통 사상에 의한 유비의 등장은 어쩌면 당연한 것인지도 모른다. 다만 작가 나관중이 이 정통을 유비에게 부여했지만 유비를 정당화시키지는 않았다는 점이다. 나관중은 유비 편에서 조조를 간웅으로 몰고 있지만, 과연 유비가 영웅으로 표현되었을까?

나관중은 유비를 소아적이고 우둔한 인물로 그렸다. 이것은 촉한의 이야기가 중국 민간 신앙처럼 전설되자 대중에 반하는 유비를 마음대로 표현하지 못했을 따름이다. 작가는 유비를 그리면서 '어진 유비'라고 했지만 조조의 현명함을 대비시키면서 간접적으로 독자에게 그가 얼마나 교만한 소아적 인간인가를 알 수 있도록 복선을 깔고 있다.

그와 반대로 '진수'가 쓴 「삼국지」에서는 조조를 정통으로 삼아 글을 썼다. 이 「삼국지」와 '연의'에서 조조의 행동은 공통되지 않는 것이 있다. '연의'의 내용 속에 등장하는 조조의 이야기는 모두 간웅으로 묘사되어 있다는 사실이다. 이것이 작가가 자신의 주관을 유비에게 투영했다는 증거가 되는 것이다.

어쨌거나 나관중은 유비를 어질디 어진 현군으로 표현하려 했지만 지금 우리는 그렇게 평가하지 않는다. 또 관우는 의용의 인물로 그렸지만 오히려 무능하고 오만한 인물로 보고 있다. 또 제갈량을 신출귀몰한 인간으로 강조했지만 요사한 모사꾼처럼 느껴지기까지 하는 것이다.

작품 자체에 그렇게 그려진 것은 대중에게 어필하는 것이지만, 실제로는 복선을 깔아 유비, 관우, 제갈량의 진면목을 꿰뚫어 보게 하는 면도 있다. 한 예로 유비가 형주를 뺏어야 할 때 뺏지 않아 나중에 곤란을 당한다. 형주에서 관운장이 죽게 되고, 그 의형제가 죽자 유비 또한 복수를 하겠다고 날뛰다가 죽음을 맞이한다. 이 소아적 판단으로 결국 촉한은 망하게 된 것이다.

중국인의 기호이자 나관중의 기호인지 모르나, '연의'에서는 '의기' 즉, '의리'를 상당히 중요하게 여겼다. 유비도 의리를 위해서 싸우다 죽고, 나라를 망치게 되지만 그들은 나라의 패망보다도 '의기'를 더 사랑한 것 같다. 유비가 형주를 침공한 것은 무능한 짓이었다. 안 했으면 패망은 면했을지 모른다. 그러나 의기를 위해서 자신을 던지는 것이 무모해도 그것이 정의였던 시대였다. 유비는 결국 의기를 다해서 '의기'를 습득하기 위해 죽고 말았다. 민중은 이것을 좋아하고 유비를 흠모하는 것이다. 이성적으로는 냉철한 인간이 우선이지만 감정적으로 '의리'를 더 중요하게 여겼던 것이다.

유비는 넓은 식견도 없고 소아적인 아집이나 견해에 집착하는 인물이다. 그가 어질다고 했지만 그는 의형제의 죽음(관우가 형주의 싸움에서 전사한 사건) 앞에서는 철저히 이기적인 인물이 된다. 촉한의 운명에는 관심이 없고 그저 도원결의에서 맺은 의형제 관우의 죽음을 따라가야 된다는 생각에 집착한다. 물론 이 사건은 후세 사람들에게 미담이 될 수 있는 아름다운 이야기가 되었지만, 보스로서 유비는 실격이었다. 유비는 대국 중국을 리드할 그릇이 못되었던 것이다. 한마디로 보스 기질을 갖춘 인물이 아니었다.

유비의 행위를 더 파악해보면, 촉한의 운명보다 형제의 '의기'를 더 중요시 여기는 그릇 작은 사람이었다. 그러나 그 형주 사건은 유비로서는 형제의 의리도 지키고, 형주도 얻으려는 욕심이 있었을지 모른다. 형제의 의기를 내세워 남의 나라를 침공하는 대의명분으로 말이다.

이 책의 내용에서 '의기'는 퍽 중요하게 여겨지지만, 유비, 관우, 장비의 의가 중국의 정통 사상인 의(義)와는 어떤 관계를 이루고 있는가를 한 번 생각해봐야 한다.

맹자의 유가에서 나오는 '의'는 중국 저급 계급의 '의'와는 전혀 다르다. 유비만 봐도 그렇다. 유비는 돗자리나 짜고 짚신이나 팔던 유랑민이었다. 유랑민은 자신들의 처지에서 가족이나 피를 나눈 형제 관계보다 의형제를 더 높이 평가했다. 그래서 오다가다 뜻을 맞추고 의기를 투합시키는 것이다. 중국의 유가를 통해서 볼 수 있는 맥으로 '의'와는 의기 투합이 결코 일치할 수 없다. 그렇기 때문에 유비는 나라의 생존 문제를 등안시하고 원수를 갚겠다고 아집을 부리는 것이다. 중국 정통적으로라면 충이 의를 앞지르고, '의'란 꼭 필요할 때 쓰여졌을 경우에만 '의'로 여긴다.

유비가 군대를 이끌고 의형제의 복수를 하기 위해 나설 때, 제갈량, 조운 등의 신하들이 극구 말린다. 그러나 유비는 떠난다. 자신의 몸이 얼마나 중요한가, 백성의 평화가 얼마나 중요한가 하는 문제를 생각해야 할 사람인데 그는 마지막으로 이렇게 말한다.

"내게 형제가 없는데 만리강산이 있으면 무슨 소용이 있는가."

보스가 그런 말을 할 수 있을까. 그는 나라보다 형제 하나의 목숨이 더 중요했던 것이다.

달리 보면 그런 유비의 행동은 고차원적인 인간 경영 수단이었다고 할수도 있겠지만, 그 시절 유비의 대의 명분을 세워줄 일은 얼마든지 많았다. 동호도 유비의 침공이 무서워 형주를 반환하겠다고 제의하면서 사과를 하였던 것이다. 또 손 부인이라는 유비의 전 부인도 돌려보내겠다고 했다. 유비가 조금 더 백성으로 생각했다면 그런저런 사정으로 보아 슬쩍 화친을 할 수 있었으리라.

그런데 유비에게는 유랑민의 저급 윤리 의식만이 최고였다. 그는 의기를 위해서 당면한 문제는 경박하게 해결한 것이다. 그에게 대국적인 사고가 있다면 그랬겠는가. 또 자신의 아들 대에서 망하기를 원했겠는가.

형제를 위해 나라까지 돌보지 않았다는 유비의 행동은 미담은 되지만, 감동적인 미담 그 이상은 될 수 없다. 그러니까 유비는 백성을 이끌어야 하는 최고 통치자로서의 점수는 형편없었다.

그러나 유비의 유랑민 의식은 '의'와 다르기는 하지만 유가의 '의기'와 전혀 무관하게 발달한 것만은 아니다. 형제를 따라 죽는 '의기'를 이해하는 바탕은 역시 중국의 '인의' 사상이기 때문이다.

유비가 자신의 '의'를 위해서 기꺼이 목숨을 바치거나 버린 것은 유가의 인의에서 비롯된 사상이다. 근본도 위치도 없는 사람이라고 '의기'가 '의'와는 별개일 수는 없는 노릇이다. 유비의 '의기' 또는 '의'를 낮고 소박하게 이야기 하고 있는 것뿐일 수도 있다. 물론 나라를 먼저 사랑해야 한다는 순서가 바뀐 것은 사실이지만, 유비의 행동 바탕은 유가의 '의'였다고 볼 수 있지 않을까.

그러나 그들은 반항 정신이 양양한 단체였다. 유가에서는 충의 개념이 최고이자 절대적인데 유비는 그렇지 못했다는 점이다.

형주 싸움 외에도 유비의 소아병적인 면은 작품 구석구석에 많이 나타나 있다. 냉철한 눈으로 보자면 그의 소아적인 행동은 도저히 납득할 수 없는 부분도 있는 것이다.

만약 형주 싸움을 승리로 장식했다면 유비는 역사 속에서 유약한 사람으로 평가되지 않았을 수도 있을 것이다. 유비의 그 시절 병력은 다른 국가에 비해 적은 편은 아니었다. 유비의 전술만 좋았다면 충분히 좋은 결과를 얻을 수도 있었다. 병사의 숫자는 많았지만, 유비는 작전 자체에서 실수해서 패하고 만 것이다. 그 싸움에서 유비의 전술은 기본조차 갖춰져 있지 않았다. 그가 형주 싸움에서 펼친 전술을 보고 제갈량은 처음부터 졌다는 것을 예감했을 정도였다.

그 형주 싸움에 유비가 가지 않고 제갈량이 갔다면 이겼을 전쟁이었다. 유비의 작전 실수로 그 나라의 존패는 결정되고 말았던 것이다.

유비는 작전이나 싸움의 시작에 있어서 지나치게 감정적이었다. 유비 자신도 그 싸움에서 질지 모른다는 것을 조금만이라도 염두에 두었다면 그렇게 되지는 않았을 것이다.

진다, 이긴다 하는 감각을 유비는 전혀 모르는 채 복수심에 불타서 뛰어나간 전쟁이었다. 그저 도원결의에만 매달려 열중했을 뿐 그 외의 것은 그에게 전혀 중요하지 않았다.

유비는 그렇게 유약한 인간형이었지만 그에게 남다른 실력이 없었던 것만은 아니다. 자신이 모자란다는 것을 알고 인재를 찾았고, 그렇게 찾아낸 인재를 최대한 활용해 자신의 단점을 보완한 인물이었다. '의기'의 문제를 놔두고서라도 유비는 인간 투자에 중점을 둔 사람이었다.

그러나 과연 그가 인간 투자에 성공했던가? 냉철하게 따진다면 투자를 해서 인재를 얻은 일도 실패했다고 볼 수 있다. 조자룡 외에 그렇다 할 훌륭한 신하를 밑에 두지 못했다.

유비는 도원결의로 관우, 장비를 지나치게 사랑했다. 또 지나치게 그들이 결속해 있었기 때문에 다른 사람이 유비 곁에 갈 수가 없었다. 겨우 제갈량과 조자룡 정도였지만, 그들도 매우 힘든 자리였다.

관우, 장비는 지나치게 제갈량을 경계하고 시샘했다. 제갈량의 처세술이 워낙 뛰어났고, 제갈량 스스로 조심하고 몸을 사렸기 때문에 그 두 사람 곁에서 버틸 수 있었던 것이다. 제갈량은 항상 오해를 받지 않기 위해서 애를 쓰다 죽었다고 해도 과언은 아니다.

다른 사람 쪽에서 보면 유비가 달가운 사람만은 아니었다. 유비는 자신보다 강한 사람에게 가서 몸을 의탁한 뒤에 꼭 배반을 한다. 주인이 다섯 번이나 바뀌었는데 모두 그랬다. 조조, 원소, 여포 등도 그가 몸을 의지한 뒤, 떠나자 영락없이 다 망했다. 물론 조조는 예외였지만.

이런 경우를 보더라도 유비라는 인물은 그렇게 우연히 오른 자리를 지켜낸 사람은 아니었다. 작품 속에서는 표현되지 않았지만, 그에게는 숨겨진 무엇이 있었을지 모른다. 조자룡도 자신의 주인이 죽자 곧장 유비에게 왔듯이, 유비는 사람을 끄는 매력이 있었던 것이다.

유비라는 사람은 적어도 부유하게 부하 대접을 못해 준다하더라도 자신을 보호해주면 그 대접은 철저히 했다. 조자룡의 예가 그렇듯이 무언의 약속이지만, 신하와 주인 관계를 신의를 바탕으로 이끌 수 있었던 사람이 유비이다. 대의명분이 있다면 그 사이에 끼어들어 모든 사람이 싸우고 또 원수가 되었겠지만 '신의'가 있던 유비는 그렇지 않았던 것으로 추측된다.

하지만 유비의 그런 점을 장점이라고 보기에는 무리가 있다. 자신은 관우의 죽음에 치를 떨면서 원수를 갚기 위해서 전쟁을 시작하지만, 남의 원수에게는 그렇게 적극적이지 못했다. 서주에서 조조의 아버지가 죽음을 당했다. 조조가 원수를 갚겠다고 서주를 침공하려 하자 유비는 극구 말린다.

"지금은 그럴 때가 아닙니다. 사사로운 복수에 집착해서 대세를 그릇칠 위험도 있습니다."

재미있는 대목이다. 「삼국지연의」는 하나의 사건을 또 다른 사건과 연결시키면서 그 이전의 정의와 그 때의 정의를 비교시키는데, 그것은 다른 곳에서 찾아볼 수 없는 재미이다.

유비는 복수심에 불타는 조조에게 사사로운 복수에 집착해서는 안된다고 말했으면서 자신은 우둔한 복수극을 펼치며 정의까지 변화시키는 표리부동을 보인 것이다.

또 다른 한가지는 유비 스스로가 유황숙의 후손이라고 주장하지만, 역사가들은 그 말을 부인한다. 짚신, 돗자리를 만들었던 그가 정통인지 알 수 없고 그를 믿는 민중의 유행에 어리석은 점이 너무 많았다는 것이다.

하지만 유황숙의 후손이라고는 했지만, 뒷배경도 없고, 무술, 재능, 학문이 뒤지는 유비가 그만큼 성공했다면 그에게 숨겨진 비결이 분명히 있었을 것이다. 어쨌거나 유비 자신은 자신의 능력을 최대한 확대시킨 인물이었다. 누군가 성공을 했다면, 그 성공 뒤에는 남모를 비결이 있기 마련 아닌가.

그런 면에서 보자면 유비는 적수공권에서 출세한 남자였다. 장비보다 힘도 세지 않았고, 관우보다 덕이나 학문에서도 떨어지는 유비가 한 나라의 주인이 되었다는 것은 막연히 하늘의 도움이었다고만은 할 수 없을 것이다.

사실 관우도 유비와 비슷했다. 지나치게 관우의 이야기가 미화되어 있을 뿐이지 학문이 뛰어난 인물은 못되었다. 그는 학문은 모르는 사람이었다. 춘추 한 권을 읽고 그것만을 지켰을 뿐이지 다른 학문을 익힌 것도 아니었다.

현실과 빗대어 보자면, 초급 장교는 용장으로 이름을 날리고, 조금 더 나아지면 지장으로, 그리고 이런 모든 것을 다 익히고 최상의 장교가 되었을 때 덕장이라고 한다. 덕장은 칼을 잘 쓰는 것도, 책을 많이 읽어 뛰어난 지략가도 아니지만, 자신의 능력을 잘 활용해서 부하를 다루는 사람이다. 능력 활용이 굉장한 장수가 바로 관우나 유비라고 할 수 있다.

중국 역사를 보면 4대 명고조가 있다. 그 4대 명고조 중에서 가장 제왕의 형태로서 우러러 보는 왕이 한조의 유방이었다. 그 유방도 그러했다. 무예가 뛰어난 것도 아니고, 학문도 떨어져 무식한 편에 속했다. 그런데도 중국인은 유방을 좋아하고 존경했다. 중국인의 의식 속에서는 그런 류의 왕이 전형적인 왕일 수도 있을 것이다.

유비의 경우도 남에게 항상 지고 남에게 의지했지만 특출한 성향이 숨겨져 있었다.

한 가지 예로 아무런 힘도 없을 무렵 유비는 조조에게 몸을 의탁했다. 그 시절 유비는 그 어느 때보다 곤경하고 가진 것이라고는 그의 몸밖에 없었다. 그런데도 조조는 그에게 이런 말을 한다.

"원소니 여포니 있지만 천하를 가질 사람은 당신과 나 뿐이오."

이것은 유비에게 남이 그렇게 보는 잠재력이 있고, 또 그것은 남의 눈에 띄일 정도로 강했고, 바로 그 점이 그를 한 나라의 실권자로 성장시켰을 것이다. 또 그 외에도 그는 제갈량이라는 인물을 얻은 사람이고, 제갈량이 인정한 인물이기도 했다.

유비와 제갈량의 관계는 '삼고초려'로 상당히 미화되어 '연의'를 장식하고 있지만, 사실상 그리 쉽게 이루어질 성질의 만남은 아니었다. 유비가 제갈량을 얻기 위해서 온 힘을 다했고, 또 성공한 인간 관계의 모범 케이스가 된 것도 사실이다. 그 시절 유비에게 있어서 제갈량은 절실히 필요한 인재였다.

유비가 관우에게 소아적인 의리를 만용처럼 부리는 것도 그의 매력적인 인간미의 일부이다. 냉철하게 보자면 나라와 백성을 버린 왕이었지만, 땅을 돌려받고 자신의 대의명분만을 발휘하는 실리적인 유비는 아니었다. 그 시절의 상황에서는 이것이 많은 사람이 유비를 사랑하는 요인이었다. 대중은 지더라도 싸워주기를 원하기 때문이다. 백성들은 그런 인간미 넘치는 유비다운 행동을 믿고 그를 따랐던 것이다.

유비가 움직이면 수많은 백성들이 줄을 지어 뒤를 따랐다. '연의'를 보면 고을을 옮길 때 1만여 명의 백성이 그를 믿고 짐을 싸들고 나섰다. 백성들이 그를 존경했던 것만은 사실이다.

그런 면에서 보자면 그는 어떤 상황에서도 백성 위주의 군주였다는 것이다. 가끔 그 백성을 거두다가 전쟁에 지기도 했을 정도였다. 곤경에 빠지면서도 자신과 백성의 운명을 함께 했던 것이다.

한 고을의 군주가 되면 유비는 고을인의 인심 만큼은 확실히 수습했다. 덕망있는 군주로서 유비는 백성에게 인기 만점이었다. 그러나 그 땅을 오래 지키고 존속시키는 힘은 없었다. 그런 면에서는 무능한 인물이었다.

아무튼 유비는 사람을 부리는 재주 하나는 굉장히 뛰어났던 사람이다. 똑똑한 사람은 똑똑한 대로, 어리석지만 착한 사람은 그 적성에 알맞게 활용하는 지혜가 있었다. 유비는 그 재주로 한 나라를 일으켰다고 해도 과언은 아니다.

그러나 유비는 그렇게 사람을 부리는 재주를 지녔으면서도 결정은 꼭 자신이 하고 싶어했다.

그의 단점이지만, 제갈량이나 다른 신하의 말을 잘 듣다가도 꼭 한 번씩 자신의 고집을 내세워 결정적인 실패를 한다.

적벽대전에서도 그랬다. 병사도 많이 다치지 않고 아내를 죽이지 않아도 되는 전쟁이었다. 그런데 그는 고집을 피워 그곳으로 들어가려다 죽을 뻔한 고비를 치룬다.

이런 일도 있었다. 조자룡이 적진의 화살 속에서 유비의 아들을 구해온다. 유비에게 조자룡이 아이를 데려다 주자 유비는 아이를 내팽개친다.

"나의 수족과 같은 장수를 죽게 하는 위험을 치르다니…… 형제는 수족과 같고 처자는 옷과 같다."

즉 처자야 다시 얻으면 되지만 수족이야 없으면 못 산다는 의미이다. 이처럼 유비의 제스츄어는 상상을 초월했다. 여하튼 유비는 작품 곳곳에서 그런 '쇼' 같은 요소를 많이 풍긴다. 사람을 감동시키려면 그런 쇼적인 요소가 많아야 하고, 그래야 대중이 좋아한다는 것을 유비는 너무도 잘 알고 있었던 것이다. 그 탓이었는지 유비의 아들은 머리가 좋질 않았다.

관우는 죽은 뒤에 중국 신앙에까지 오르게 된다. 사람들에게 곤란한 일이 생기면 나타나 도왔다는 것이다. 그런 소문이 전해지고 전해져 민간 신앙이 되고, 중국인은 자신의 소원을 그에게 빌고 또 빌면 이뤄진다고 믿었던 것이다.

죽고 난 다음에 현령으로 나타난 사람은 관우밖에 없지만, 그가 특별히 역사의 대세를 움직인 인물이라고 보기는 어렵다.

그런데도 관우를 현신으로 다시 작품 속에 등장시킨 것은 나관중의 의도였을까. 아니면 죽은 사람을 살려서까지 그를 만나고 싶어하는 백성의 일환으로 그렇게 됐을까.

백성이 그를 좋아했던 것도, 후대의 사람들이 그를 좋아한 것도 관우가 「삼국지연의」를 통해서 '영웅도'를 확립했기 때문이다. 영웅으로써 지켜야 할 규범이 있다면 바로 관우의 행동 규범이 아닐까.

관우야말로 영웅의 규범을 확립하고 그 틀에 의해서 행동한 사람이다. 예를 들면 관우는 다른 사람과 생김새부터가 달랐다. 신체가 건장한 것은 물론이고 용모가 몹시 수려했다. 긴수염이라는 상징도 있지만, 이런 신체 조건 아래에서 그의 행동은 지극히 제스츄어처럼 보이는 영웅도였다.

독화살이 관우의 뼈를 꿰뚫은 적이 있었는데 당연히 몹시 아팠을 것이다. 그런데도 그는 뼈를 긁어내면서도 웃었다. 아팠겠지만 아픈 척하면 안된다는 신념 때문에 그렇게 행동한 것이다.

또 이런 관우의 모습도 있었다. 조조에게 얼마간 은혜를 입었던 적이 있었는데 그 은혜를 져버리지 못하고 전쟁터에서 조조를 살려주었다. 하늘이 내려준 절호의 기회였으나 조조를 죽이지 못한 것이다. 은혜를 입었으면 당연히 그 대가를 치뤄야 한다는 윤리 의식이 그를 지배하고 있었던 것이다.

하지만 그때 그가 조조를 죽였다면 삼국의 판도는 어떻게 변했겠는가. 그러나 이런 극적인 기회에서조차 인간적인 약점을 엿보이는 심약자, 바로 그 점이 대중을 사로잡는 관우의 장점이었다.

분명한 것은 사람들은 그런 원칙론자를 좋아한다는 사실이다. 그 이유는 자신들은 아무리 훌륭한 원칙이 있어도 이룰 수 없기 때문이다. 결국 중국 사람의 특징인 '의기'가 상당히 투철한 사람이 관우였던 것이다.

관우가 조조에게 가 있을 때 이런 일이 있었다. 관우를 몹시 흠모한 조조는 그에게 모든 배려를 베풀었다. 하지만 관우는 조조가 준 옷은 속에 입고 유비가 해준 옷을 겉에 입었다. 다 떨어진 옷을, 즉 자신의 주인 유비와의 '의기'를 배반하지 않은 것이다. 조조는 다른 수단으로 관우와 유비의 처에게 단 한 개의 방밖에 주지 않았다. 관우를 곤경에 빠뜨리려는 계책이었다. 그러나 관우는 끝까지 유비의 아내를 보호하며, 까닭없이 오해받을 상황에서도 밖에서 형수를 지키는 지극함을 보인다. 관우는 원칙론자이자 도덕가였다.

원칙론자는 인간미가 결여되었다고 하지만, 관우의 경우는 그렇지 않았던 것이다. 원칙론자의 표본이라면 전쟁터에서 조조를 죽였어야 옳았다. 그러나 조조를 살려 주어 인간미가 넘치는 장수라는 존경을 받게 된 것이다.

짚고 넘어가자면, 물론 이 때 제갈량은 별을 바라보고 아직 조조가 죽을 시기가 아님을 추측했다. 그래서 조조에게 은혜를 입은 관우를 그 전쟁터에 내보내 관대함을 베풀도록 한 것이다.

그것은 제갈량의 고단수 술책이었을지도 모른다. 한동안 관우와 제갈량은 갈등이 심했다. 그랬기 때문에 제갈량의 계산은 관우가 조조를 죽이는 일을 실패하도록해 기를 꺾어 자기 휘하에 두려 했을 것이다. 어쩌면 별이 아니라 제갈량은 대단한 정보통이었을 수도 있다. 그는 그 당시 조조의 군사에 대해서 확실히 파악하고 있었을 것이고, 어디서 그의 호위병들이 나타날지 다 알고 있었을 것이다. 적벽대전에서 그는 바람을 만들어 조조군에게 치명적인 피해를 준 것처럼 꾸몄지만 그것도 무역풍에 대한 정보였을 따름이었다.

그는 더러 요술을 부리는 것처럼 행동한다. 병사들 앞에서 목숨이 하늘에 달려 있다고 비는 것도, 내가 살 것이라는 믿음을 부하에게 주려는 행위였다. 일종의 쇼인 셈이다. 미리 파악한 정보로 죽지는 않겠다는 자신이 있으면서도 말이다.

남만을 침공할 때, 군장비가 이미 그 전부터 있었는데 마치 요술로 장비를 만든 것처럼 굴었다. 그렇게라도 하지 않았으면 그는 끝내 관우나 장비의 기를 꺾지 못했을 것이다.

제갈량은 누구보다 관우를 염려했다. 관우는 강이자긍(强而自矜)한 인물임을 제갈량은 잘 알고 있었다. 강하면서도 스스로 자기를 과대시하고 결국 자신을 죽음으로 몰아붙이고 말리라고 예감했던 것이다. 나중에 제갈량은 관우를 두고 이렇게 한탄하기도 했다.

"그 사람은 자이자긍한 터라 오늘의 패망을 일으켰다."

관우가 매우 천진한 인감임을 증명시키는 재미있는 일이 있었다. 형주를 관우가 지키고 있을 때의 일이다. 관우는 양진에서 언제 적이 쳐들어올지 모르는 상황에서 마초와 무예를 겨루기 위해서 자리를 뜨려고 한다. 유비는 관우의 성격을 알고 있던 터라 걱정을 한다. 그러자 제갈량이 편지를 쓴다.

'마초는 장비와 같은 수준들이나 대결할 상대이지 관우에게는 너무 미비한 상대이다.'

이 편지를 받은 즉시 관우는 대결을 포기한다. 수염을 다듬으면서 제갈양이 비로소 자신의 능력을 알아준다고 흐뭇해 한 것이다.

아마도 영웅이 되려면 그런 단순한 면이 많아야 하는 모양이다. 돈키호테식의 엉뚱함이 통용되는 것이 영웅이다. 그런 관점에서 본다면 관우도 영웅은 영웅이었다.

관우가 그처럼 여러 사람에게 대우를 받은 것은 시작이 굉장히 인상적이었기 때문이다. 관우가 모습을 나타낸 그때의 상황은 동탁의 부하 화웅과 겨룰 사람이 없을 때였다. 그와 대결하러 나간 사람은 모두 죽임을 당하고 말 때, 관우가 자신이 싸우겠다고 자원한다. 원소는, 벼슬이 낮은 관우에게 누굴 얕보느냐고 화를 내지만, 조조는 스스로 지원한 관우를 보내자고 한다. 대결하기 전에 술을 권하자 관우는 술이 식기 전에 목을 베고 돌아와 마시겠노라고 큰 소리 친다.

그리고 진짜로 술이 식기 전에 목을 베어 오는 극적이고 멋있는 용맹을 연출한다. 말하자면 관우의 출발은 세심하고 논리적인 조조 조차 혹하게 하는 면이 있었다.

조조는 그 후, 관우의 환상에 젖어 지낼 정도였다. 또 관우 자신도 자신의 의지 외의 환경 속에서 자신의 상을 확립한다. 이런 위치에 서 있을 만한 생각, 태도가 결여되어 있지만, 조조 조차 반하는 고정 사고가 관우를 결정한 것이다. 그 탓에 관우 스스로도 자신이 영웅이라는 자만심을 갖게 된다.

한 명의 군인이 있었다. 그는 대단한 겁쟁이라 몸을 이리저리 피하다 최후의 생존자가 된다. 결국 승리의 깃발은 그가 꼽지만 진짜 영웅은 모두 죽은 뒤였다. 그 사람은 우연의 일치로 신문 기사 속에서 영웅으로 탄생되지만, 그 자신도 그 영웅적인 대접에 적응하지 못하고 자살했다. 관우와 그 군인은 다르지만 어쨌든 그렇게 영웅이 탄생되는 경우도 있는 것이다.

조조처럼 실력이 있는 사람도 아닌 관우의 영웅 감정은 참으로 위험하기 짝이 없는 노릇이다. 그의 무모한 죽음 덕에 유비가 죽고, 그 나라가 망하게 되질 않았던가. 관우라는 영웅상은 확립되었지만 그 허상으로 세상이 잘못 돌아갈 수도 있으니 위험천만한 일이 아닐 수 없는 것이다.

그렇다면 조조라는 특출한 인물은 그 시절에 영웅도 못되고 왜 그렇게 욕만 먹었을까.

나관중의 전 시대인 송나라에서는 이야기꾼이 많았는데 그들은 주로 삼국지를 테마로 이야기를 엮어갔다. 청중은 유비가 이겨야 좋아했다. 대신 조조는 간웅이 될 수밖에 없었다. 조조는 지고 유비가 이겨야 좋아한 청중의 바램이 유비 부분만 과장되게 만들었던 것이다.

심하게는 조조 역할을 맡은 배우는 많이 죽임을 당할 정도였다. 조조 역할을 맡은 배우는 지금도 얼굴을 하얗게 칠하고 연기를 한다. 중국에서 악한은 얼굴이 하얗다.

그렇지만 이야기와 달리 조조의 행실을 추적하면 그는 보통 머리가 아니었다. 결국 삼국의 차지도 그가 해냈다. 중국의 정통 도덕관은 덕을 중요시하는 것이다. 재주와 덕의 문제가 생기면 덕을 취합하는 것이 중국의 도덕이다. 그러나 조조는 그렇지 않았다. 도덕이 없더라도 재주만 있으면 그를 부하로 받아들였다. 중국의 도덕관과는 정반대였다. 이때부터 도덕에 위반하는 인간 선택이 유래되었다고 한다.

조조는 한 마디로 실리주의자였다. 어찌보면 조조는 난세에서 간웅밖에 될 수 없었지만, 안정된 사회에서는 능신감이질 않았을까. 시도 잘하고, 멋있는 사람으로 조조는 난 사람이었음에 틀림없다.

하지만 「삼국지연의」의 가장 큰 중심 인물은 바로 제갈량이다. 술수도 능하고 학문도 뛰어나고 재능도 뛰어난 팔방미인이었다. 그가 태어난 그 고장에서 유명한 세 명의 법가 중 한 사람이었던 제갈량은 병법 지모에 능했다. 나쁜 의미에서 그는 술사지만 법가였다.

그러나 제갈량은 술수만 뛰어난 인간은 아니었다. 또 속된 의미의 충성심을 고집하는 사람도 아니었다. 그의 행동에는 장중함이 흘렀다. 어쩌면 비장함이었을지도 모른다. 그만큼 그는 비극적인 단면을 보여주었다.

적벽대전의 경우 유비는 군대가 없었다. 남의 힘을 구하러 제갈량은 오나라 땅에 가지만 그의 술수와 지모로 끝까지 자존심을 세운 채 손권으로 하여금 항복 대신에 전쟁을 하게 만든다. 제갈량은 손권을 살살 격분시켰던 것이다.

"당신은 싸울 필요가 없습니다. 유비는 싸워야 하지만 당신은 항복해서 편하게 사십시오."

그 말에 손권은 전쟁에 참여하고 만다. 그 다음에 제갈량은 정공법을 택한다. 그는 끝까지 술수를 연속하는 모사꾼은 아니었던 것이다. 제갈량을 구속하는 것도 바로 그 문제였다. 어차피 전쟁에 이기기 위해서라면 수단과 방법을 총동원해야 한다. 그러나 제갈량은 어느 선까지 술수를 사용할 뿐 정공 방법을 선택해 많은 피해를 본다. 전쟁의 정공법은 완벽한 군수 물자와 병참이 필요하고 시간이 오래 걸린다. 또 그 중에서 하나만 모자라도 전쟁은 치를 수가 없다. 군사 전문가 입장에선 제갈량의 지모라면 술수로 싸워 상대방의 물자를 사용하면 되는데 그렇게 하질 않았다. 제갈량은 대의명분에 의해서 움직이는 사람이었다. 명분이 생기지 않으면 절대 움직이지 않는다. 대의명분이 확실하기 때문에 전쟁에 져도 멋있게 진다. 그는 정통파 병술가요, 법가였다.

반대로 사마의는 술수로만 대응했다. 술수로 일관하는 병술이었다. 심지어 제갈량을 말로 꾀어 적진으로 뛰어들게 했을 정도였다.

그러나 항상 정통이 정당화될 수만은 없다. 술수가 판을 치고 있는 세상에서는 더욱 그렇다.

하지만 술수를 술수로만 대응하다 보면 언젠가는 지게 된다. 자신의 꾀에 넘어가는 것이다. 정공은 그런 실수를 저지르지 않는다. 그런 면에서 오히려 정공이 실패율이 적다.

제갈량은 급한 경우에만 술수를 사용했다. 주유에게 가서 조조가 동호의 유명한 미인 대교, 소교를 탐해 침략하려 한다고 말을 전한다. 제갈량은 이 두 사람이 주유와 손권의 아내라는 것을 알고 있으면서 모르는 척하고 주유, 손권이 전쟁을 하도록 불을 당기는 것이다. 그러나 동기를 일으킨 후엔 인간대 인간으로 만나는 매력을 지닌 사람이 제갈량이었다.

난세이기에 영웅이 났지만 이런 시대에 영웅이 역사를 움직였다. 즉 「삼국지연의」의 주인공은 자기 자신의 이름으로 역사를 움직여 자신의 이름을 남겼다. 송나라의 인간 중심의 사고가 조장되었을 때 '연의'가 생겼듯이, 당연히 인간이 중요하게 취급되는 세상이어야 한다.

어느 시대에서든 영웅은 창조될 수 있다. 누구든 자신의 시대를 난세로 여긴다. 우리는 우리의 시대를 난세로 표현하는 것처럼.

사람들이 사는 생활상이 삼국지 유형 정도라는 말은, 어쩌면 당연할지 모른다. 즉 새로운 것이 없다고나 할까. 시대의 인물은 개성의 대비일 뿐이지, 선악의 대비가 되는 인간은 없다. 나관중이 조조를 유비와 대비시켰어도 우리는 그렇게 생각하지 않는다. 누가 선이고, 누가 악이냐는 없다. 개성의 차이일 뿐이다.

개인의 역할이 중요한 것이 현실이듯이, 또 삼국 시대였듯이, 바로 나 자신이 누구보다 중요하다. 우리는 바로 이것을 '삼국지'에서 배우는 것이다.

늙어서는 삼국지를 읽지 말라는 말이 있듯이 술수의 교본이 「삼국지연의」이지만, 읽을수록 배울 것도 많은 것이 바로 이 책이다.

劉備(유비)

'천운(天運)'에 거역하지 않았던 만성(晩成)의 기량인(器量人)

전전긍긍하게 출세를 노리는 사람은 시대의 흐름이나 권력의 변천에 참으로 민감하다. 유비 현덕(劉備 玄德)이라는 인물이 그런 것과 전혀 무관했다고는 말할 수 없지만, 난세를 살아 나간 인물로서 항상 긴 안목을 가지고 대처하려고 하는 자세는 늘 견지하고 있었다. 그러한 생활 방식은 때로는 유비를 역경으로 밀어붙이기도 했지만, 제갈공명이라는 불세출의 지모가(知謀家)와 손을 잡게 한 계기가 되었다.

모자 가정의 아들

역사는 어느 시대에서나 자신의 시대를 체현(體現)하려는 중심 인물을 만들어 낸다. 질서가 견고한 평화스러운 시대는 그 체제를 고수하는 사람들, 그리고 유동하는 난세는 수습하는 사람을 만들어 낸다.

중심 인물이 되려고 하는 사람은 수없이 많다. 그렇지만 그중에서 단 한 사람이, 혹은 2~3명이 마지막으로 선택된다. 처음부터 중심 인물인 것 같았던 사람도 있는가 하면, 반대로 아무리 보아도 그렇게 보이지 않았던 사람도 있다. 선택된 다음에야 세상 사람들은 '역시' 하고 고개를 끄덕일 뿐이다. 선택받지 못한 사람은 모두 어중이떠중이가 된다.

후한 말의 유비 현덕. 짚신장수를 하는 모자 가정의 아들로서 북쪽 벽촌에서 태어났으며, 여러 나라를 떠돌아다니면서 때를 잡았는가 싶으면 반드시 실패하여, 50세 가까이까지 무엇이 될 것인지 장래를 전혀 예측할 수 없던 사나이였다.

그 시대에 유비보다 지모가 뛰어난 인물은 몇 사람이나 있었다. 무용으로 인기가 있었던 호걸도 구름처럼 나왔으며, 명가(名家)의 후계자로 태어날 때부터 강대한 지반을 가지고 있는 세력가도 있었다.

번쩍이는 재능, 특기, 좋은 가문의 소유자들이 모두 탈락해 가는 속에서 어떻게 유비가 촉한(蜀漢)의 황제로 올라서게 되었을까?

그가 태어난 것은 후한의 연희(延熹) 4년(A.D.161)으로 되어 있다. 약 1천8백 년 전이 된다.

이 무렵, 전후로 4백 년 동안 계속된 한 왕조는 정치를 후궁의 환관(宦官)에게 독점당해서 황제는 완전히 허수아비에 지나지 않았으며, 굶주린 민중은 각지에서 봉기하고, 경계선 밖의 여러 부족의 침입은 그치지 않았으며, 사회 질서는 매우 문란해지는 과정에 있었다.

중앙 정부의 명령에 의지할 수가 없던 지방 호족은 자위(自衛)를 위해 할거하지 않으면 안되는 상황이었다. 그렇다고 해서 자기 힘으로 독립할 수도 없었으며, 이합집산의 난국을 수습할 수 있는 인물도 나타나지 않았다. 그런 난세였던 것이다.

'이 난세를 내 손으로 수습해서……' 하고 야망을 불태우는 인물도 당연히 이 시대에 많이 나왔다. 유비도 그중의 한 사람이다.

그의 생가는 수도(首都)에서 멀리 떨어진 탁현(涿縣)의 누상촌(樓桑村)이라는 벽촌이었는데, 동남쪽에 큰 뽕나무가 우뚝 솟아 있었다. 높이는 15미터 남짓으로 우뚝하게 솟아 멀리서 바라보면 천자가 타는 마차 모양으로 보였다. 어느 날 점쟁이가 지나가다가

"이 집에서는 반드시 귀한 신분의 사람이 나올 것이다. 그 증거가 이 뽕나무다."

라고 말한 적이 있었는데, 마침 그 때 나무 밑에서 놀고 있던

아이가 어린 유비였다.

"아저씨, 잘 아시는군요. 내가 천자가 되어서 마차를 타게 된단 말이에요."

어이가 없어 하는 점쟁이에게 유비는 작은 가슴을 펴보였다고 하는데, 그는 철이 들기 시작했을 때부터 대망을 온몸에 기르고 있었는지도 모른다.

그렇지만 유비의 집은 가난했었다. 아버지는 일찍 돌아가시고, 어머니와 둘이 짚신을 팔기도 하고 멍석을 짜기도 해서 간신히 생계를 꾸려 나가고 있었다. 현실적으로는 대망을 품고 있어 보았자 별 수가 없는 환경이었다.

맞지 않는 벼슬살이

그가 15세가 되었을 때 유비의 어머니는 무리를 해서 유학을 보내 주었지만 그는 학문에는 별다른 진전을 나타내지 못했다. 음악과 스포츠를 좋아하고 복장에 마음을 쓰고 있었다고 하므로 현대의 젊은층에서 흔히 볼 수 있는 타입이었을 것이다.

다만 키는 180센티 가까운 장신이었다. 살갗이 희고 입술은 연지를 바른 것 같았으며, 무엇보다도 눈에 띄는 것은 귀의 크기였다. 어깨까지 늘어져서 곁눈질을 하면 자기 귀가 보였다고 하므로 소위 '복귀'라는 것보다 훨씬 컸다.

어딘지 모르게 보통 사람과 다른 분위기를 가지고 있었으며 말수가 적고 희노(喜怒)의 감정을 밖으로 드러내지 않았기 때문에 언뜻 보아서 거물로 보였다.

후한의 제도를 보면 유명한 학자의 제자가 되든가, 친척 등 동향인들의 추천, 선거에 의해서 우선 지방 관리로 등용되는 출세의 코스가 열려 있었다.

지방 장관은 1년에 한 번 이들 지방 관리 중에서 우수한 사람을 중앙 정부에 천거하기로 되어 있었다. 그 기회를 잡고 중앙 정부의 관료로 나아갈 수가 있으면 멀지 않아 현의 장관, 다시 군의 태수로 승진하고, 다시 서울로 돌아와서 대신, 삼공(三公)으로 입신 출세하는 시스템이었다.

그러나 후한 말기, 그 시대에는 이 시스템이 제 기능을 잃고 있었다. 지방관으로 등용되는 것도, 중앙 정부의 관료로 천거되는 것도 모두 뇌물과 정실로 좌우되었다. 부정한 수단에 의하지 않고 출세한다는 것은 도저히 생각할 수 없는 시대였다. 연고도 돈도 없는 유비는 어떻게 해 볼 도리가 없었다. 울울하게 야심만 불태우고 있을 수 밖에 없었다.

그런데 만약 후한의 내정이 난맥을 이루지 않고 관리 등용의 길이 빠르게 열려 있었다고 할 때, 유비가 과연 출세가도를 순조롭게 걸을 수 있었을까?

「삼국지」의 '촉서(蜀書)'에는 유비를

"지조가 견고하고, 포용력이 있으며, 참을성이 있고, 남의 장점을 잘 인정하며, 이렇다 할 인물에게는 스스로 자기를 낮추는 점은 한나라 시조 유방을 생각케 한다. 그 대신 계략을 꾸며서 기회를 잡는 능력은 숙적인 조조만 못하다."

고 말하고 있다.

엄밀히 말해 영리한 점이 없었다. 정략이나 전술에 어둡고 행동에 민첩성이 부족했다. 그런 반면 이 '둔한' 점 때문에 태연자약하고 조금도 서두르지 않는 큰 그릇이라고도 할 수 있으며, 사람들은 유비에 경계심을 품지 않아도 되었던 것이다. 더구나 위에 서서 뽐내지 않고 맡길 수 있는 일은 대담하게 맡기고, 잔소리를 하지 않기 때문에 밑의 사람은 일하는 보람을 느낄 수 있었다. 그리고 또 의리가 있다는 평판이 있기 때문에 사람들은 충성을 다했다.

이렇게 보면 유비라는 사람은 리더가 될 수 있는 재능을 갖춘 인물이었던 것 같다. 부하에게 의견을 말하게 하고, 자유롭게 움직이게 하고, 자기는 아무것도 하지 않고 앉아 있어도 조직이 움직여 주는 타입의 사나이였다.

이런 인물은 남의 부하가 되면 편리하고 쓸모 있는 편이 못된다. 머리의 회전도 행동도 빠른 편이 아니기 때문에 보좌관은 도저히 감당할 수 없다. 근면한 샐러리맨적 벼슬살이는 무리인 것이다.

그렇기 때문에 질서가 엄격한 평화스러운 시대였더라면, 아무리 관계 승진의 길이 열려 있더라도 유비는 결코 출세할 수 없었을 것이다.

관우, 장비와의 만남

그런 유비가 유명해진 계기는 그가 23세 때 찾아왔다. 황건란(黃巾亂)이 일어났던 것이다.

황건이라는 것은 상급 공무원 시험에 합격했으나 임관이 저지되어 출세하지 못하고 있어 불평을 품고 있던 3형제가 조직한 반란군이었다. 도교(道敎)에서 나온 신흥 종교로 결속하고, 각지의 민중을 선동하여 하나같이 노란 두건을 쓰고 관청을 습격하고 다녔다.

후한의 조정에서는 당시 치안 능력을 완전히 상실하고 있었기 때문에 각 지방관은 각기 자위 수단을 강구하지 않으면 안되었다. 민간으로부터 의용병을 모집해서 황건적에 대항하려고 했으며, 유비가 있던 탁현에도 모병 방문이 나붙었다.

유비는 이 방문을 읽고 한숨을 쉬었다. 그가 한숨을 쉬고 있을 때 그의 손발이 되어서 일할 인물이 나타났다.

"대장부가 국가의 대난(大難)에 한숨만 쉬다니 웬일이냐."

하고 옆에서 큰 소리로 고함친 사나이가 있었다. 그 사나이는 키가 190센티를 넘고 표범과 같은 머리에 부리부리한 눈, 볼에서 턱에 호랑이 같은 수염을 기르고, 사나운 말 같은 인물로서, 탁현에 사는 장비(張飛)라고 자기 이름을 밝혔다.

유비는 말했다.

"나는 한나라 황제 혈통을 이은 사람이다. 성은 황제와 같은 유가이고 이름은 비다. 전부터 난세를 평정하여 백성들을 구할 뜻을 가지고 있으면서도 슬프게도 그 힘이 부족하니, 지금도 방문을 보고 무의식중에 한숨을 쉬었던 것이다."

유비는 이렇게 설명할 수밖에 없었던 것이다. 야심만 있었지 자본도 연고도 힘도 없는 것이 사실이기 때문이었다. 다만 황실과 같은 핏줄이라는 것을 자랑거리로 삼았던 것이다.

하긴 이 '황실의 혈통'이라는 것을 장비는 순수하게 존중했지만, 모든 사람들에게 통용되었는지 어떤지는 의심스럽다. 그렇지만 나중에 촉한 건국의 대의명분이 되기는 했다.

유비는 '한나라 경제(景帝)의 아들 중산청왕 유승(劉勝)의 자손이다'라고 말했지만, 유승에게는 자녀가 2백11명이나 있었다고도 하며, 그 후 2백 년 가까운 동안 유비의 핏줄이 어디서 어떻게 이어져 있는지 분명치 않다. 아무튼 의기가 투합한 두 사람은 당장 장비의 자금으로 젊은이들을 모아서 거병(擧兵)할 의논을 하려고 술집에서 술잔을 나누고 있는데 또 한 사람이 뛰어 들어왔다.

신장은 2미터 10센티 남짓, 수염의 길이는 50센티쯤 되며, 얼굴

빛은 그슬린 대추처럼 검붉었으며, 입술은 빨갛게 칠한 것 같았고, 째진 듯한 눈초리가 눈썹이 굵었다. 관우(關羽)라고 자기 이름을 댔다.

관우 또한 '지금부터 한 잔 들이키고 모병에 응하려는 참이다'라고 말하므로 세 사람은 서로 천하를 논하게 되었다.

그리고 장비의 집 뒤 도원(桃園)에서 의형제를 맺었다.

이것이 유명한 '도원지의(桃園之義)'다. 어쩐지 협객들의 결맹(結盟)과도 비슷하지만 유비가 맏형이 되었다. 좋든 나쁘든 간에 이것이 유비의 출발점이 되었다.

지방의 경찰서장

유비는 관우와 장비를 거느리고 황건적의 토벌에 참가하여 공로를 세웠다. 물론 자기도 상당히 활약했다고 생각하고 있었으므로 그 공적은 당연히 중앙 정부에 상주(上奏)되었을 것으로 생각하고 있었다. 전공이 있는 다른 사람들이 그 나름대로의 관직을 맡고 있었기 때문에 기별이 오기를 기다리고 있었던 것이다. 그러나 도무지 기별이 오지 않았다.

그도 그럴 것이 논공행상(論功行賞)의 신청서는 황제의 측근에 의해서 묵살당하고 있었던 것이다. 현재도 흔히 있는 일이지만 누군가가 무슨 공적을 세우면, 그 일에 조금이라도 관계가 있었던 사람, 아니 전혀 관계가 없었던 사람까지도 갑자기 떼지어 모여들어서 자기의 공적인 것처럼 주장하여 그 명예를 가로채 버리는 법이다. 유비의 경우도 그랬었다.

유비는 아직 이런 내막을 잘 모르고 있었다. 관우와 장비는 단순하기 때문에 금방 뾰로통해서 불평 불만을 하고 다녔다. 직접 당국에 자기들의 공적을 호소하기도 했다.

이 무렵에는 유비 이외에도 이용만 당하고 보상을 받지 못해 불평을 하고 있는 사람이 많았던 모양이다. 중앙 정부의 관리는 이런 사람들을 달래기 위해 조그만 자리를 주었다가 나중에 제거해 버리는 방법을 썼다.

유비는 정주 안희현(定州 安喜縣)의 경찰서장에 임명되어, 부하들을 해산한 다음에 관우와 장비만을 데리고 안희현에 부임했다. 최초의 벼슬살이기 때문에 열심히 일을 했다.

그러나 4개월도 되기 전에 군공으로 지방관에 임명된 사람은 재심사를 한다는 조서(詔書)가 내렸으며, 조정에서 감찰관이 유비를 찾아왔다.

"유 현위(縣尉)는 어떤 공로에 의해 현직을 맡게 되었는가?"

하고 감찰관이 물었다.

"소관은 중산청왕의 말손이며, 탁현에서 황건적 토벌에 참가하여 싸움을 벌이길 30여 회, 다소의 공로가 있어서 이 직에 임명된 것입니다."

유비는 거침없이 대답했으나 감찰관은 호통을 쳤다.

"닥쳐라! 너는 황족을 사칭(詐稱)하고 엉터리 공적을 내세울 작정이냐. 잘 생각해서 정직한 답을 준비해 가지고 오너라."

유비는 유유히 물러났으나, 감찰관이 그렇게 말하는 것은 뇌물을 요구하고 있는 것이라고 현의 관리가 귀띔해 주었다. '그렇구나' 하고 유비는 깨달았지만, 여기서 그런 임시 변통의 수단을 취하면 '의인 유비'의 이름에 흠이 생긴다고 생각했다.

그 날 밤에 유비는 감찰관의 숙소로 침입하여 자고 있던 그를 끌어내 묶고, 현경(縣境)까지 끌고 가서는 나무에 매달고 채찍으로 때렸다. 그리고 자기의 인수(印綬)를 벗어서 감찰관의 목에 걸었다.

유비는 그를 죽여 버릴 작정이었지만, 울면서 살려 달라고 애원하기 때문에 그대로 두고 가버렸다. 그렇지만 그 감찰관의 보고로 유비의 일행은 범인으로 수배받게 되었다.

순조로운 출세

이리하여 유비는 모처럼 얻은 관직을 내놓고 말았다. 그래서 대주(代州)의 유회(劉恢)에게 가서 숨어 있었는데 그 후에도 그는 같은 짓을 되풀이했다. 관직을 얻었다가는 잃고, 봉토(封土)를 확보했다가는 버리지 않을 수 없었다.

유비는 유희에게는 황족이라고 말하고 있었는데, 그의 추천장을 받아 유주(幽州)의 유우(劉虞)에게로 갔다.

거기서 반란군 진압에 참가하여 크게 활약했기 때문에 유우는 유비의 공로를 조정에 상주했다. 이번에는 그것이 수월히 인정되어서 감찰관을 반죽음으로 만든 죄는 용서되고, 유비는 하밀현(下密縣)의 부지사로 임명되었다. 그러나 이것도 오래 가지 않았다.

다음에 고당현(高黨縣)의 경찰서장으로 옮겨졌으나 황건적과 싸워서 지고, 옛날 친구이며 지금은 출세를 한 공손찬(公孫瓚)의 막하에서 독립 유격대장이 되었다.

이 무렵 기주(冀州), 병주(幷州)에 뿌리박고 있는 원소(袁紹)가 군대를 동원하여 인접한 땅을 합병하기 시작했기 때문에, 유비는 청주(靑州) 장관 전계를 응원하기 위해 파견되었으며, 여기서는 공을 세워서 평원군(平原郡)의 집정관에 임명되었다.

유비로서는 처음으로 순조롭게 출세했지만, 그렇게 되면 시샘하는 사람이 나오기 마련이다. 영내의 세력가에 같은 성인 유평(劉平)이라는 사나이가 있었는데,

"유비가 황족이라는 것은 허풍에 지나지 않는다. 워낙 짚신장수가 아닌가. 그런 놈에게 굽실굽실할 수는 없다."

고 말하고, 유비에게 자객을 보냈다.

그렇지만 새 집정관의 평판은 매우 좋았다. 자객은 아무래도

유비를 암살할 기분이 나지 않아, 진실을 고백하고 달아날 수밖에 없었다고 한다.

헌제의 초평(初平) 4년(A.D.193)에 조조가 서주(徐州)의 도겸(陶謙)을 공격했다. 이듬해(A.D.194) 2월에 다급해진 도겸이 전계에게 원군을 요청해 왔기 때문에, 유비도 공손찬으로부터 병사 2천 명을 빌려서 구원하러 출동했다. 그렇지만 서주는 이미 조조군에 의해 몇 겹으로 포위되어 손을 쓸 수가 없었다.

"조조는 용병도 잘하고 군대도 많다. 경솔하게 싸우기보다도 얼마 동안 동정을 살피는 편이 좋겠다."

고 전계는 말했다.

유비는 천천히 고개를 가로저으면서

"성중의 군량은 충분할 리가 없으며, 도저히 견디기가 어렵습니다. 성이 떨어진 다음에 원군이 가게 되면 의리가 서지 않습니다."

하고 일어나, 관우를 병사 4천 명과 함께 후위군으로 남기고, 자기는 기병 1천 명을 이끌고 장비와 함께 포위진으로 쳐들어갔다.

조조군은 유비군을 포위하듯이 떼지어 몰려들었으나, 거꾸로 밀려서 혼란 상태에 빠졌다.

성내에서는 '평원 유현덕(平原 劉玄德)'이라고 붉은 바탕에 희게 대서(大書)한 전기(戰旗)가 종횡무진으로 조조의 진지를 누비고 다니는 것을 보고 놀라고 기뻐했다.

도겸에게 신임을 받은 유비

도겸은 급히 성문을 열게 하여 유비군을 맞아들였는데, 유비의 인품 골격을 한 번 보자 완전히 반해 버렸다. 인사가 끝나자 부하에게 명령해서 서주 장관의 인수를 유비의 목에 걸려고 했다.

"이것이 웬일입니까?"

하고 유비가 깜짝 놀라자,

"천하는 지금 어지러울대로 어지럽고 왕위가 땅에 떨어졌을 때 한나라 황실의 일문이신 당신이야말로 이 땅을 편안히 다스릴 수 있다고 생각합니다. 나는 늙었기 때문에 서주를 물려주고 싶소. 어차피 조조 따위에게 점령당할 뻔한 서주입니다. 당장에 상주문을 조정에 올려서 이 뜻을 황제에게 말씀드리겠습니다."

하고 도겸은 인수를 억지로 떠맡기려고 했다. 유비는 뒤로 물러나 재배하고,

"나야말로 한나라 황실에 인연이 있는 사람이라고 하지만, 공로가 적고 덕이 없으며 평원의 집정관조차도 과분한 직책이라고 생각하고 있습니다. 그렇게 말씀하시는 것은 내가 영지를 탈취할 욕심이 있다고 생각하시는 것입니까. 만약 그렇게 의심하신다면 면목이 없습니다." 하고 거절했다.

"무슨 말씀을 하시는 겁니까. 내 진심으로부터의 부탁입니다."

하고 도겸은 재삼 말했으나,

"어쨌든 적군이 성하에 다가와 있는 때이므로, 우선 그 대책부

터 세웁시다."

하고 유비는 오로지 황송해 할 뿐이었다.

민심의 동향에 신경을 쓰는 유비로서는, 여기서 도겸으로부터 서주를 물려받아도 백성들은 원군을 핑계대고 침략했다고 볼 것이라고 생각했다.

유비는 여기서 조조에게 편지를 보내서 화평을 제의했으나, 조조는 사자를 죽이고 우격다짐으로 성을 공격하려고 했다. 그렇지만 주위 사람들의 의견을 들어, 화평에 응한 체하고 방심한 틈을 봐서 성 안으로 쳐들어가는 계략으로 바꾸려고 했다.

그 때 다행인지 불행인지 조조의 근거지인 원주를 음모가인 여포(呂布)에게 빼앗겼다는 소식이 들어왔기 때문에 조조는 당황했다.

조조는 유비의 화평 제의를 받아들이고 황급히 군대를 거두어 돌아갔다.

도겸은 서주가 안전할 수 있었던 것은 유비의 덕택이라고 생각하고 있었기 때문에, 다시 장관의 인수를 유비에게 넘겨주고 자기는 은퇴하고 싶다고 우겨댔다. 관우는 옆에서

"저렇게까지 도겸 각하가 말씀하시니 받으면 어떻소."

하고 권했다. 장비도,

"우리가 나라를 달라고 말한 것도 아니고 저쪽에서 받아 달라고 부탁하는 것이니 사양할 것은 없지 않습니까."

하며 안타까워했다.

그렇지만 유비는

"너희들은 나를 의리가 없는 사람으로 만들고 싶으냐?"

하고 화를 내는 형편이었다.

마침내 도겸도 단념하고, 하다 못해 서주 부근의 소패(小沛)에 주둔할 것을 유비에게 부탁하여 겨우 승낙을 얻었다. 이 때 유비는 도겸의 추천으로 예주 장관(豫州長官)의 직함을 얻었다.

그로부터 반 년 후에 도겸은 병이 들었으며, 임종의 자리에 유비를 불러서 자기 후임으로서 서주를 맡아 달라고 또 간청했다고 한다.

유비는 끝까지 받지 않았으나, 도겸은 신하에게

"유비 씨는 당세의 영걸이다. 너희들은 내가 죽은 다음 유비 씨를 나라고 생각하고 섬겨라. 나의 진심으로부터의 부탁이다."

하고 유언하고 숨을 거두었다.

이튿날에는 서주의 민중들이 관청 앞에 모여서

"유비님이 이 땅을 다스려 주시지 않으면 우리들은 도저히 안온하게 살아 갈 수 없습니다."

하고 외치는 소동이 벌어졌으며, 유비는 겨우 서주 장관을 할 기분이 났다. 유비는 이 때 34세였다. '도원지의'를 맺고부터 10년 후의 일이었다.

이호경식지계(二虎競食之計)

유비가 서주 장관이 된 이듬해(A.D.195) 여름. 한때는 조조가 출진하고 없는 사이에 원주를 빼앗던 여포가, 귀국한 조조에게 져서 유비에게 몸을 의지해 왔다.

관우도 장비도 이 음모가를 받아들이지 말도록 권했으며, 유비 자신도 너무 붙임성이 많고 경박한 여포에게 마음을 허락하지 않았지만, 일단 객장(客將)으로서 소패에 머물도록 했다.

이 말을 듣고 눈살을 찌푸린 이가 조조였다. 유비와 여포가 손을 잡으면 너무 벅찼던 것이다. 부하의 헌책(獻策)으로 '이호경식지계(二虎競食之計)'를 세워 유비에게 여포를 없애게 하려고 했다. 유비가 이 계략에 빠져서 여포를 죽이면 성공이고, 실패하면 여포가 유비를 칠 것이라는 계산이었으나 유비는 그 계략에 속지 않았다.

그래서 이번에는 '호랑이를 몰아서 이리를 삼키게 하는 계략'을 세웠다. 이것은 여포의 심적인 움직임을 계산에 넣은 계략이었다.

다시 말해서 우선 후한의 명문 원술(袁術)에게 밀사를 보내서 유비로부터 원술 토벌 청원이 조정에 와 있다고 말한다. 물론 거짓말이지만, 원술이 이 말을 믿고 유비를 공격하기 시작하면 이번에는 유비에게 원술 토벌의 가짜 칙서를 내린다. 유비와 원술이 싸우면 여포는 반드시 유비를 배반하고 일을 일으킨다는 것이었다.

유비는 가짜 칙서를 받고 원술 토벌에 나섰다. 부하들 중에는
"이것은 조조의 계략에 틀림없으므로 그만두십시오."
하고 간하는 사람도 있었으나 듣지 않았다. 장비를 서주에 남기고 원술의 근거지인 남양으로 쳐 내려갔다.

유비가 없는 동안 과연 여포는 장비가 있는 서주 성내로 습격하여 유비의 처자를 인질로 삼았다. 장비는 그 때 술이 취해 있어서 간신히 혼자서 탈출할 수 있었다.

유비와 대진중인 원술은 당장 여포에게 사자를 보내서 군량과 금은을 보내는 대신 배후로부터 유비를 습격할 것을 권했다.

여포군은 유비군의 배후를 공격, 큰 타격을 가하고 약속한 금품을 요구했으나, 원술은 애매한 소리만 하면서 실행하지 않았다. 여포는 속았다고 화를 냈다.

그러자 여포는 손바닥 뒤집듯이 유비에게 사자를 보내 화평을 신청했다. 서주를 잃고 원술군과 여포군의 양쪽으로부터 당하고 있던 유비는 이 제안에 응할 수밖에 없었다. 관우와 장비가 또다시 여포에게 속는 것이 아닐까 하고 간했지만, 유비는 마침내 여포의 군문에 항복했다.

"서주를 도겸으로부터 물려받았을 때도 그다지 기쁘다고는 생각하지 않았다. 지금 또 그것을 잃었다고 해서 아깝다고도 생각하지 않는다."

고 유비는 말했다. 또 이 때
"몸을 굽혀 분수를 지키고 천시(天時)를 기다릴 수밖에 없다.

인간은 운명과 싸우는 법이 아니다."

라고도 말했다.

과연 유비의 면모가 생생하게 드러난 말이다.

유비는 원래 모든 일에 집착하지 않는 성질인 것이다. 질투, 원한, 허영, 체면 등 말하자면 여성적인 감정과는 선천적으로 인연이 멀었다. 가난한 집에 태어나 자란 사람치고는 매우 대범했으며, 그렇기 때문에 한나라 황족이라는 선전이 누구보다도 잘 어울렸던 것이다.

천연자연류(天然自然流)

권모술수가 이만저만이 아니고 배반이 일상 다반사인 난세에 살아 남기 위해서는 어떻게 하면 좋을까? 주위의 음모, 계략에 세심한 주의를 게을리하지 않는 것은 물론, 그 허를 찔러서 한 수 위의 책략을 꾸미면 이긴다.

유비도 어린 아이가 아니었다. 어리석지도 않았다. 때로는 계책을 썼지만 그것이 장기라고는 자기 스스로도 생각하지 않고 있었다. 섣불리 서투른 계략을 세워 봤자 뱁새가 황새 따라가는 꼴이 되고 만다는 것을 알고 있었다.

그럼 어떻게 했는가? 간단히 말하자면 자기 성격을 살린 천연

▲유비 현덕(A.D.161~223)—어릴 때 아버지를 잃고 어머니와 짚신 장수로 생계를 세우고, 고학해서 세상에 나왔다. '천시를 기다림'을 신조로 삼았다.

자연류(天然自然流), 빈틈 투성이의 방법밖에 없었다.

빈틈 투성이는 물론 위험하기 짝이 없다. 언제 허를 찔릴지도 모른다. 실제로 유비는 이익은 고사하고 본전까지 잃고 마는 처지를 몇 번이나 당했다.

그렇지만 유비는 궁지에 몰려도 보기 흉하게 발버둥치지 않았다. 일이 순탄하게 풀려도 너무 기쁜 나머지 제 정신을 잃는 일도 없었지만…….

아무래도 유비는 마음 속으로는 주위 인물의 계략에 일희일비하기보다도 '하늘'이라는 것을 상대로 하고 있었던 모양이다. '천시를 기다린다'느니 '운명과 싸우는 법이 아니다'라고 말하는 것이 그것이다.

눈앞의 이해에만 사로잡혀서 잔재주를 부리기보다도, 유비의 눈은 보통 사람보다도 먼 곳을 보고 있었을 것이다. 사소한 인간의 얕은 꾀에 정신을 뺏기기보다도 '천운'을 기다렸다. 그렇기 때문에 좌절하고 싶을 정도의 실패에도 울적해 하지 않고 살아 나갈 수 있었음에 틀림없다.

'천운'이라고 하면 고리타분한 설교나 도덕 교육처럼 받아들이는 사람도 있을지 모른다. 유비의 시대와 마찬가지로 냉엄한 경쟁 사회에서는 그런 애매한 개념을 받아들일 여지는 없을 것같이 보이기도 한다.

그렇지만 정말로 큰 프로젝트와 맞붙은 인물이라면 뼈에 사무치게 알고 있을 것이다. 인생에서 최후의 결정적인 힘을 가지고 있는 것은 '천운'이라고 부를 수 있는 것이라는 것을.

'천운'이라는 말이 현대에 어울리지 않는다면 '삶의 도박'이라고 바꿔 말해도 좋다. '수완가의 기도'라고 불러도 좋다.

비열한 방법으로 '천운'과 만날 수는 없다. 유비는 정의(情義)를 다해서 그것을 얻으려고 했다.

'홍의관후(弘毅寬厚) 지인대사(知人待死)'라는 평을 받은 그의 성질은 이 '천운'과의 대화에서 자연스럽게 나온 것이다.

훌륭한 자연태(自然態)이기 때문에 그를 접한 사람은 모두들 그의 인품에 반해 버리는 것이었다.

평생 유비를 위해 진력한 관우, 장비는 두말할 것도 없지만, 유비를 숨겨 준 유회, 그를 등용한 공손찬, 서주를 물려준 도겸, 나중에 맞아들인 제갈량, 모두 유비의 '홍의관후'에 심취했기 때문이었다.

향배(向背)가 무상한 난세에 있어서 유비류의 '관후'는 사람들의 눈에 쓰레기 속의 다이어몬드처럼 빛나 보였을 것이다.

비육지탄(髀肉之嘆)

여포와 주객의 위치가 뒤바뀐 유비는 서주 교외의 소폐를 받고 그의 전위로서 일개 부장(部將)의 지위에 만족하게 되었으나, 결국 쫓겨나서 허도(許都)에 있는 조조에게 몸을 의지했다.

전날의 적 조조는 유비의 그릇을 알고 있어서 소홀하게 다루지는 않았다. 함께 여포를 정복하고 좌장군(左將軍)의 높은 자리에 앉혔다.

그 후 유비는 괴뢰 황제 헌제의 밀칙을 받고 조조 암살 계획에 가담했지만, 결국 달성하지 못하고 사전에 발각되고 말았다. 동지들은 전원이 주살되었으나 유비는 다행히도 서주에 원정 중이었기 때문에 살았으며, 이전의 근거지 소폐에 웅거하여 조조와는 다시 적대 관계가 되었다.

조조는 공격군을 보냈지만 유비는 당장 이것을 물리쳤기 때문에, 건안(建安), 5년(A.D.200)에 스스로 정병을 이끌고 소폐로 육박했다. 유비군은 조조가 직접 지휘하는 부대에 지고 말았다. 유비는 원소에게로 달아났으나, 이 때 유비의 처자와 관우가 생포되는 추태를 보이고 말았다.

원소는 10만 대군을 이끌고 관도(官渡)에서 조조군과 싸웠으나 완전한 패배를 당하고 만 원소의 별동대를 지휘하고 있던 유비는 또 다시 갈 곳을 잃었으며, 남쪽으로 달아나 형주의 유표(劉表)에게로 갔다. 건안 6년(A.D.201)이었다.

'도원지의' 이래 17년간 화북(華北), 화중(華中), 양자강 유역 까지 떠돌아다니고, 전진의 말 위에서 나날을 보낸 유비였지만 이 형주에서는 7년이란 세월을 평온하게 보냈다.

어느 날 유표의 연회에 참석한 유비는 변소에서 돌아와 자리에 앉았다. 무심코 그 얼굴을 본 유표가

"아니, 무슨 일이 있었습니까?"

하고 물었다. 유비의 볼에 눈물 자국이 있었던 것이다. 유비는 쑥스러운 듯이 이렇게 대답했다.

"내 몸은 항상 말 안장을 떠나지 않았고 덕분에 비육은 모두 사라지고 없었다. 지금은 말을 타지 않기 때문에 비리에 살이 생겼다. 나이는 늙어 가는데 공적을 세우지 못했으니 이것을 슬퍼할 뿐이다."

비육이라는 것은 넓적다리 안쪽의 군살을 말한다. 말을 타고 전진을 뛰어다니는 것을 잊고 도식하고 있는 동안에 완전히 쓸데없는 살이 붙은 것을 깨닫고 깜짝 놀랐다는 것이지만, 이미 초로

가 된 사나이의 한탄에 공명하는 사람도 많았을 것이다. 이 말에서 실력을 발휘할 기회가 없는 것을 '비육지탄'이라고 말하게 되었다.

유비는 그렇지만 '비육지탄'을 푸념하고만 있었던 것은 아니었다. 인재가 풍부한 형주에서 우수한 스타프를 모으는 일에 마음을 쓰고 있었던 것이다.

공명(孔明)의 이름을 알다

유비의 식객 생활도 7년째가 된 건안 12년(A.D.207), 47세가 된 그는 제갈량, 공명(諸葛亮 孔明)의 이름을 알았다. 나이는 그보다 20세나 아래지만, 보기 드문 지모(知謀)를 가지고 있으며, 확실히 '잠자는 용'이라고 할 수 있었다.

유비는 지모가 모자라는 자신을 충분히 자각하고 있었다. 관우, 장비 등 일기 당천의 용사를 거느리고는 있지만 적확한 계략을 세우는 인물을 지금까지 가져 본 일이 없었다.

유비류의 '빈틈 투성이'는 남들이 부러워하는 지위가 저쪽에서 제멋대로 굴러 들어오는 대신 모처럼 생긴 기회를 멍청하게 잃어버리는 결과만을 가져왔다.

'빈틈 투성이'의 허점을 보완할 지혜 주머니로써 제갈량 같은 인물을 꼭 얻고 싶다고 유비는 생각했다.

"일부러 이쪽에서 찾아갈 필요는 없지 않습니까. 부르면 됩니다."

라는 측근의 말을 누르고, 유비는 일부러 말을 달려 직접 제갈량의 초가를 찾아갔다. 그렇지만 집에 없어서 만나지 못했다.

한 번 더 눈보라를 무릅쓰고 갔으나, 또 틀렸다. 만남이 실현된 것은 세 번째 방문 때였다.

제갈량으로서는 입신출세하는 것만이 인생의 목적이라면 벌써 오래 전에 주인을 찾아 관직에 앉아 있었을 것이다. 자기를 쓸 수 있을 정도의 인물은 발견되지 않을 것이라고 생각했기 때문에 은둔 생활에 만족하고 있었던 것이다.

'무명의 애숭이에게 참으로 예의를 다해 주는구나' 하는 감동을 느끼며 만나 보았더니, 포용력이 컸으며, 듣던 것 이상으로 인품이 뛰어난 유비였다.

"내 몸을 맡기는 것은 이 인물밖에 없다."

고 생각하니 가슴이 뜨거워졌다.

유비도 한 번 보고,

"이 사나이다. 이 사나이와 손을 잡자."

하고 마음에 맹세했다.

지모가 있는 사람이지만 얄팍한 사리사욕을 바라는 모략가와는 달랐다. 그런 타입의 사나이라면 조조, 여포 등 지금까지 많이 사귀어 본 터였다.

▲유비의 죽음을 안 부인 손상향(孫尙香)은 능운정(凌雲亭)(사진)에서 향을 피우고 자살했다.

제갈량은 유비가 묻는 말에 대답하면서 울적해 있던 뜻이 갑자기 뿜어오르기 시작하는 것을 느꼈을 것이다. 거침없이 천하의 정세를 분석하고, 조조의 전국 제패를 저지하기 위해서는 '천하삼분지계(天下三分之計)'가 있다는 것을 설명했다. 유비는 무릎을 치고 크게 고개를 끄덕였다.

이것은 '사나이들의 만남'이었다. 그 후 두 사람의 사이는 끊을래야 끊을 수 없는 관계가 되었다.

"나에게 공명이 있음은 물고기에게 물이 있는 것과 같다."

고 유비는 말했다. 후년에 '수어지교(水魚之交)'라는 말을 낳았지만, 제갈량으로서는 유비를 만날 때까지는 물고기가 살지 않는 텅 빈 물웅덩이를 한탄하고 있었던 것이다.

건안 13년(A.D.208)에 북변(北辺)과 중원(中原)을 완전히 제압한 조조는 전국 통일을 위해 남진을 개시했다.

형주의 유표는 이 중요한 때에 병사하고 아들인 유종(劉琮)이 뒤를 이었지만 전의가 없어 형주를 조조에게 내주고 말았다. 유비에게는 아무런 연락도 없이 항복했기 때문에 그는 진용을 다시 세울 틈도 없었다. 남쪽으로 도망쳐서 하구(夏口)에 이른 것이 고작이었다.

여기서 유비는 양주에 웅거하는 오(吳)나라의 손권(孫權)에게 제갈량을 보내서, 함께 연합해서 조조에 대항할 것을 설득했다. '천하삼분지계'의 출발이었다.

손권도 이대로 가다가는 조조에게 영토를 병탄(倂呑)당하기 때문에 유비의 권유에 응했다. 그리고 조조군과 '적벽(赤壁)의 싸움'에서 대승리를 거두었다.

전후 유비는 형주의 4군을 확보하고, 여기를 근거지로 하여 익주(益州)로 들어갔으며, 건안 19년(A.D.214)에 성도(成都)를 함락시켜 촉나라를 손에 넣었다. 다시 3년 후에 한중(漢中)을 뺏고, 건안 25년(A.D.221)에 스스로 초대 황제가 되었다. 그래서 중국은 위, 촉, 오의 3국이 정립하게 되었다.

14년 전, 제갈량이 자신의 초가에서 그려 보였던 '천하삼분'의 청사진이 현실로 나타난 것이었다.

그렇지만 '삼분지계'가 이것으로 완료된 것이 아니었다. 촉나라는 오나라와 동맹 관계를 유지하면서 위나라의 틈을 봐서 형주, 한중의 두 방면으로부터 중원으로 진출한다는 것이 궁극의 목표였다. 유비는 이 목표로 매진했는가? 아니다. 유비의 최후는 역시 유비다웠다.

촉한 건국이 끝나자 유비는 대적 위나라를 내버려 둔 채 오나라로 원정군을 일으켰다. 몇 해 전에 오나라 때문에 살해당한 관우를 생각하면 그 복수를 하지 않을 수가 없었던 것이다.

군신들은 모두 이해 득실을 설명하고 폭거(暴擧)임을 간했으나 '도원지의'를 맺은 당시의 청년으로 돌아가 버린 유비는 귀를 기울이지 않았다. 그리고 상식에서 벗어난 서투른 싸움을 해서 대패하고 말았다.

간신히 백제성(白帝城)으로 철수한 유비는 거기서 병에 걸려, 촉나라의 장무(章武) 3년(A.D.223)에 파란 많은 62년의 인생을 마쳤다.

임종의 자리에서 그는 제갈량을 불러 그 손을 잡고 유언했다.

"그대의 재능은 조비의 10배나 된다. 반드시 나라를 안정시켜 큰 일을 이룩할 것이다. 만약 내 아들이 보필할 만하면 보필하라. 만약 재능이 없다면 그대 자신이 나라를 잡으라."

사람들은 이 유언을 어리석은 아들을 걱정하는 나머지 미묘한 표현으로 보좌를 부탁한 것으로 받아들인다. 그럴까? 아버지의 비통한 감정은 들어 있지만 유비는 천하 평정의 뜻을 제갈량으로 하여금 잇고자 했던 것이다. 황제의 자리는 그의 재량(裁量)에 완전히 맡겨 버렸음이 틀림없다.

죽음을 당하고도 '천운'에 거역하지 않는 유비였다.

曹操(조조)

'비정(非情)'의 '시인장군(詩人將軍)' 중원(中原)에 사슴을 쫓다

위의 무제 조조. 「삼국지연의(三國誌演義)」는 그를 '난세의 간웅'이라고 적었다. 확실히 그는 권모 술수에 뛰어났으며 내부에는 '악'이 도사리고 있었다. 그것은 조조의 성장 환경이 길러 내었다고 할 수도 있지만, 오히려 천하에 평안을 가져오기 위해 스스로를 채찍질했기 때문일 것이다. 도(度), 모(謀), 무(武), 덕(德) — 이것을 자기 것으로 만든 그는 지모지사(知謀之士)를 유막(帷幕)에 얻어 훌륭하게 난세를 살아 나갔다. 그는 '초세지걸(超世之傑)'이었다.

'손자(孫子)'를 자기 피로 만들다

위나라의 무제 조조는 매우 매력있는 인물이다. 정사(正史) 「삼국지」와 「삼국지연의」를 비교할 때, 그에 대한 인물 평가가 두드러질 만큼 다른데 이만큼 상상력이 자극되는 역사적 인물은 그리 흔하지 않다.

조조는 청년 시대에 '난세의 간웅'이라는 평을 들었다고 「삼국지연의」는 기록하고 있다. 간웅 — 다시 말해서 못된 꾀에 뛰어난 영웅을 말한다. 그렇지만 정사에서는 그를 가리켜 난세를 구하는 당시 제1의 인물로 '명세지재(命世之才)'라고 말하고 있다. 여기서 '선인'과 '악인'의 두 갈래로 평가가 달라진다.

조조 '악인설'은 나중에 나관중의 「삼국지연의」 이전부터 있었던 것이며, 원 때 이미 그랬었다. 중국인은 옛날부터 '선인' 유비가 지면 눈물을 흘리고, 조조가 곤경에 빠지면 박수 갈채를 보내왔다.

이러한 고정 관념에 일격을 가한 것이 노신이었다.

"한말 위초(魏初)라는 시대는 매우 중요한 시대입니다.(중략) 그 때 나타난 것이 조조 — 조조라고 하면 우리들은 금방 「삼국지연의」를 연상하고, 그런 다음 또 연극 무대에서 악역의 분장을 하고 나타나는 간신을 상상하기 쉽지만 이것은 조조를 관찰하는 올바른 방법이 아닙니다."

노신은 1926년 9월, 광동의 하기 강연회에서 행한 강연 '위진

▲'난세의 간웅'이라고도 하며 '명세지재(命世之才)'라고도 평가받는 위왕조의 시조 조조.

(魏晉)의 기품 및 문장과 약 및 술의 관계'의 모두에서 이렇게 말하고 다시 덧붙였다.

"조조는 사실은 매우 재간이 있는 인물이며, 적어도 한 사람의 영웅이었습니다. 나는 조조의 당은 아니지만 그를 매우 경복(敬服)하고 있습니다."

'경복'이라는 말 뒤에는 두말할 것도 없이 조조의 문학자로서의 재능을 인정하는 마음이 담겨져 있다.

조조는 일찍부터 권모술수에 뛰어난 점이 있었다. 후세에 악역으로 분장될 요소는 확실히 있었다고 할 수 있다. 그렇지만 단순히 불량자인 체하고 제멋대로 세월을 보냈던 것은 아니다. 젊을 때부터 대단한 독서가이기도 했다. 그것은 후년에 정치가, 군인으로서 이름을 이룬 다음에도 '시골에 서재를 만들고 여름과 가을에는 독서를 하고, 겨울과 봄에는 사냥을 하는 생활을 하려고 했다'고 술회하고 있는 점에도 잘 나타나 있다.

살육을 좋아하기만 하는 전략가로서는 도저히 할 수 없는 말이다.

조조가 젊을 때부터 되풀이해서 읽은 것은 「손자(孫子)」였다. 「손자」는 제1급의 병법책인 동시에 인간 통찰의 지침서이기도 하다. 시적이고 깊은 여운을 가지고 있으며, 다른 병법책에는 없는 품격이 있다.

조조는 이것을 숙독하여 자기의 피로 만들고 싶다고 생각했다. 춘추 시대 말기에 오나라 장군 손무(孫武)에 의해 쓰여진 것임에도 불구하고 응용 범위가 넓고 매우 현대적인 시사(示唆)로 가득 차 있는 점에 마음이 끌렸기 때문일 것이다. 인간은 어떻게 살아야 하는가를 독해(讀解)하고 진수를 알아내려고 했다.

두 가지 콤플렉스

조조의 할아버지 조등(曺騰)은 후궁에 출사(出仕)하는 환관이었다. 대장추(大長秋: 왕후 시종장)이기는 해도 일반 서민이 볼 때는 경멸의 대상일 뿐이었다. 남성으로서의 기능을 상실한 환관은 아이를 가질 수가 없었다.

조등은 양자를 얻고, 그 아이를 위해 열심히 모은 돈으로 관직을 사 주었다. 이 양자가 조조의 아버지 조숭(曺嵩)이다.

돈으로 관직을 산 사람에게 세상 사람들의 눈은 더욱 차가워지기 마련이다. 정신적 학대다. 조조는 태어나면서부터 이런 냉대를 견뎌야 할 숙명을 짊어지고 있었다. 자연히 다른 사람의 마음을 기민하게 읽고 스스로의 몸을 지키는 기술이 필요했다. 그 기술은 병서에서 구했다고 해도 과언이 아니다. 거기에다 조조는 생김새가 몹시 짧고 작았기 때문에 육체적 콤플렉스도 있었던 것 같다.

'손자'의 기본 사상은 '싸우지 않고 이기는 것'과 '승산 없을 때는 싸우지 않는 것' 단 두 가지 점으로 집약되지만, 오의(奧義)는 한량없다.

조조는 그것을 간파하는 인간이 되려고 노력했다. 동시에 정연하게 논리와 변론을 전개하는 것만으로는 남을 사로잡을 수 없다는 것도 배웠다.

'용한편(用閒篇)'에는 다음과 같은 구절이 있다.

"뛰어난 지혜와 통찰력이 있는 사람만이 지모를 가지고 있는 사람을 첩보원(스파이)으로 기용해서 큰 성공을 거둔다. 그 위에 애정과 판단력이 뛰어나고 인심의 기미(機微)를 살펴서 알아내는 능력이 있어야만 비로소 실효를 거둘 수가 있다."

이것을 확대 해석하면 설사 악당이란 말을 듣더라고 인간적인 매력만 있으면 사람은 모여든다는 얘기가 된다.

이 생각이 조조의 마음을 크게 지배했다.

이데올로기는 그것을 내세우고 있을 때는 아주 훌륭해 보이지만, 시대의 변천에 의해 쉽사리 무너질 위험이 있다. 그렇지만 그와 반대로 매력있는 인격은 평생의 벗을 얻을 수도 있다고 깨달았던 것이다.

그런 조조 앞에 인물 감정의 명인이 나타났다. 조조가 머지 않아 시대의 리더가 되리라고 간파한 교현(橋玄)이었다.

"천하는 혼란기를 맞아 영웅들이 서로 먹느냐 먹히느냐의 싸움을 시작할 것이다. 이것을 수습할 수 있는 사람은 당신뿐이다. 태평한 세상이라면 대악인으로나 불리겠지만 난세를 만나면 영웅이 될 인물이다."

조조는 확실히 불량 소년이었던 시기가 있었다. 그렇지만 머리가 좋았기 때문에 그대로 방탕한 사람이 되지 않고 그것과 결별하는 시기를 잘 알고 있었다. 분명히 말하자면 자신의 내부에서 서식하고 있는 악을 변용시키는 방법에 통달했던 것이다.

교현이 말하는 난세를 앞두고 20대에 접어 든 조조는 드디어 탁류로 나아갈 각오를 했다.

엘리트 코스를 달리다

조조는 전형적인 엘리트 코스를 택했다. 탁류를 끝까지 건너가기 위해서는 우선 단단한 배가 필요했다. 배가 있어야만 나아갈 방향도 정할 수 있었다.

출범(出帆)은 순풍에 돛을 활짝 편 상태였다. 효렴(孝廉)으로 뽑혀서 관리 후보생이 되고, 잇따라 궁중의 시종이 되었다. 그리고 불과 1년도 못 되어 수도 경비 대장에 임명되는 이례적인 출세를 했다.

그 후 돈구(頓丘) 지사, 조정의 건의관(建議官) 등을 맡고 있는 동안에 황건란이 발생했다.

근위 기병대 사령으로 임명된 조조는 영천(潁川)의 황건군을 토벌하고 제남국(濟南國)의 집정관으로 승진했다

병법책을 많이 읽어 온 조조에게 있어서 실전에서의 승리는

상당한 자신감을 얻게 해 주었다.

그 자신감은 조조로 하여금 동군 태수(東郡太守)로 임명되어도 병을 핑계삼아 고향으로 돌아가게 만들었다.

이미 후한 왕조 붕괴의 징조가 보이기 시작했으며, 영제(靈帝)를 퇴위시키고 황족의 한 사람인 합비후(合肥候)를 옹립하려고 하는 쿠데타 계획이 조조의 귀에도 들어와 있었다. 그렇지만 「손자」의 진수를 터득한 조조가 택한 길은, 기다리는 것이었다.

쿠데타는 싱겁게 실패했다.

조조가 겨우 재기한 것은 중평(中平) 5년이 된 다음이었다.

—이미 형세를 방관할 때가 아니다.

조조가 그렇게 생각한 것은 금성(金城)에서 반란이 일어났기 때문이며, 지금이야말로 국가를 위해 적을 쳐서 공적을 세울 때라고 판단했기 때문이다. 때를 기다리는 동안 골몰해 온 야심 실현의 지름길이었다.

서울에서는 영제가 죽자 나이 어린 황자(皇子) 변(辯)이 즉위하여 황태후가 정무를 보고 있었다.

이 황태후는 원래 정육점 딸이었으나 관녀 스카우트의 사자에게 뇌물을 써서 궁중에 들어온 후 황태후까지 된 여성이었다. 배다른 오빠로 하진(何陳)이라는 대장군이 있었다.

하진은 이 기회에 서북의 실력자 동탁(董卓)을 서울로 불러서, 군대의 힘으로 환관 세력을 일소하고 황태후를 압박해서 권세를 내두르려고 했다.

동탁은 낙양으로 들어왔다. 그러나 도착하기 직전에 하진은 환관 세력에 의해 살해되고 말았다.

—수고하지 않고 방해자는 사라졌다.

동탁은 상황을 그렇게 판단했다. 이미 막강한 군사력을 배경으로 무서운 것이 없었다.

황제를 퇴위시키고는 그 동생이며 불과 9세밖에 되지 않은 헌제(獻帝)를 즉위시켰다.

그런 동탁에게 마음에 걸리는 인물이 있었다. 준재(俊才)로서 일이 있을 때마다 소문이 자자한 조조였다. 동탁은 무슨 짓을 해서든지 이 사나이를 자기 편으로 끌어들이려고 효기 교위(驍騎校尉)의 자리를 준비케 했다.

조조는 이것을 일축했다.

—서울에 온 것은 시시한 권력 싸움의 소용돌이에 말려들기 위해서가 아니다. 게다가 동탁의 천하는 어차피 길지 않다.

그렇게 간파했기 때문이지만, 한편으로는 실력자에 대한 반항이었다.

조조는 이름을 바꾸고 서울을 탈출해 샛길을 따라 고향이 있는 동쪽으로 갔다.

타도 동탁을 위해 거병

이보다 앞서 3가지 에피소드가 있다.

우선 「위서(魏書)」. — 조조는 몇 기(騎)만을 거느리고 성고(成皐)에 있고 전부터 아는 사이인 여백사(呂伯奢)의 집을 찾아갔다. 주인은 마침 부재중이었는데 아들과 식객들이 조조를 협박해서 말과 짐을 약탈하려고 했다. 조조는 정당방위로써 칼을 휘둘러 몇 사람을 베어 죽였다.

손성(孫誠)의 「잡기(雜記)」. — 아들들은 조조를 친절하게 대접했다. 그렇지만 조조는 쫓기는 몸이었다. 의심이 많아서 식기 소리를 자신을 죽이려는 무기로 오인하고는 그들을 죽여버렸다. 그리고 '나는 천하의 사람을 배반할지언정 천하의 사람을 나에게 배반케 해서는 안 된다. 이것이 내 방식이다'하고 큰소리쳤다.

「삼국지연의」에서는 여백사의 아들들을 죽인 다음의 일을 이렇게 적고 있다. — 조중에서 여백사를 무시하고 조조는 힘껏 칼을 내리쳤다. 여백사는 소리도 지르지 못하고 죽었다. 조조의 종자인 진궁(陳宮)이 조조를 비난했다.

"조금 전에는 의심으로 사람을 죽였소. 이번에는 왜 죽였습니까."

"여백사가 집으로 돌아가서 아들들의 시체를 보면 사람들을 모아서 나를 쫓을 것이다. 풀을 베려면 뿌리부터 뽑아야 하는 법이다."

—조조의 마음에는 박정한 의귀(疑鬼)가 있다.

진궁은 침통한 생각에 사로잡혀 조조 옆을 떠났으며, 그 후 '타도 조조'의 집념을 불태우게 되었다.

그런데 정사는 도망치는 도중에 여백사의 집에 들렀다는 사실은 한 줄도 쓰고 있지 않다. 왜 생략했는지는 여러 가지 설이 있어 분명치 않다.

진류군(陳留郡)에 도착한 조조는 타도 동탁의 의용군을 일으키려고 했다. 그러기 위해서는 군자금이 필요했다. 자진해서 원조해준 것은 그 지방의 재산가 위자(衛玆)였다.

그렇지만 군사를 일으켰을 때의 군세는 겨우 5천 명이었다.

'손자'는 '중과(衆寡)의 용(用)을 아는 사람은 이긴다'고 말하고 있다. 다시 말해서 수가 많은 쪽이 항상 이기는 것이 아니라, 병수의 다소에 적응하는 운용법이 문제인 것이다. 조조는 군의 비대화에 따르는 자멸을 피하고, 신속하게 움직일 수 있는 군세로 국면을 타개하려고 생각했던 것이다.

여러 장수가 잇따라 일어나다

조조의 독백이다.

"내가 기뻤던 것은 그 거취를 가장 주목하고 있던 발해(渤海)

의 태수 원소가 참가한 일이었다. 거기에서 세상에 알려진 유비가 관우와 장비 등 모두 무용으로써 이름을 떨친 부장을 이끌고 참가한 것도 알았다. 이 시점에서 나는 유비의 존재를 분명히 의식하게 되었다.

나는 너무나도 순조롭게 일이 진행되어 한편으로 무서운 생각까지 들었던 것이다. 그런 기분이 동탁 타도를 위해 모인 제후들에 대해서 이런 말을 하게 했다.

'일찍부터 전야(田野)의 장으로서 버려 두기에는 참으로 아깝다고 생각하고 있던 인물이 대의를 위해 주저없이 참가해 주셨다. 이 깊은 감명을 조조는 평생 잊지 않겠다.'

평생 — 이것은 전도에 대한 일말의 불안 때문에 사용한 표현이었다.

— 동탁을 토벌하고 당면의 목표를 잃었을 때, 이 맹우(盟友)들은 과연 어떠한 출처진퇴(出處進退)를 할까,

실력의 세상이다. 여러 장수, 그 중에서는 유비는 이 기회에 자기 힘을 증강하려고 생각하는 것은, 그 불타고 있는 눈만 보아도 알 수 있다.

그렇지만 그런 티는 손톱만큼도 보이지 않고 나는 총군의 수장(首將)으로 원소를 추천했다. 원소는 사퇴했다. 혜안(慧眼)인 원소 역시 연합군이 하나로 뭉쳐 있지 않다는 것을 간파하고 있었기 때문일 것이다. 게다가 한 번은 의례적으로 사퇴해야 한다고 생각했기 때문임에 틀림없다. 겨우 제후들의 찬의로 수장이 되었

을 때 '제후들의 더 한층의 이해와 협력을 얻을 수 있다면'이라고 한 마디 단서를 덧붙였다. 상당히 주도한 사나이였다."

조조는 환관의 손자이기는 했지만, 자기 노력으로 출세가도를 걸어 온 엘리트였다. 그렇지만 원소는 명문 중의 명문의 자제였다. 그 위에 지금은 명망이 높으며 적으로 돌리기에는 가장 무서운 사나이였다. 내용도 스케일도 달랐다. 서울에서 도망쳐온 조조는 스스로 분무장군(奮武將軍)이라고 칭찬하고 원소를 맹주로 추대했다. — 거기에는 조조의 독특한 계산이 있었다.

"이리하여 동탁 타도, 치평천하(治平天下)의 거병 의식은 '만세, 만세!'의 박수 속에 끝났다. 이것으로 우선 나는 패도(霸道)에의 빛나는 제1보를 힘차게 내딛었다.

난 마당에 피운 모닥불에 얼굴을 비추면서 내일에의 대망과 자부심의 불을 가슴 속에 태우고 있었다. 나에게는 평생 잊을 수 없는 감격의 날이었다……."

두 사람의 숙장(宿將)

조조의 독백은 여포의 일격에 의해 동탁이 살해당한 뒤로 일조로 옮겨진다.

당시 서울은 기쁨에 넘치고 있었으나 연합군은 그 존재 이유를 상실하고 있었다. 그 때문에 군웅은 각자의 본거에서 독자적인 행동을 취하게 되었던 시기다.

"천하에 폭위를 자랑하고 있던 동탁이 죽자 — 반복(叛服)이 무상한 성격의 여포였기에 스스로 무덤을 판 셈이지만 — 내가 예견하고 있던 대로 18개국의 제후는 분산되어 버렸으며, 그것을 기회로 황건적이 여남(汝南), 영천(潁川)의 2군에서 수만의 부하를 이끌고 날뛰기 시작했다.

나는 그것을 쉽게 토벌했다. 그리고 이렇게 된 이상 황제가 되고 싶다는 내 의향에 대해서 여러 장수는 반대했지만, 순욱(荀彧)과 정욱(程昱)은 적극적으로 찬의를 표해 주었다. 나는 언제나 적확한 제언을 해주는 두 사람의 찬성에 마음이 든든했다.

현제가 낙양으로 들어왔다는 소식에 접한 나는 제후들에게 언명했다.

'지금 황제가 낙양으로 돌아오셨지만 낙양은 완전히 황폐해버렸다. 분별이 있는 사람은 제실(帝室)의 재건을 바라고 있으며 사람들은 옛날을 그리며 비탄에 잠겨 있다. 여기에 황제를 받들고 백성들의 평안을 바라는 마음에 부응하는 것이야말로 자연의 흐름에 따르는 것이라고 믿는다.'

내 언명에 대해서 순욱이 쩌렁쩌렁 잘 들리는 목소리로 거들었다.

'천하의 영웅 호걸을 귀복(歸服)시키는 데 필요한 것은 공정한 조치를 하시는 그 재략입니다. 천하에 역절을 하려고 하는 사람

▲관우의 신주를 모시는 낙양의 관림(關林). 조조의 죽음은 관우의 앙화라 고 말해진다.

이 있더라도 공(公)이 대의를 돕고 영준(英俊)을 초대하려고 하는 그 큰 덕의를 막을 수는 도저히 없을 것입니다.'

힘을 얻은 나는 결연히 말했다.

'각지의 군웅이 일어난 다음이면 늦다. 결단을 내릴 때는 바로 지금이다!'

이리하여 나는 당당히 낙양으로 들어갔다. 그 때 이미 형세가 불리하다고 느꼈는지 황제의 신망이 두터운 신하들 중에도 도망치는 자가 생겨났다.

현제는 나를 최고 사령관과 재상 겸무에 임명하셨다. 나는 여러 장수의 반대를 무릅쓰고 강행한 내 결단이 멋지게 들어맞아서 유쾌했었다.

유쾌했던 것은 이것만이 아니다.

내가 현제를 옹위하고 최고 사령관에 임명되었다는 것을 알고, 원소는 측근 저수(沮授)의 진언을 받아들이지 않고 움직이지 않았음을 매우 후회했다는 소식이 들어왔다.

'만약 나보다 더 막대한 세력을 가지고 있는 원소가 먼저, 아니 동시에라도 움직이기 시작했더라면' 하고 생각하니 솔직이 말해서 오싹해진다. 선수를 쓰면 남을 누를 수 있다는 말은 참으로 옳은 말이다."

여기에 조조와 원소의 성격 차이가 나타나 있다. 조조는 어디까지나 기회를 보는 것이 빠르고, 원소는 측근 중 누구의 의견을 채택해야 좋을지 몰라 동요하고 있었던 것이다.

그 후 천하의 태세는 하남 일대를 지배한 조조의 페이스대로 되었으며, 원소는 더욱 더 초조해졌다.

원소와의 대립 항쟁

"내가 형제를 맞아서 최고 사령관이 되고 허도(許都)가 서울이 되자, 관중(關中)의 여러 장수는 생각했던 바와 같이 일제히 나에게 충성을 맹세해 왔다. 자기의 위세를 자부하는 원소는 서울을 원주의 견성으로 옮기도록 나에게 제의해 왔다. 이제 와서 황제를 원소의 손에 넘긴다면 모처럼의 큰 계략도 수포로 돌아간다. 나는 즉석에서 거절했다. 이 일이 황제의 귀에 들어가자 걱정을 하시고 원소를 태위(太尉)에, 나를 대장군에 임명하셨다."

황제의 이 조처는 조조의 '지혜주머니'격 존재인 순욱이 배후에서 사전 공작을 한 후 취해진 것이었다.

"이 말을 듣고 원소는 '조조는 황제를 옹립하고 나에게 명령할 생각이냐'고 분개했다고 한다. 그 말을 들은 나는 깨끗하게 대장군의 자리를 원소에게 물려주었다. 대장군이라고 원소가 뽐내고 있어 봤자 머지 않아 그것은 유명무실하게 된다고 생각했기 때문이다.

병력만을 비교한다면 원소 쪽이 나보다 위다. 그렇지만 천하의 정세의 흐름을 분명히 황제를 옹립하는 내 쪽으로 기울고 있으며, 대의명분에 의한 제위의 권위를 이용하는 것이 세력의 확대에 얼마 만큼 도움이 되는가를 나는 충분히 계산하고 있었던 것이다. 결국은 원소와 나의 시대 인식의 차이라고 해도 좋을 것이다."

원소가 몹시 화를 내고 있다는 것을 조조도 느끼고 있었다. 그래서 조조는 순욱과 정욱에게만은 '원소의 힘이 무섭다'고 속마음을 털어놓았다.

"승패는 군주의 그릇에 의해서 결정되는 것은 역사에 비추어서 분명합니다. 군주가 되기에 어울리는 그릇이라면 반드시 강대해지고, 그 그릇이 아닌 사람은 아무리 강대하더라도 반드시 쇠망

합니다. 그것은 유방(劉邦)과 항우(項羽)의 존망이 분명히 보여 주고 있습니다."

원래 원소가 빈객으로서 맞았으나 원소는 큰 일을 할 그릇이 아니라고 판단하고 조조에게로 도망친 인물인 만큼 말에 군더더기가 없었다.

그 말을 받아서 순욱과 마찬가지로 조조의 신뢰가 두터운 정욱이,

"원소는 관대한 척하고는 있지만 시의심이 강합니다. 다른 사람에게 일단 일을 맡긴 후에도 그 사람을 의심하는 성격입니다. 그것에 반해 공(公)은 공정하고 적재 적소주의이기에 믿고 일을 하게 합니다." 하고 말했다.

순욱이 고개를 끄덕였다.

"원소는 결단력이 없기 때문에 아깝게도 좋은 기회를 놓치고 부하들의 불신을 격화시킵니다. 그렇지만 공은 큰 일을 결단하시며 더구나 부하의 진언을 받아들여서 임기응변의 조치를 취하십니다. 이것이야말로 난세에서는 중요한 일입니다. 원소는 병력이 많음을 과시하고 있지만, 통솔력이 부족하기 때문에 기강이 문란하고 군령은 철저하지 못합니다. 공은 군령을 철저히 하고 신상필벌주의이기 때문에 비록 병력은 수에 있어서는 충분하지 않더라도 전원이 필사적으로 싸우기 때문에 수가 적은 것을 보충하고도 남음이 있습니다."

조조는 두 사람이 진지한 얼굴로 말하는 '인물론', '지도자론'에

귀를 기울여 일일이 가슴에 새겨 두었다. 조조는 그것을 이치로 따져 정리하는 재주도 있었다.

"나는 원소에 대해서 이미 무량의 승리를 거두었다고 해도 좋다. 이렇게 된 바에는 덕(德)의 승리도 거두지 않으면 안된다고, 이 두 사람은 그것은 언외(言外)에 비치면서 격려하고 있는 것이다.

도, 모, 무, 덕, 이 4가지에 걸쳐서 뛰어나지 않으면 천하로의 길은 도달하기 어려운 것이다.

나는 지금까지 대의의 깃발을 쳐들고 때로는 내 일개인의 생각에 사로잡히는 일이 있었다. 그런 때는 나 역시 고독감에 시달렸다. 주위 사람들은 나를 이해하지 못하고 있는 것이 아닐까 하고.

나를 이해해 주기를 바라기 위해서는 어떻게든지 해서 패권을 잡아야 한다. 패권의 권위로 사람들은 나의 위대함을 알고 반드시 무릎을 꿇는다. 위대함과 위세야말로 무조건의 이해, 복종심을 초래할 것이다. 인간이란 그런 것이 아닐까?

제후들 중에는 뒤에서 나를 보기 드문 간계와 잔인한 힘을 행사하는 간웅이라 일컫고 무서워하고 미워하는 사람이 있다는 것을 알고 있었다. 그렇지만 민중은 난세의 싸움이 가져오는 약탈로 기진맥진이 되고 있는 반면에 대의를 내세운 내 전과에 경탄하고 또한 칭찬까지 하고 있다. 나의 절대적 전의의 정력은 머지않아 싸움이 없는 날을 가져다 줄 것이라고 기대하고 있음에 틀림없다. 민중은, 수단은 어떻든간에 내가 착착 대망을 성취해 나가는 그 굉장한 정기에 감탄하고 있다고 생각한다. 이것은 항상 정치적 혼란과 전화에 의해서 생활이 도탄에 빠진 무고한 백성들의 체념 속에서 가꾸어진 패자에 대한 가치관이다.

내가 측근에 지모가들을 두고 부하 장악을 잘하며 인정의 기미에 통하는 세밀한 계산 위에 세운 연출이 민중의 인기를 얻고 있다고 한다면, 그것은 난세를 사는 불쌍한 약자들이 꾸민 허상에 지나지 않을지도 모른다. 문득 이런 생각에 사로잡히곤 하는 나에게 야망 때문에 몸을 망치는 전철을 밟지 않도록 항상 좋은 충고를 해주는 사람이 순욱과 정욱인 것이다."

마음을 정리하면 조조는 으레 밤에 지모가들에게 술잔을 돌렸다.

조조는 곧잘 노래 불렀다. 단순히 살육을 일삼는 전략가가 아니라, 도연명(陶淵明), 이백(李白), 두보(杜甫)에게도 적지 않게 영향을 미치는 문학자로서의 그의 노래는 애환에 가득 차 있었다.

중원의 사슴을 쏘다

조조는 거대한 첩보 기관을 가지고 있었다. 각지에 정보망을 둘러치고 있었을 뿐만 아니라, 자기 주위에도 정보를 캐는 에이

전트를 배치하고 있었다. 그런 정보를 수집, 분석하여 적절한 판단을 내리는 입장에 있었던 것도 순욱과 정욱이었다.

특히 순욱의 인물 감식안은 상당한 수준이었으며, 순욱이 천거한 인재는 '시간이 지나면 지날수록 신뢰할 가치가 있다는 것을 알 수 있다'고 조조가 말했을 정도였다. 그뿐만 아니라 조조의 천하 제패는 순욱의 구상 없이는 이룰 수 없었다. 순욱은 신분상의 규정에는 구애되지 않고 겸손한 태도로 사람을 접했으며, 자기 혼자 잘개를 깔고 있는 짓은 하지 않았다.

이에 비해 정욱은 그다지 협조적이지 못했던 것 같다. 그래도 조조는 순욱과 마찬가지로 정욱 또한 두텁게 신뢰하고 있었다. 다른 사람들이 어떻게 생각하든 가식 없이 척척 의견을 말하는 점이 마음에 들었기 때문일 것이다. 헌제를 옹위하고 있다는 제안에 반대한 여러 신하들을 물리치고 강행한 것도 정욱이었다.

「삼국지연의」에 다음과 같은 에피소드가 실려 있다.

서주를 공략하고 여포를 쓰러뜨린 조조가 유비와 함께 허도로 개선한 직후의 일이었다. 어느 날 정욱이 조조에게, "황제를 폐하고 이제는 패(覇)를 주창할 때가 아닙니까?"

하고 힘찬 어조로 진언했다. 모든 정보를 분석한 결과 위에서 비롯된 말이었다. 그러나 조조는 금방 응하지 않았다. 쿠데타가 실패한 예는 지금까지 몇 번이나 보아 왔었다. 굳이 여기서 일을 시끄럽게 만들지 않더라도 자기는 국정을 좌지우지하는 위치에 있다는 심정이었다.

정욱은 계속해서 열심히 권했다. '그렇다면'하고 생각한 것이 '중원의 사슴을 쏜다'는 계책이었다.

황제를 꾀어서 사슴 사냥을 한다. 그 기회를 통해 황제의 권위를 높이는 동시에 조조 자신의 위세를 보여 주면서 구신(舊臣)들의 태도를 보자는 계산이었다.

사냥 일은 맑게 개인 가을날이었다.

'사냥은 성인이 할 일이라고는 생각하지 않는다'고 꺼리고 있던 헌제도 신하들을 비롯 각지의 관리들과 함께 들로 나왔다.

우선 '우리 숙부의 사냥 솜씨를 보고 싶다'는 헌제의 분부에 유비는 일시(一矢)로 토끼를 쏘아 죽였다.

"정말로 신기(神技)로군"

헌제는 격찬했다. 그러자 조조가 황제의 활과 황금 화살을 빌어서 풀숲에서 뛰어 나온 사슴을 노리고 쏘았다. 많은 갈채가 일어났다.

사슴에 꽂힌 것은 황금의 화살이었다. 모인 사람들은 누구나가 헌제의 솜씨라고 보았던 것이다.

"지금입니다!"

조조는 정욱의 목소리를 들었다.

말을 앞으로 몰고 나간 조조는 소리를 질렀다.

"이 사슴은 내가 쏘아 죽인 것이다."

—황제를 황제로도 생각하지 않는 오만무례한 놈.

유비의 동생 관우가 칼을 잡았다. 유비가 황급히 그것을 말렸다.

조조는 빙그레 웃으면서 주위를 둘러보고 더욱 큰 소리로 말했다.

"황제는 사슴을 쫓을 필요가 없는 분이다. 그러므로 내가 황제의 활과 화살을 빌어서 사슴을 쫓았을 뿐이다. 다른 뜻은 없다. 멋지게 쏘아 죽인 것은 내 솜씨가 뛰어났기 때문이 아니다. 이것도 오로지 황제의 위세가 그렇게 시킨 바이다."

미리 준비해 두었던 말이기 때문에 거침이 없었다.

이때 정욱은 동승(董承)이 비웃은 눈으로 조조를 응시하는 것을 놓치지 않았다. '궤변을 농하지 말라', 그렇게 말하고 있는 눈이었다.

유비와의 결별

조조는 다시 독백을 계속한다.

"생각했던 바와 같이 후일 동승은 서량(西凉)의 태수 마등에게 '황제의 신하는 조조가 기른 개인가. 아첨하고 꼬리를 흔들 뿐인 얼간이들 뿐만은 아닐 터인데'하고 넌지시 궐기를 촉구하고, 황제와 공모해서 나의 모살(謀殺)을 기도했다. 동지의 혈판장에는 유비의 이름도 없었다. 황제의 주위에 둘러쳐 놓은 치밀한 정보망은 재빨리 그 사실을 포착했다.

그 음모는 불발로 끝났으며 유비는 내 옆을 떠났다. 그것을 묵인한 나에게 '호랑이를 들에 풀어놓는 것과 같다'고 걱정하는 사람도 있었으나, 나는 마음 속으로 '사슴 사냥 후에는 호랑이 사냥도 좋지'라고 중얼거리고 있었다.

정욱의 말을 듣고 사슴 사냥을 계획했고 그에 따른 마음의 미동이 큰 오해를 낳은 예지만, 만사가 뜻대로 되는 것도 얼마나 곤란한가를 깨달았다. 사슴을 쏘아 죽였을 때 돌아온 것은 칭찬이 아닌 모멸과 표리(表裏)라는 것을 알아야만 했었다. 나는 황제를 권위를 섣불리 비는 것을 삼가하기로 했다. 자기의 적이 될 사람은 모두 역적의 이름 아래 격멸했으며, 특히 북방의 영웅 원소를 마침내 격파함으로써 내 지위는 이미 견고한 것이 되었다고 생각했다. 신하들도 신바람이 나서 나에게 위왕이 되어야 한다고 권했다.

나는 거기에 대해 '원술의 예가 있다. 호색, 사치하고 야심이 큰 그 놈은 스스로 즉위를 선언하고 부끄럽게 생각하는 것을 잊었다. 도행역설(倒行逆說)이라고 도리에 어긋나는 일을 하여 천하 사람들의 비웃음만 샀지 않느냐, 나는 어디까지나 황제를 세우겠다. 나는 원술과 같이 어리석은 자의 거만함을 본받을 만큼 어리석지는 않다'고 웃으면서 물리쳤다.

나는 그 후 몇 해에 걸쳐 북방의원(袁) 일족을 모조리 멸망시켰다. 그 다음 목표는 남방을 제압하여 전국을 제패하는 일이었다.

그렇지만 남방에는 예측할 수 없는 난적이 두 사람 있었다. 하나는 양자강 하구와 그 유역을 지배하여 비옥한 토지와 풍부한 작물을 손아귀에 넣고 있는 오나라의 손권이다. 또 한 사람은 나를 모살하려다가 쫓겨나 지금은 형주의 유표(劉表)에게 몸을 의지하고 있는, '들에 풀어놓은 호랑이'인 유비 현덕이다.

나는 가능하면 천하 태평을 위해 삼자정립(三者鼎立)을 바랐다. 그런데 나라의 운명이라고 할까, 끝내 난세의 영웅들에게 바랄 수 없으며 도저히 이룰 수 없는 일이었다. 내가 결국 일어설 수밖에 없었다."

조조의 병력은 손에 넣은 형주의 군세를 포함하여 수륙 80만 명이었다. 그것에 대해 손권 측은 불과 몇 만 명밖에 되지 않았으며 오로지 믿는 것은 유비군이었다. 조조에게 쫓겨나서 '비육지탄(髀肉之嘆)'을 되뇌이고 있던 유비는 그래도 우수한 인재만은 모으려고 애쓰고 있었다.

그래서 유명한 적벽의 싸움(A.D. 208)이 벌어졌다.

"내 평생에서 가장 통탄할 일이 적벽의 싸움에서 철저히 격파당한 것이다.

나는 고작 호위병 30기만을 수습하여 11월의 찬비에 흠뻑 젖은 패잔병의 비참한 모습으로 필사적으로 도망쳤다. 도중에 매복하고 있던 관우를 만나 위험할 뻔했으나, 기진맥진한 내가 체면 따위는 개의치도 않고 살려 달라고 애원하자 다행히도 묵인해 주었다. 전에 내가 자신의 목숨을 살려 준 일을 잊지 않고 있었던 모양이다. 은혜를 베풀어 두어야 하는 법이다. 더구나 그 인물에 대해 잘 파악한 다음에 은혜를 베풀어야 한다고 절실히 느꼈던 것이다."

위, 오, 촉의 '삼국 정립'

"나는 적벽의 싸움에서 받은 상처를 빨리 아물리기 위해서 서울의 장하(漳河) 근처에 호화로운 동작대(銅雀台)를 세우기로 했다. '대(台)'란 대궁전이니 다시 말해서 조조가 건재함을 과시하기 위해서였다.

나는 다시 건시전(建始殿)도 조영(造營)하기로 했다. 그것은 내 자신에 대한 건시(建始)의 맹세이기도 했다.

적벽의 싸움에서 승리한 유비는 영지를 확대해서 나 뿐만 아니라 강남의 오나라도 섣불리 할 수 없는 대강국 촉나라로 발전시켰다.

나와 유비, 손권 세 사람은 서로 반간지계(反間之計)를 꾸며서 서로 싸우게 하여 어부지리(漁父之利)를 얻으려고 하고 있었다.

어떻게 해서든지 마음을 새롭게 하고 재도전할 필요가 있었다.

건시전을 조영함에 있어서 사용할 명목(銘木)이라고 불리는 훌륭한 큰 배나무를 발견했다. 신의 앙화를 무서워해서 아무도 그 나무에 도끼질을 하려고 하지 않았다. 초조해진 나는 칼을 뽑자마자 기합과 함께 일벌을 가했다. 벤 자리에서 피 같은 수액이 흘러나오자 함께 있던 사람들의 안색이 갑자기 창백해졌다. 나는 태연히 그 자리를 떠났다.

그날 밤의 일이다. 갑자기 기분이 나빠지고 심한 두통을 느꼈다.

—신목(神木)의 앙화.

농담이 아니다. 천하의 영웅이 고작 늙은 나무에 괴롭힘을 당하다니 말이 안된다. 나는 음사(淫祠), 사교(邪教)를 싫어해 온 사람이다. 제남(濟南)의 재상으로서 처음으로 지방 장관이 되었을 때 우선 착수한 것은 음사 금단령(淫祠禁斷令)이었다. 동작대를 세운 것도 서민의 미신을 이용해서 서울에 건축 공사 소리를 울리게 해주기 위해서였다.

나는 필사적으로 기운을 회복하려고 했다.

—아직 적벽의 수치에 대한 복수가 남아 있지 않은가.

그렇지만 치열한 전의 이면에는 만약 다시 지면 어떻게 하나 하는 심약함이 도사리고 있었다.

이런 생각에 괴로워하는 것은 내 자신에게 지는 것이다. 이것도 환갑을 지낸 나이 때문에 정신력이 약해졌기 때문일까. 싸움에 몰두해서 나이 따위는 생각할 겨를도 없었던 나였는데, 인간에게 있어서는 역시 나이가 가장 강적이다. 늙어 쇠잔한 추한 꼴을 드러내 보이는 것은 죽기보다도 괴롭다!"

조조는 평생의 대망을 위해 하늘과 땅 사이를 뛰어 다닌 인물이었다. 패권 쟁취하는 높은 산을 안간힘을 다해 오르는 인물이었다 그것은 범인에게는 도저히 오를 수가 없는 높은 산이었다. 높기 때문에 골짜기도 깊었다. 깊은 골짜기로 굴러 떨어지는 그런 비참한 꼴은 당하고 싶지 않다고 생각해 왔다. 정상을 정복하지 않으면 의미가 없다. 패권에의 대망은 성취하지 않으면 무위(無爲)나 마찬가지다. 이렇게 각오하고 조조는 걷고 달려 왔다.

고전할 때는, 선잠을 자다 문득 잠이 깨서 격렬한 심장의 고동을 들었을 것이 틀림없다. 그런 때 조조도 고독감과 막연한 불안감에 사로잡혔을 것이다. 그러나 그 불안을 뿌리치기 위해 더욱 더 전의를 북돋우지 않으면 안 되었다. 때로는 반간지계를 쓰기도 하고, 또 문경지교(刎頸之交)를 맺은 친구까지도 베면서까지 자기의 진로를 개척하지 않으면 안 되었다.

'비상지인(非常之人) 초세지걸(超世之傑)'

조조는 건안 25년(A.D.220) 정월에 낙양에서 병사했다. 66세였다.

손권으로부터 관우의 목이 보내져 와서 제후의 격식에 의해 이것을 장사지낸 직후의 일이었다.

당시의 사람들은 조조의 죽음을 '관우의 앙화'라고 무서워했다. 이런 이유로 중국 각지에 관우의 신주를 모신 관제묘(關帝廟)가 생겼다.

한편 '난세의 간웅'으로서 서민들 사이에 전해진 조조는 언제까지나 악인으로 기억되고 있다.

그렇지만 정사(正史)의 저자 진수는 분명히 이렇게 적고 있다.

'비상지인(非常之人), 초세지걸(超世之傑)'

이만큼 상식적인 규격에서 벗어나고 시대를 초월한 영웅은 없다는 것이다.

孫權(손권)

인재왕국(人才王國)을 쌓아올린 '수성(守成)'의 명군(名君)

'간웅' 조조, '덕인' 유비와 함께 삼국 정립의 대립 도식을 만들어 낸 오나라의 손권. 그는 앞의 두 사람에 비해 존재감이 희박하다. 그렇지만 그것은 그가 리더로서 범용했다든가, 무장으로서 우매했다는 것을 의미하고 있는 것은 아니다. 오히려 손권의 실상은 「삼국지」의 작가 진수가 '구천(句踐)의 기영(奇英)이 있고 남보다 뛰어나다'고 평했듯이 수성의 명군이었다.

손권은 구천(句踐)의 기영(奇英)이 있다

손권의 자는 중모(仲謀). 세상이 다 아는 오나라의 초대 황제다. 그렇다고 해도 라이벌인 조조나 유비에 비하면 다소 인상이 뚜렷하지 못한 느낌이 없지도 않다.

예를 들면 조조에게는 '간웅', 유비에게는 '덕인'이라는 식으로 각기 이름 위에 붙여지는 강렬한 캐치프레이즈가 있다. 그러나 손권은 어떠냐 하면 한 마디로 그 사람됨을 나타낼 만한 말이 쉽게 떠오르지 않는 인물이다. 이것은 픽션인 「삼국지연의」의 영향도 크다. 여기에서는 촉나라가 주역이고 위나라가 악인역, 오나라는 조연이라는 것이 3국에게 주어진 배역이기 때문에 필연적으로 오나라에 대한 인상이 희박해지지 않을 수가 없기 때문이다.

그렇지만 지명도라든가 인기 같은 것이 반드시 그 사람의 능력과 합치한다고는 할 수 없다. 손권의 경우도 마찬가지인데 그 역시 범용한 그릇이 아니었다고 보아야 한다. 그렇지 않으면 군웅할거의 난세를 타개하고 능히 정립의 한 다리를 차지하는 것은 불가능했을 것이다.

그렇다면 손권은 도대체 어떤 인물이었던가.

형인 손책이 죽었을 때 그에게 남긴 유언에서 손권의 사람됨을 엿볼 수 있다.

"강동(江東)의 군대를 이끌고 적과 대결하고 기회를 잡아 천하를 겨루는 승부에 도전한다고 하면 나는 너보다 낫다. 그렇지만 어진 신하를 기용한 후 각자가 머리를 짜내 강동을 지켜 나간다고 할 때에는 네가 한 수 위일 것이다.”

다시 말해서 손책은 창업형이고 손권은 수성형(守成型)이란 것이다.

‘창업과 수성 중 어느 쪽이 어려운가’에 대해 당나라의 명군 태종이 신하와 주고받은 유명한 문답도 있지만, ‘창업’에는 실력도 실력이지만 ‘운’이 차지하는 비율이 결코 적지 않다. 이것에 대해 ‘수성’은 실력 그 자체만이 문제가 되는 것이며, 더구나 창업에서 볼 수 있는 화려함 따위는 없다.

손권은 오나라의 초대 황제지만 실질적으로는 아버지와 형의 뒤를 이었으므로 3대째가 되는 셈이다. 오나라 정권의 후계자로서 그야말로 안성맞춤의 자질을 갖춘 인물이었다고 할 수 있을 것이다.

또 「삼국지」의 작자 진수는 손권을 평해서 ‘손권은 몸을 굽혀 욕(辱)을 참고, 재주 있는 사람을 등용하고 계략을 숭상하며, 구천(句踐)의 기영(奇英)이 있어 남보다 뛰어나다’고 쓰고 있다.

구천이란 춘추 시대 말기의 월왕(越王)이며, 간난신고(艱難辛苦)를 이겨낸 후 숙적 오왕 부차(夫差)를 멸망시켰는데 그 경위는 ‘와신상담(臥薪嘗膽)’의 고사(故事)에 나타나 있다. 확실히 손권은 구천과 마찬가지로 불리하다고 판단되면 가만히 몸을 굽히고 때를 기다리는 인내심이 강한 일면을 가지고 있었다.

예를 들면, 조조에 이어 위제(魏帝)의 자리에 오른 조비(曹丕)

로부터 '그대를 오왕으로 봉한다'는 책명(策命)을 보내 온 일이 있었다. 위나라 왕조의 속국으로서 인정해 주겠다는 것이었다. 여러 신하들은 모두 분격했다. 그렇지만 손권은 태연히 그것을 받아들였다.

"옛날에 한나라 고조(유방)도 항우 밑에서 한왕으로 봉해지지 않았느냐, 이런 일은 그 때 그 때의 편의에 따르면 된다. 그렇게 한다고 해도 아무런 지장이 없을 것이다."

그 때는 마침 유비가 관우의 복수전이라고 명분을 세워 대거 오나라 영내로 침공해 왔을 때이다. 이런 때 군이 위나라와 일을 벌이는 것은 득책이 아니라고 손권은 판단했던 것이다.

과거의 경위라든가 체면에 구애되지 않고 필요하다면 참을 인(忍)자에 투철했다. 또한 이런 유연성이 손권의 독특한 점이다. 이런 점이 '수성'의 명군이라는 평을 듣는 까닭일 것이다.

다만 '수성'의 사업은 잘 관철시켰으나 후계자 문제에서는 큰 잘못을 저질렀기 때문에 오나라가 멸망하는 원인을 만들게 되었다.

어릴 때부터 '제왕이 될 상(相)'

손권은 후한 말인 광화(光和) 5년(A.D. 182)에 손견(孫堅)의 차남으로 태어났다. 나이는 조조보다 27세, 유비보다 21세가 아래였다. 두 사람과는 부자만큼이나 나이 차이가 나며, 이 젊음이 나중에는 그의 유력한 무기가 되기도 했다.

그가 태어났을 때 아버지 손견은, 턱이 모나고 입은 크며 눈이 반짝반짝 빛나는 갓난아기의 얼굴을 보고 '이것은 고귀한 상이다. 엄청난 일이 벌어지겠구나'하고 생각했다고 한다.

이윽고 아버지 손견은 세상을 떠나고 형인 손책이 강동을 무대로 활약하기 시작했다. 손권은 항상 손책을 따라 다녔다. 성격은 밝고 동정심이 있으며 결단력이 풍부하고, 막하(幕下)에 협객지사(俠客志士)를 길러 벌써 아버지나 형에 필적하는 명성을 얻고 있었다.

손권이 작전 회의에서 내놓는 의견에 손책은 혀를 내둘렀으며 항상 동생이 자기 이상이라고 생각하고 있었다. 손책은 식객을 접대할 때마다 손권을 향해 이렇게 말하곤 했다.

"기억해 두어라. 여기에 계시는 분들은 머지 않아 너의 한 팔이 될 사람들이다."

그 무렵 한나라 왕실은 손책이 멀리 떨어진 지방임에도 불구하고 공물을 바치는 것을 가상히 여겨, 유완(劉琬)을 사자로 보내서 은사품을 하사했다.

그 때 유완은 일행에게 이렇게 말했다.

"손가(孫家)의 자식들은 각기 뛰어난 재능을 가지고 있지만, 타고난 운이 좀 모자란다. 예외는 차남인 손권이다. 용모도 그렇게

▲유능한 신하들을 이끌고 강동에 강대한 독립 왕국을 쌓아 올린 손권.

골격도 그렇고 보통 사람이 아니다. 그 사람은 제왕의 자리에 오를 상이다. 수명도 가장 길 것이다. 그 사나이의 이름을 기억해 두는 것이 좋을 것이다."

건안 5년(A.D.200)에 손책이 죽고 뒷일은 유언에 의해 손권에게 맡겨졌다. 형의 갑작스러운 죽음에 손권은 슬픈 나머지 연일 대성통곡하였으며 언제까지나 울음을 그치지 않았다. 그것을 보고 손책의 구신, 장소(張昭)가 엄하게 간했다.

"지금 울고 있을 때가 아닙니다. 옛날에 복상법(服喪法)을 정한 것은 주공입니다. 그렇지만 그 아들인 백금(伯禽)은 복상 중에 외적이 침입해 오면 아버지가 정한 법을 어기고 출진하였습니다. 아버지에게 거역하려고 한 것이 아니라 부득이한 상황에 몰렸기 때문입니다. 하물며 간적이 만연하고 이리들이 횡행하고 있는 지금 가족의 죽음을 슬퍼하는 나머지 장례에 마음을 빼앗기고 있는 것은, 문을 열고 도둑을 끌어들이는 거나 마찬가지입니다. 도저히 인자의 행위라고는 할 수 없습니다."

이렇게 해서 손권의 상복을 벗기고 말을 태워서 군대를 순찰케 했다.

이 무렵 손권은 회계(會稽) 등 5군을 영유하고 있기는 했지만, 강남 전역에는 지배력이 미치지 않았었다. 더구나 천하의 영걸들이 제멋대로 국토를 분할하는 한편, 지사들은 장래성 있는 주인을 찾아 전국을 떠돌아다니는 상태여서, 군신 관계는 일반적으로 그다지 굳게 맺어져 있지는 않았다.

소위 '군주가 신하를 고를 뿐만 아니라, 신하도 또한 군주를 고르는' 시대였던 것이다.

이런 시기에 장소(張昭), 주유(周瑜) 등은 손권이 함께 큰 일을 달성하는 데 충분한 인물이라고 믿고 자진해서 자기 몸을 맡겼다.

손권은 장소를 최고 고문으로 맞고, 형 손책의 의제(義第) 주유와 노장인 정진(程晉) 등에게 군사를 맡겼다. 그리고 널리 인재를 초빙하고 명사를 구했다. 명 참모인 노숙(魯肅), 외교에 뛰어난 제갈근(諸葛瑾) 등이 이 때 손권의 막객(幕客)으로 참가했던 것이다.

19세로 국왕이 되다

약관 19세에 정권의 정상에 선 손권에게 있어서 전도는 다난했지만, 다만 좋은 조건이 두 가지 있었다.

하나는 이미 강동 일대에 아버지와 형이 쌓아 올린 일정한 지반을 가지고 있었다는 것이다. 그 무렵 유비 등은 아직 근거지를 갖지 못하고 유표 밑에서 '비육지탄'을 되뇌이고 있었으니, 그것에 비한다면 훨씬 좋은 조건이었다.

또 한가지는 앞에서 말한 것처럼 부하로 유능한 인재들이 모였다는 것이다. 형 때부터의 구신 장소와 주유는 계속해서 손권에게 충성을 맹세하고 내정과 군사에 수완을 발휘했다. 또 새로 참가한 노숙은 손권의 대외 전략을 결정하는 데 있어서 큰 역할을 했다.

노숙은 주유와는 이미 깊은 친교를 맺고 있었는데, 손권이 정사의 자리에 올랐을 때 주유가 그를 강력히 천거했던 것이다.

손권은 당장 자리를 마련하고 노숙과 만났다. 이것저것 이야기해 보니 상당한 인물이었다. 이윽고 시간이 되어서 같은 자리에 있던 손님들이 물러 나갔다. 노숙도 함께 방을 나왔으나 손권은 노숙만을 다시 불러들였다. 의자를 가까이 끌어당기고 마주 앉아 술잔을 주고 받으면서 속을 털어놓고 이야기를 나눴다.

우선 손권이 물었다.

"바야흐로 한나라 황실은 기울고 천하는 천 갈래 만 갈래로 흐트러지고 있소. 나는 아버지와 형이 다하지 못했던 사업을 이어받아서 제(齊)의 환공(桓公)이나 진(晉)의 문공(文公)과 같은 패업을 실현하고 싶다고 생각하오. 그대와 이렇게 알게 되었으니 어떠한 방책을 가지고 계신지 가르쳐 주기 바라오."

환공, 문공은 모두 춘추 시대의 패자다. 형해화(形骸化)한 주나라 왕실을 지키기 위해서라고 일컬으면서 실력으로 제후를 누르고 그 정상에 군림하는 것이 패자다. 손권은 어디까지나 한나라 왕실을 지키고 싶다는 것이었지만, 이것은 당시의 영웅들 누구나가 말하는 명분에 지나지 않았다.

노숙은 그것을 충분히 알고 있으면서 거침없이 본심을 찔렀다.

"옛날에 고조 황제(한나라의 유방)가 어떻게든지 의제(義帝)를 옹립해 나가려고 했으나 실패한 것은 항우의 방해가 있었기 대문입니다. 오늘날에 비유한다면 조조야말로 항우와 같은 존재이며,

장군이 아무리 환공, 문공이 되려고 해도 도저히 안 될 것입니다.
내가 생각하기로는 이미 한나라 왕실의 부흥은 바랄 수 없으며, 한편 조조를 조급하게 제거하는 것도 불가능합니다. 그래서 장군이 취할 길은 단 하나, 이곳 강동 땅에 근거를 쌓고 천하에 웅비할 기회를 엿보는 수밖에 없습니다. 이 기본 방침만 확립되면 자연히 앞이 열리기 시작합니다. 왜냐하면 북방의 여러 세력은 자기 방위에 바쁘기 때문입니다. 이 틈을 노려서 황조(黃祖:손견의 원수)를 멸망시키고 유표를 쳐서 장강 연안 전역을 지배하에 거둔 다음 제위에 올라서 천하를 장악하는 것이야말로 고조황제의 대업에 비할 수 있는 일입니다."

이 말을 들은 손권은

"아니오, 내가 여기서 버티고 있는 것도 한나라 황실을 구하자고 생각해서요. 거기까지는 도저히 미치지 못하오."

하고 일단은 흘러가는 말로 대답하기는 했지만, 마음 속으로는 깊이 수긍이 가는 바가 있었다. 노숙이 지적한 대로 이미 한나라 황실의 부흥도, 조조 배제도 불가능하다는 것은 누가 보아도 분명한 정세였다. 낡은 질서는 무너져 버리고, 새 질서를 만들어 내기 위해, 시대는 크게 굽이쳐 흐르고 있었다. 손권도 역시 명분은 어떻든간에 이 시대의 흐름을 피부로 느끼고 있었을 것이다.

그 이후 손권은 신참자인 노숙을 중용했다. 그러나 이것이 토박이 신하들에게는 못마땅했다. 특히 장소는 노숙을 싫어했다. 그의 말에 의하면 노숙이 '너무 뻔뻔스럽다'는 것이었다. 손권의 앞에서 입이 닳도록 '그 사나이는 미숙한 자이므로 의논 상대로 삼는 것은 경솔한 짓입니다'라고 진언했다.

그렇지만 손권은 조금도 괘념하지 않고 받아넘기고는 더욱더 노숙을 종용했다.

고장인 중신과 신진기예(新進氣銳), 두 사람의 대립은 흔히 있는 케이스지만, 장소로서 볼 때는 아직 젊은 군주가 젊은 신하에게 부추김을 당해서 뭔가 터무니없는 일을 저지르지는 않을까 하고 조마조마하고 있었을 것이다.

예상한 대로 손권과 노숙, 그리고 구신이라고는 하지만 노숙보다도 젊은 주유, 이 세 사람에 의해서 엄청난 일이 행해졌다. 두말할 것도 없이 '적벽의 싸움'이었다.

부하를 기르고 부하를 신뢰한다

조조와 같은 민완가(敏腕家)는 자칫하면 독재자가 되기 쉽다. 자기 생각대로 부하를 움직이지 않으면 직성이 풀리지 않는 타입일 것이다. 그에 비해서 손권은 부하를 신뢰하고 맡길 것은 맡겨 그들의 능력을 충분히 발휘시키는 타입의 리더라고 해도 좋다.

손권이 얼마나 부하를 신뢰하고 있었는가를 보여 주는 좋은 에피소드가 있다.

유비가 관우의 원소를 갚기 위해 오나라로 침공해 왔을 때의 일이었다. 오나라 남부 태수 제갈근이 유비에게 편지를 보내서 그 계획을 단념하게 하려고 했다. 제갈근은 촉나라 제갈량의 친형이었다. 그것이 터무니없는 의심을 받게 되어, '제갈근은 오나라 신하이면서도 측근 사람을 유비에게 보내서 서로 연락을 취하고 있습니다'라고 손권에게 고자질하는 사람이 있었다.

그렇지만 손권은 '나는 제갈근과는 굳은 약속을 주고받아 평생 그 약속을 깨지 않겠다고 맹세한 사이다. 그가 나를 배반하는 일은 없다'고 말하면서 상대를 하지 않았다.

윗사람의 신뢰가 두터우면 두터울수록 아랫사람은 그 신뢰에 보답하려고 한다—이것이 조직 속에 사는 인간의 일반적인 심리일 것이다. 물론 예외가 없다고는 말할 수 없지만, 자신과 관계가 없는 곳에서 아랫사람에게 의욕을 일으키게 한다는 것은 거의 불가능할 것이다.

손권의 신하들이 모두 자기에게 주어진 역할을 충분히 다한 것은, 손권의 이러한 태도에 힘입은 바가 컸다.

또 손권 스스로 '단점에는 눈을 감고 장점을 기르도록 노력했다'고 말하고 있듯이, 인재의 육성에도 열심이었다. 무용 일변도였던 장군 여몽(呂蒙)을 지용겸비(智勇兼備)의 명장으로 변신시킨 것 등은 그 좋은 예다.

어느 때 손권은 여몽과 고참인 장군 장흠(蔣欽)에게 말했다.

"너희들도 중요한 자리를 차지하는 몸이 되었다. 제대로 학문을 해서 자기계발에 힘쓰지 않으면 안 될 것이다."

"아무래도 진중(陣中)의 근무이옵니다. 바쁜 일에 쫓겨서 독서까지 손이 돌아가지 않는 것이 실정입니다."

하고 여몽이 꽁무니를 빼자, 손권은 말했다.

"학자가 되라는 것이 아니다. 보통 지식을 얻고 과거의 예를 보아 두라는 것이다. 바쁘다고 해봤자, 예를 들어 나와 비교해서 어떠냐. 나는 젊을 때「시경(詩經」,「서경(書經)」,「예기(禮記)」,「좌전(左傳)」,「국어(國語)」를 닥치는 대로 읽었다. 정무를 보게 된 다음부터는 삼사(三史):「전국책(戰國策)」,「사기(史記)」,「한서(漢書)」와 제가(諸家)의 병법책을 읽었는데, 모두 크게 얻는 바가 있었다. 너희들은 머리가 좋기 때문에 틀림없이 공부한 성과가 있을 것이다.

무엇보다도 병법책으로는「손자」,「육도(六韜)」사기로는「좌전」,「국어」그리고 삼사를 읽는 것이 좋다. 공자님도 '낮이나 밤이나 침식을 잊고 사색에 잠겨 보았자 별로 큰 수확은 얻을 수 없다. 역시 독서를 통해서 선인에게 배우는 것이 지름길이다'라고 말씀하시고 있지 않느냐. 광무제(光武帝)는 진중에서도 책을 손에서 놓지 않았다고 하더라. 조조도 '나이를 먹어도 학문은 좋아한다'고 말하고 있다. 너희들만 빈둥빈둥하고 있어도 좋단 말이냐."

이것을 계기로 여몽은 학문을 시작했다. 참으로 열심히 한결같이 계속하여, 그가 독파한 책은 학자도 미치지 못할 정도가 되었다.

그 후 노숙이 임지로 가는 도중 여몽을 찾아갔다. 토론을 해보니 노숙 쪽이 계속 밀렸다.

"다시 보았네."

노숙은 여몽의 등을 두드리고 말했다.

"실전만 하는 인물이라고는 생각하고 있었어. 어느 틈엔가 굉장히 박식해졌어."

여몽이 답해서 말했다.

"선비는 3일을 만나지 않으면 눈을 잘 비비고 상대를 보지 않으면 안된다."

이 이야기에서 학문이 없는 사람, 옛날 그대로이며 진보가 없는 사람을 '오하(吳下)의 아몽(阿蒙)'이라고 말하게 되었다.

그 후 손권은 입버릇처럼 말하곤 했었다.

"만학 중에서 여몽이나 장흠과 같이 눈부신 진보를 이룩한 사람은 없을 것이다. 부귀영달을 손에 넣은 다음에 남에게 머리를 숙이고 학문을 하자, 책에 몰두하자는 마음을 용케도 가졌지 뭐냐. 재산보다는 의를 존중하는—본보기로 삼아야 할 마음가짐이다. 두 사람 다 국가에 다시없는 인물이 되었다. 참으로 훌륭하다고 생각한다."

손씨 일족의 원조(遠祖)는 병법서 「손자」를 저술한 손무(孫武)라고 하는데 그 핏줄을 받았기 때문인지 손권 자신도 상당한 병법가였다. 손권이 형인 손책이 눈을 크게 뜰 만한 작전을 종종 세웠다는 것도, 젊을 때부터 책을 많이 읽고 그 속에서 많은 것을 배웠기 때문이다.

조조로부터의 항복 권고장

손권이 나라의 존망에 관한 중대한 결단을 내리지 않으면 안 될 때가 두 번 있었다. 조조군을 상대로 한 '적벽의 싸움'과, 유비를 상대로 한 '이릉(夷陵)의 싸움'이었다.

어느 싸움에서도 오나라는 멋지게 적을 격퇴해서 승리를 거두었지만, 그 중심 인물이 된 것은 젊은 장군과 참모들이었다.

'적벽의 싸움'에서 단호히 결전을 주장한 노숙과 주유는 이때 36세와 33세였다. '이릉의 싸움'에 오나라의 총사령관으로서 활약한 육손(陸遜)도 당시는 아직 무명이었으며 역시 30대였다.

나라의 존망을 건 중대한 국면에서 주저하지 않고 젊은 사람의 의견을 채용하여, 마음껏 능력을 발휘시킬 수 있었던 것은 뭐니뭐니 해도 손권 자신이 젊었던 것이 큰 이유였다. '적벽의 싸움' 때 손권은 아직 27세였다. 만약 그가 한창 사리에 밝을 나이에 달해 있었다고 한다면 과연 결전하기로 용단을 내렸을지 의문이다. 젊음이 갖는 에너지는 때로 보통 사람의 생각이 미치지 못하는 힘을 발휘한다. 그 유명한 조조도 이것은 계산 착오였던 것 같다.

건안 13년(A.D. 208), 천하 제패의 꿈을 품고 남방 평정에 나선 조조로부터, 손권에게 한 통의 편지가 도착했다.

"이번에 칙명을 받들고 남정(南征)했던 바 유종(劉琮:형주목)은 대항하지 않고 항복했다. 바야흐로 우리 수군(水軍)은 80만 명, 이것으로 장군과 함께 오나라 땅에서 사냥을 즐기고 싶다고 생각하는데 어떨까."

두말할 것도 없이 완곡한 항복 권고장이었다.

손권은 급히 부하를 소집하여 이 편지를 보이고 대책을 협의했다. 그러나 서면을 훑어본 부하들은 실색하고 제각기 말했다.

"조조는 악학무도(惡虐無道)로 유명한 사나이입니다. 그 조조가 스스로 한나라의 정승이라고 자칭하며 천자를 옹립하고, 일이 있을 때마다 칙명이라는 명분을 내세워 사방으로 진군하고 있는 것입니다. 지금 이것에 거역하면 역적의 오명을 입지 않으면 안 됩니다.

게다가 우리들에게 있어서 장강은 조조를 막는 유일한 의지입니다. 그러나 그 조조가 형주를 제압했습니다. 유표가 기른 형주 수군의 1천 척을 넘는 전함은 이제 모두 조조의 것이 되었습니다. 조조는 수륙의 두 길로부터 장강을 따라 쳐내려 오려고 하고 있습니다. 이미 장강은 우리 쪽만의 것이라고는 할 수 없게 되었습니다. 더구나 조조군은 압도적인 병력이므로 항복하는 수밖에 달리 길은 없다고 생각합니다."

항복론을 앞장서서 주창한 사람은 장소였다. 그는 손권을 질타

해서 군대를 순찰시켰던 한 가지 일로도 알 수 있듯이 손권 정권의 장로적 존재였으며, 젊을 때부터 박학으로 알려진 인물이었다. 그 탁월한 내정 수완에 의해서 오나라를 튼튼하게 만든 공적이 컸으며, 손권의 신뢰는 매우 두터웠다. 다만 낡은 세대의 사람인 만큼 한나라 황실의 권위에 약했다. 반역자 소리를 듣는 것을 무엇보다도 무서워하고 있었던 것이다.

노숙과 주유의 진언

여러 장수가 입을 모아 조조에게 귀순하라고 권하는 속에서 노숙 한 사람만이 입을 다물고 있었다.

이윽고 손권은 화장실에 간다고 방을 나섰다. 뒤따라 노숙이 자리에서 일어나 복도로 나갔다. 그 뜻을 헤아린 손권은 노숙의 손을 잡고 물었다.

"뭔가 좋은 생각이라도 있나."

"방금 여러분의 의논은 장군을 그르치게 하는 것입니다. 그들은 우리 오나라의 대사를 함께 논할 상대가 아닙니다.

예를 들어 나 같으면 항복해도 곤란하지는 않습니다. 그렇지만 장군은 다릅니다. 이 점을 잘 생각해 주십시오. 내가 항복했다고 합시다. 조조는 나를 고향으로 돌아가게 하여 순찰관 나부랭이쯤으로는 등용해 줄 것입니다. 그렇게 되면 여전히 수행원을 데리고 우차(牛車)를 타고 다닐 수도 있습니다. 그리고 학자, 문인들과 교제하고 있는 동안에는 승진해서 주자사나 군태수쯤은 반드시 될 수 있습니다.

그렇지만 장군이 일단 귀순하였을 때는 이 강남은 뺏기고 몸을 의지할 곳도 없어져 버리는 것입니다. 중의(衆議)에 현혹되지 마시고 한시라도 빨리 결단을 내려 주십시오."

노숙의 말을 현대에 적용시켜서 말하자면, 설사 회사가 망하더라도 평사원이라면 다른 데서 고용해 주는 곳도 있으며, 잘되면 중간 관리직쯤은 될 수 있지만, 사장이 되면 모든 권한은 박탈당하고 갈 곳도 없다는 것이 될 것이다.

"잘 말해 주었다. 나는 여러 사람의 의론에 사실은 실망하고 있던 참이다. 지금 그대가 말한 것은 내가 생각하고 있던 바다. 그대는 나에게 있어서 하늘이 주신 사람이다."

그 무렵에 손권에게 있어 또 한 사람의 심복인 주유는 명령을 받고 파양(鄱陽)에 있었다. 노숙은 급히 그를 소환하도록 손권에게 권했다.

손권의 위대한 '결단'

이윽고 파양으로부터 주유가 도착하여 당장 회의 석상에서 손권에게 진언했다.

"조조는 한나라의 정승을 사칭하는 역적에 지나지 않습니다.

장군에게는 보기 드문 무용과 지략을 갖추신 위에 아버님 그리고 형님으로부터 이어 받으신 이 광대한 강동 땅을 가지고 있으며, 뛰어난 용사들과 목숨을 걸고 싸우는 대장을 갖추고 계십니다. 그 힘을 가지고 천하를 뛰어다니며 한나라 황실 재흥을 위해 역적들을 제거해야만 당연합니다. 역적 조조가 사지(死地)로 뛰어 들어온 지금, 이것에 항복하신다는 것도 언어도단이라고 하지 않을 수가 없습니다."

주유는 우선 정면으로부터 항복론을 분쇄한 다음에 다시 적의 약점을 지적하여 신하들 사이에 가득 찬 공포심부터 쫓으려고 했다.

"조금만 더 저의 생각을 말씀드리겠습니다.

예를 들면 조조가 북방의 흉노(匈奴)를 완전히 평정하고 후고(後顧)의 염려가 없게 한 다음 충분한 준비를 갖추고 쳐내려왔다 하더라도, 우리들과 수전으로 승패를 겨루고자 할 리가 없습니다. 하물며 아직 북방이 완전히 평정된 것도 아니며, 그 위에 장안 북쪽에는 마초(馬超), 한수(韓遂) 등이 조조의 허를 찌르려고 노리고 있습니다.

▲'남선북마(南船北馬)'라는 말이 있듯이 오나라는 수군이 강했으며 이것이 적벽의 싸움을 승리로 이끌었다.

게다가 원래 북방 사람들은 수전이 장기(長技)가 아닙니다. 벼락치기로 배운 솜씨로 노를 잡고, 물에 익숙한 남방 사람을 상대로 싸워 봤자 무엇을 할 수 있겠습니까.

이미 계절은 한겨울입니다. 말이 먹을 꼴도 없는데다가 멀리 강남 땅 까지 진군한 병사들은 풍토에 익숙하지 못합니다. 환자가 속출할 것은 뻔합니다.이런 여러 가지 병법의 금기를 범하면서 조조는 우리들에게 도전해 오고 있는 것입니다. 지금이야말로 조조를 사로잡을 절호의 기회입니다. 저에게 정병 3만 명을 주십시오. 반드시 장군을 위해 조조를 무찌르고 오겠습니다."

이 말에 손권은 대답하여

"조조 놈이 한나라를 멸망시키고 스스로 제위에 오르려고 한 것은 어제 오늘의 일이 아니다. 그것이 지금까지 잘되지 않았던 것은 원소, 원술, 여포, 유표, 그리고 내가 있었기 때문이다. 그러나 이제는 모두들 멸망하고 남은 것은 나 한 사람이다. 조조가 쓰러지느냐 내가 쓰러지느냐, 지금이야말로 결정할 때다. 주유여, 내 생각을 잘 알아맞혀 주었구나."

하고 말하자마자, 칼을 힘차게 뽑아 들고 눈 앞의 책상 끝을 잘라 놓고, 신하들을 보고 날카로운 어조로 외쳤다.

"알았느냐, 이후 다시 나를 보고 조조에게 항복하라는 사람이 있으면, 이 책상과 같은 운명이 된다고 생각하라!"

여러 신하들을 앞에 두고 결전의 결단을 내린 손권이었지만, 전혀 망설임이 없었다고 딱 잘라 말할 수는 없을 것이다. 어쨌든 적은 아군의 10을 넘는 병력이라고 큰소리를 치고 있었다. 손권의 마음 속을 간파하고, 마지막 결심을 하게 한 것은 주유였다.

결전장 적벽으로

회의가 끝나고 밤이 된 다음에 주유는 거듭 손권에게 진언했다.

"모두들 조조가 수륙 향군 합쳐서 80만 명이라고 적어 보낸 것을 보고 부들부들 떨고, 사실 여부도 확인하지 않고 처음부터 강화론을 주창하고 있습니다만 정말로 부당한 일입니다.

지금 잠깐 검토해 보더라도 조조가 이끌고 온 군대는 15~16만에 지나지 않으며, 더구나 싸움에 지치고 싫증이 난 자들뿐입니다.

이번에 새로 참가한 유포의 군대만 하더라도, 많게 어림잡아도 7~8만 명이며 더구나 그 병사들은 조조에게 진심으로 복종하고 있는 것이 아닙니다. 병들고 지친 군대나 진심으로 복종하고 있지 않는 투항병(投降兵)들만으로는, 아무리 수가 많더라도 조금도 무서워할 것은 없습니다.

정병 5만 명을 주신다면 저 혼자서 조조를 물리쳐 보이겠습니다. 걱정할 필요가 없습니다."

손권은 주유의 어깨에 손을 얹고 말했다.

"정말로 그대가 말하는 대로다. 항복을 주창하는 자들은 모두 자기의 처자와 자기 몸의 안전만을 생각하고 있다. 나는 실망했다. 나와 함께 생각해 주는 것은 그대와 노숙뿐이다. 틀림없이 하늘이 두 사람을 보내서 나를 도와 준 것이다.

지금 갑자기 병졸 5만 명을 모으는 것은 어렵지만, 그런대로 3만 명의 병사를 선발했으며, 배와 군량과 무구(武具)의 준비만은 되어 있다. 그대는 노숙과 정진(程晉)과 함께 선봉에 서 다오. 나도 계속해서 병사를 이끌고 충분한 군량을 배에 싣고 배후로부터 엄호하겠다.

승산이 있다고 보거든 마음껏 싸워라. 만약 상대가 예상 외로 강력한 것 같거든 당장 돌아와서 나와 합류하는 것이 좋다. 내가 조조와 자웅(雌雄)을 가리겠다."

군신(君臣)의 마음은 이렇게 해서 완전히 일치했다.

손권은 주유를 총지휘관에 임명하고 노숙을 그 보좌관으로 임명한 다음, 오나라 정예군에게 출진 명령을 내렸다.

이렇게 해서 삼국 정립을 결정 지은 '적벽의 싸움'이 장강을 무대로 드디어 그 막을 올렸다.

諸葛孔明(제갈공명)

'평천하(平天下)'에 생애를 건 불세출(不世出)의 전략가(戰略家)

제갈공명은 젊을 때부터 '복룡(伏龍)'이라고 불렸던 영재였다. 잘 드는 면도칼과 같은 '이(理)'의 사나이 공명은 풍부한 인간미를 간직한 '정(情)'의 사나이 유비 현덕을 만났을 때부터 천하삼분지계(天下三分之計)로 '평천하'의 긴 여정을 시작했다. 사리사욕 때문이 아니었다. 촉나라에 대한 충성 때문만도 아니었다. 삼국의 균형을 유지하고 치국 평천하를 도모한다는 웅대한 로망을 위해 공명은 전생애를 걸었다.

때를 기다리는 청년

국가 공무원의 상급 시험에 합격했다고 해서 모두들 기분이 좋았다. 그 중의 한 사람이 아주 비꼬듯이 동료에게 말을 걸었다.

"자네들은 본청의 국장까지는 틀림없이 출세하네."

"그렇게 말하는 자네는 어떤가"

"나 말인가…… 흐흐흐……"

웃음으로 얼버무린 청년의 자신 있는 듯한 태도는 오만하기는 하지만 매력이 있다. 타입으로서는 새로운 타입이다. 우리나라에서는 20세기가 된 다음에 나타난 청년상(靑年像)이다. 그러나 중국에서는 이미 1,800년쯤이나 전에 양자강 근처에서 같은 대화를 주고받았다고 하니 놀랍다. 「삼국지」는 그 청년의 이름을 제갈량, 자는 공명이라고 전하고 있다.

젊을 때의 제갈량은 자신을 제(齊)나라의 명재상 관중(管仲)이나 연(燕)나라의 명장 악의(樂毅)에 필적하는 인물이라고 자부하고 있었다. 세상 사람들은 그를 분수를 모르는 자부심만 강한 사람이라고 비웃었지만, 친구들 중에는 공명이 자부할 만한 인물이라고 높이 평가하는 사람도 있었다.

그 무렵의 중국에서는 한나라 왕조의 위세가 쇠퇴하고 각지에 군웅이 할거하여 서로 중원의 패(覇)를 겨루고 있었다. 난세에는 청년들의 마음이 설레는 법이다. 겸양의 미덕 따위는 별 볼일 없다. 청년들은 호언장담을 하며 자신의 존재를 나타내려고 한다.

그 점에서는 공명도 시대의 조류를 탄 사람이라고 할 수 있을 것이다. 그렇지만 그 행동은 달랐다. 모처럼의 재능을 활용하려고도 하지 않고 청경우독(晴耕雨讀)의 생활을 고수하고 있었다. 그가 틀어박힌 초가집은 형주(荊州) 양양(襄陽)의 서쪽 8킬로미터 지점에 있는 융중(隆中)이라는 마을에 있었다.

농경의 손을 쉬면서 공명은 자주 고향인 산동 지방의 민요를 흥얼거렸다고 한다. 그 모습은 마치 속세를 떠난 사람과 같았다. 그렇지만 자기를 관중이나 악의에 비유할 정도의 젊은이었다. 공명이 품은 청운의 뜻이 쉽사리 시들리라고는 생각되지 않았다.

형주는 양자강의 중류를 차지하는 광대한 지역이었다. 지금까지의 싸움이나 난리는 주로 황하 유역에서 일어났기 때문에 이쪽은 비교적 평온했었다. 그 때문에 전화에 쫓겨서 전국으로부터 유학자들이 이 지방으로 모여들었다. 형주목(荊州牧)인 유표는 그들을 후하게 대우했기 때문에 문화가 크게 번영했다. 유표는 문치파(文治派)의 정치가로서는 상당한 인물이라고 할 수 있을 것이다. 그런데 공명은 그 지방에 살면서 어째서 유표를 섬기려고 하지 않았을까.

공명은 나중에 「장원(將苑)」이라는 저작을 남기고 있다. 당시는 아직 집필을 시작하지는 않았지만, 이미 그 발상은 있었다고 보아야 할 것이다. 「장원」에는 장수의 결격 사항으로써 8가지 조목을 들고 있다.

1. 탐욕하며 만족할 줄 모른다.

2. 유능한 인물을 질투한다.
3. 중상모략에 귀를 기울이고 아첨하는 자를 가까이 한다.
4. 적은 알지만, 자기를 알려고 하지 않는다.
5. 우물쭈물하고 결단력이 모자란다.
6. 주색에 빠진다.
7. 속임수를 쓰고 겁쟁이다.
8. 말은 잘하지만 성의가 없다.

유표는 단 한 조목을 제외하고는 결격 사항에 저촉되지 않았다. 8개 조목 중에서 7개 조목이 합격이므로 성적이 매우 좋은 편이었다. 우후죽순처럼 돋아난 당시의 군웅 중에서는 상위 랭킹에 들어갈 수 있었을 것이다. 그렇지만 공명은 단 한 조목 때문에 유표를 주인으로 섬기는 것을 단념했다. 그 한 조목이란 5항의 '우물쭈물하고 결단력이 모자란다'는 것이었다.

태평한 세상이라면 이것이 오히려 장점이 될 수도 있겠지만, 난세의 장수로서는 결정적인 결함이 된다.

그밖의 주인을 구하려든다면, 북쪽에는 대국 위나라의 조조가 있고, 동쪽에는 강국 오나라의 손권이 있지만, 공명은 거들떠보지도 않았다.

이런 이야기가 전해진다. 공명의 학우인 맹건이라는 청년이 고향에서 입신하기 위해 여남(汝南)으로 돌아가려고 하자, 공명이 말했다.

"중원에는 인물이 많이 있다. 이제 와서 자네가 갈 필요는 없지 않은가?"

여기서 청년 공명의 심중을 엿볼 수 있다. 이미 완성된 조직 속에 비집고 들어가 봤자 재능을 충분히 발휘할 여지가 없다. 조조, 손권 같은 천하의 영웅 호걸을 적으로 삼아야만 사나이의 피가 끓는다. 모험이 없는 곳에 젊은이의 로망은 생기지 않는다. 그것은 옛날이나 지금이나 다름이 없는 것 같다. 공명은 그 운명을 맡기는 데 충분할 만한 누군가를 계속 기다렸다.

와룡(臥龍) 분기하다

융중에서 거처를 옮긴 지 이미 10년, 공명은 아직 27세의 젊음을 유지하고 있었다. 그 동안에 자신의 초가집을 찾아온 수많은 손님 중에서, 유비라는 사나이는 다른 사람과 두드러지게 차이가 있었다. 공명은 키가 8척이나 되었기 때문에 그렇지 않아도 상대를 내려다보는 것 같은 태도가 되는데, 호언장담하는 버릇이 있었기 때문에, 대개의 사람들은 '이 풋내기가'하고 자리를 차고 일어나 두 번 다시 찾아오는 일이 없었다. 그러나 유비는 세 번이나 찾아 왔다. 첫번째도 두 번째도 공명에게 힘을 빌려 달라고 간청했지만, 세 번째는 다른 방법으로 말했다.

"당신은 형주의 와룡(臥龍)이라는 평판이 있는 분입니다. 잠자는 용은 구름을 얻어 하늘로 오른다고 하더군요. 나는 당신을 위해 구름이 되겠소. 아무쪼록 마음껏 하늘을 달려 주기 바라오."

지금은 유표의 객장일망정, 최근 10여 년 동안 전쟁으로 나날을 살아오면서 전국의 효웅(梟雄)이라고 불리던 유비가, 자기보다 20세나 젊은 무위무관(無位無官)의 공명 앞에 머리를 조아렸다. 자기를 희생해야만 타인의 마음을 움직일 수 있다. 삼고(三顧)의 지우(知遇)를 받은 공명은 진심으로 유비에게 마음을 허락했다.

공명은 힘을 절대시하는 난세의 무사가 아니었다. 학자이며 정치가였다. 따라서 그가 그리는 경륜의 이상에는 역사적 당위가 있어야만 했다.

유비는 전한 경제(景帝)의 아들 중산정왕 유승(劉勝)의 말손이다. 후세의 사가에는 그것을 의심하는 사람도 있지만, 유비는 그 기품을 갖추고 있었으며 공명은 그 사실을 믿어 의심치 않았다. 한나라 황실의 부흥이라는 대의 명분 아래 유비를 추대하고, 천하 통일의 대업을 이루려는 꿈은 공명을 분기시키는 데 충분했다.

유비와 공명이 융중의 초가집에서 서로 마음을 터놓고 진심으로 사귄 건안 12년(A.D. 207), 당시 천하의 정세를 살펴보자.

군웅의 항쟁도 해마다 자연 도태가 생겨나 그 즈음에 이르러서는 위나라의 조조가 황하 일대의 중원을 거의 손아귀에 넣었으며, 후한 왕조의 헌제를 끌어넣고 천자의 이름으로 이웃 제후에게 호령하고 있었다.

한편 양자강 하류의 강동 땅에서는 오나라의 손권이 손씨 3대의 치적(治績)을 기반으로 은연중 세력을 자랑하고 있었다.

그들에 비해서 유비는 몹시 초라해 보였다. 황건란이 일어났을 때 유비는 하북의 고향에서 거병했다. 그 후 외인 부대같이 여기저기 호족들 밑을 전전했으나, 조조에게 쫓겨 형주의 유표 밑에 몸을 의지한 지도 벌써 6년이 되었다. 방랑의 귀공자 유비는 공명에게 고충을 호소하고 금후의 방책을 물었다.

공명이 제시한 것이 천하삼분지계(天下三分之計)였다. 천하를 평정한다는 것은 다수를 점차로 줄여서 하나로 되는 것이다. 공명은 하나로 지향하는 의식을 깨뜨렸다. 하나에 앞서서 셋을 꾀하라고 말했다. 세 발 솥의 세 발을 생각하라. 사람들은 새삼스럽게 셋이라는 수의 안정감을 깨달을 것이다. 가령 정세가 흐르는 대로 하나로 지향하는 것을 허락하면 다수는 엄청난 피를 흘린 다음에 둘로 되고, 둘은 최후의 하나가 되기 위해 보다 심하게, 보다 엄청난 피를 흘릴 것이다. 그리고 겨우 하나로 되었다 하더라도 싸움에 지친 하나는 깨지기 쉽다. 다시 다수로 분열 해체된다.

그럼 그 하나가 조조를 추대하는 위나라냐, 아니면 손권을 옹립하는 오나라가 될 것인가. 그렇지만 양쪽 다 광대한 중국 대륙을 다스릴 그릇이 아니다. 슬프게도 천하 만민이 우러르는 절대적인 영웅이 없다. 그렇지만 조조라도 천하의 3분의 1이라면 일을 처리하는 데 잘못을 저지르지는 않을 것이다. 손권도 3분의 1

의 천하라면 다스리는 방법을 알고 있을 것이다. 그럼 남은 3분의 1의 천하는 누가 다스리느냐. 유비의 눈은 빛났다. 그렇지만 지금은 유랑의 몸이므로 한 치의 영토조차 없다.

공명은 형주라는 땅에 대해서 설명하기 시작했다. 북쪽은 한수(漢水)에 의해 지켜지고, 남쪽은 남해에 면하고, 동쪽은 오나라로 통하고, 서쪽은 파촉(巴蜀)에 접하여 천하를 노리기에는 절호의 지형에 위치하고 있다. 그렇기 때문에 야심이 있는 호족들이 호시탐탐 노리고 있는데도 형주목 유표는 패기가 모자라고 결단력이 없다. 그러므로 형주의 안전이 위협받고 있다고 하면서 공명은 유비에게 시원시원한 진언을 했다.

"형주는 하늘이 장군에게 주신 거나 마찬가지입니다. 그 다음은 장군의 마음에 달려 있습니다."

천하 삼분지계가 전쟁의 불을 끄다

중국에는 멀리 요순 시대부터 선양(禪讓)이라는 사상이 있다. 제왕이 그 자리를 세습시키지 않고 덕이 있는 사람에게 물려주는 일이다. 공명이 유비에게 형주를 재배하라고 지시한 것은 약육강식의 논리를 강요한 것이 아니다. 하늘의 뜻에 의한 선양을 말했던 것이다.

공명은 화제를 형주로부터 익주(益州)로 돌렸다. 이 지방은 사방이 산에 둘러싸여 있다. 게다가 이 지방의 중앙부는 옥야천리(沃野千里)의 풍부한 곡창 지대로 되어 있다.

「삼국지」에 의하면 공명은 얄미우리만큼 유비의 기분을 북돋우고 있다.

"한나라 고조(高祖)는 이곳을 근거지로 해서 천하 통일의 대업을 성취했습니다."

한나라 고조 유방의 후예인 유비에게 있어서 익주는 황조(皇祖) 발상의 땅이며 분묘(墳墓)의 땅이나 마찬가지다.

유비의 기분이 움직였다고 여겨지자 공명의 변설은 열기를 더했다. 형주와 익주를 함께 지배하면 유비는 북방의 조조에게도 대항할 수 있고 동방의 손권에게도 대항할 수 있다. 천하삼분지계가 성립되었을 때 서쪽과 남쪽의 이민족을 회유해서 국력을 기르고 기회를 기린다. 그리고 중원에 변이 생기면 기회를 놓치지 않고 북벌을 감행하는 것이 좋다. 그렇게 하면 천하 통일의 꿈이 실현되고, 한나라 왕조의 부흥도 꾀할 수 있을 것이다.

그러면 공명의 독창적인 셋이라는 발상도 결국 하나로 되기 위한 과정에 지나지 않는 것일까. 그렇지 않다. 공명은 유비를 고무하기 위해 결론을 서둘렀지만, 진짜 목표는 삼국 정립의 균형에 의해서 중국 전토를 덮고 있던 전쟁의 겁화를 끄는 데 있었다고 생각한다.

삼국이라는 모양은 3단계의 브레이크가 걸리는 안전 지향의 구조다. 그렇기 때문에 천하 통일에는 시간이 걸린다. 걸려도 좋지 않은가. 천하삼분지계가 성립되어서 전화를 끌 수 있다면 그 다음에는 서두를 필요가 없다. 10년이나 20년의 잠정적 평화가 계속되는 동안에, 실로 강하고 바른 한 나라가 피를 흘리는 일 없이 자연히 다른 두 나라를 흡수할 것이다. 그 한 나라란 유비를 시조로 하는 새 한제국임은 말할 나위 없다.

이것이 공명의 웅대한 구상이었다고 생각한다. 야만스럽고 단순한 전국의 무장들과 달라서, 공명의 본질은 치국 평천하에 있었을 것이다. 그가 무력을 싫어한 것이 그의 저서 「장원」의 여기저기에 적혀 있다. 예를 들어 보자.

'병(兵)은 흉기다.'

'싸우지 않고 이기는 것이 최상의 승리다.'

'훌륭한 정치를 한 군주는 군대에 의지하지 않았다. 군사력의 운용에 뛰어난 군주는 군사 행동을 일으키지 않았다.'

그러나 무장인 유비와 첫 회담에서 느닷없이 부전비전(不戰非戰)을 주장하면 박력이 없어 보인다. 천하삼분지계 자체가 무에서 부터의 출발이다. 공명은 유비를 분기시키기 위해 적극적인 측면을 강조했다. 그렇지만 나중에 북벌에 대호령을 내린 것은 유비가 아니었다. 유비가 죽은 다음의 공명 자신이었다. 머지 않아 그 모순과 비극을 맞으리라고는 그때의 공명으로서는 알 도리가 없었을 것이다.

유비의 군사(軍師)가 된 공명은 융중의 초가집을 떠났다. 유비가 얼마나 공명을 마음든든하게 생각했는가는 다음의 말로 분명해진다.

"공명과 나의 관계는 물과 물고기와 같은 것이다. 물고기는 물 없이 살 수 없다."

정(情)의 사람과 이(理)의 사나이

조조가 휘하의 대군에게 남진을 명령하자 손권 또한 장강을 거슬러 올라와 시상(柴桑)으로서 형주의 수도 양양 교외의 외성 수비를 맡았다. 그 막하에 있던 군사 공명은 천하삼분지계의 제1보를 어떻게 내딛었을까.

전기(戰機)는 시시각각으로 무르익어가고 있었다. 그러나 형주목 유표에게는 전혀 패기가 없었다. 이래서는 모처럼의 전투에 흥이 깨진다. 그런데 그 유표가 갑자기 병사하고 말았다. 그렇지만 상황은 더욱 재미있게 되었다. 유표의 아들 유종조차도 무장으로서의 기량 면에서 아버지보다도 뒤떨어지고 있었기 때문이다.

조조가 육박해 오고 있다는 소식에 겁먹은 유종은 보신에 급급해서 무조건 항복을 결의했다. 그 자리에 유비는 부르지 않았다. 철저 항전(徹底抗戰)을 주장하게 되면 골치 아프기 때문이었다. 적에게 아첨한 항복의 군사가 조조의 진영으로 보내졌다.

완전히 소외당했던 유비는 조조군의 급습을 받고서야 비로소 그 사실을 알았다.

유비군의 장병은 유종의 의리 없음에 분노했지만, 진용을 바로 잡을 틈도 없었다. 하는 수 없이 후퇴했다.

공명 한 사람만은 냉정했다. 유종의 불신은 천하삼분지계를 위해서 다시없는 좋은 기회였다. 유비군이 양양성 밖으로 까지 후퇴했을 때 공명은 유비에게 진언했다.

"성내로 쳐들어갑시다. 유종을 쫓아 버리면 형주는 우리 것입니다."

불신에 대한 불신으로 보복한다고 해서 무엇이 잘못이겠는가. 그렇지만 유비는 승낙하지 않았다.

"그렇게 해서는 죽은 유표에게 변명할 여지가 없다."

그렇게 말하고 유비는 패주하는 도중에 유표의 무덤을 참배하는 것을 잊지 않았다.

하늘이 준 좋은 기회는 허무하게 무너졌다. 공명은 이를 갈고 팔을 걷어붙이며 억울해 했으나, 그런 한편으로 가슴 속에서는 유비에 대한 경모(敬慕)가 솟기 시작했다.

유비군은 남쪽의 병참 기지 강릉을 목표로 패주를 계속했다. 이런 유비군에 피난민의 한 무리가 합세했다. 그들은 유비의 덕을 경모하여 행동을 함께 했다. 그 수는 10여 만이나 되어 짐수레 수천 량이라는 대군으로 부풀었다. 이래서는 꼼짝할 수가 없었다. 뒤쪽에서 적이 육박해 오고 있었다. 부하들이 피난민을 버려 두고 급히 서둘러야 한다고 진언하자 유비는 거친 목소리를 말했다.

"무슨 소리를 하느냐? 큰 일을 이루는 데는 무엇보다도 백성을 소중히 하지 않으면 안된다. 나를 경모하는 사람들을 내버려두고 갈 수 있느냐!"

유비는 정(情)의 사람이다. 그런데 공명은 이(理)의 사람이다. 그 이질감이 오히려 유비라는 인물의 따뜻함을 공명에게 느끼게 했는지도 모른다. 그런 영향이 머지 않아서 공명 자신을 정의 사람으로 변모시켜 나갔다.

그렇지만 유비가 그것을 기뻐했을까. 그의 부하 중 정의 사나이들은 얼마든지 있었다. 관우, 장비, 조운, 유명한 부장들은 모두 그랬었다. 전장에서는 호랑이 같은 일기 당천의 용사들이지만 인정에는 맥없이 항복했다. 수염 투성이 얼굴의 사나이들이 때로는 여자에게 반해서 맥을 추지 못했다. 두목인 유비를 위해서는 물불을 가리지 않고 목숨을 걸지만, 감정이 앞서기 때문에 꾀가 나오지 않았다. 참모로서는 하지하(下之下)였다. 그렇기 때문에 유비는 공명을 맞았던 것이다. 유비는 공명이 언제나 냉정하기를 바랐다. 그렇지만 총명한 공명은 알고 있었다. 사람과 사람과의 교제에서 중요한 것은 자기를 주장하는 동시에 상대를 이해하는 것이라는 것을. 정(情)의 사나이 유비가 이(理)를 이해하였듯이, 이(理)의 사나이 공명은 정(情)을 이해했다.

싸우지 않고 이기는 방법

공명이 활약할 때가 왔다. 시상(柴桑)에 진출한 손권은 그 후 움직이려고 하지 않았다. 기회를 엿보기로 한 모양이었다. 만약 손권이 조조에게 항복이라도 하는 날엔 한나라는 멸망하고 찬탈자의 천하가 되고 만다. 그렇게 되어서는 안된다고 생각한 공명은 유비의 사자로서 시상으로 갔다. 손권은 공명보다 두 살 연하였다. 공명은 이 젊은 권력자의 자존심을 자극했다.

"싸울 자신이 없다면 지금 당장 조조에게 항복해야 합니다. 주저하면 그만큼 화가 돌아옵니다."

"그렇다고 한다면 유비도 항복함이 어떤가."

공명은 의기양양하게 가슴을 폈다.

"우리 주군 유비는 한나라 황실의 핏줄을 이어받은 고귀한 분이십니다. 설사 실패로 끝나더라도 그것은 천명이라고 할 수 있습니다. 어째서 조조 따위에게 무릎을 꿇을 수가 있습니까."

본시 명문 출신이 아닌 손권은 핏줄 이야기를 끄집어내면 머리로 피가 올랐다. 공명의 조롱이 효과를 발휘했는지 손권은 측근 앞에서 칼을 빼어 탁자 끝을 베어 놓고 외쳤다.

"이후 다시 항복을 입에 담는 놈이 있으면 이렇게 베어 버리겠다!"

손권의 뜻을 받고 극전파인 맹장 주유는 부하 3만 명을 거느리고 장강을 거슬러 올라갔다. 도중에 포진하고 있던 유비가 배로 주유를 찾아왔다. 주유는 유비를 향해 거만하게 말했다.

"내가 조조의 군대를 무찌르는 것을 편안히 구경하고 있어 주십시오."

협력해 주지 않아도 좋다, 오나라 군대만으로 싸우겠다는 것은 싸움이 끝난 다음 형주의 귀속 문제에 참견하지 못하게 하겠다는 강한 의사 표시였다. 전에 손권에게 동맹을 제의했을 때 공명은 삼국 정립의 구상을 말하고 전후의 형주는 유비에게 다스리게 하는 것이 오나라를 위해서도 이익이라고 설득했었다. 그것에 대한 주유의 회답이었다.

주유는 유비의 세력을 강대하게 하는 것은 오나라에 있어서 화근을 남긴다고 믿고 있었다. 유비는 경계했다. 동맹을 맺더라도 무조건 마음을 허락할 수 없었다. 전후의 발언권을 지키기 위해서도 병력을 소모하지 않는 편이 좋았다. 주유가 강한 체하는 것을 유비는 방관하기로 했다.

장강을 내려오는 조조군의 대선단(大船團)이 적벽에 다다랐을 때 주유는 경쾌정(輕快艇)을 내보내서 화공으로 기습케 했다. 때마침 불어오는 동풍에 불길은 금세 선단을 태워 버렸다. 대단한 승리였다. 적벽에서의 오군의 승리는 역사의 흐름을 크게 바꾸었다.

유비는 형주의 남쪽 절반의 영토를 얻었다. 세 다리 솥의 제3의 다리는 아직 가늘었다. 그렇지만 공명의 웅대한 계획인 천하 삼분지계는 확실히 뿌리가 내려졌다고 할 수 있을 것이다.

공덕은 베풀고 볼 일이다. 서전에서 패주하는 도중에 유비가 피난민을 버리지 않았던 것이, 지금에 와서야 그 효과를 나타내기 시작했다. 각지의 유력자가 유비의 덕을 경모하여 속속 모여들었다. 인근의 호족들 중에서는 자진해서 유비의 부하가 될 것을 지원해 올 정도였다. 손자도 말했다.

"병법의 비법은 싸우지 않고 이기는 것이다."

의로써 파촉에 웅거한다

오나라 손권의 막하에는 공명의 강적이 있었다. 적벽의 영웅 주유였다. 일이 있을 때마다 유비를 적대시했을 뿐만 아니라, 이런 식으로 손권에게 헌책했다.

"천하를 손아귀에 넣기 위해서는 파촉으로 쳐들어가야 합니다."

주유도 공명과 같은 생각을 하고 있었다. 그렇지만 주유는 오나라 한 나라만의 패도(覇道)에 기초를 두고 있었다. 하늘이 공명을 도왔는지 주유는 곧 병사했다. 그 지위를 이어 받은 노숙은 오나라의 안위를 위해서는 유비가 강대해져서 오나라와의 동맹을 계속해야 된다고 생각하고 있었다. 덕택에 유비는 형주 전체를 손에 넣을 수가 있었다. 융중의 초가집을 나온 지 3년, 공명의 스케줄에 따르면 다음 손에 넣을 곳은 파촉이 된다. 그 때 손권이 제의해 왔다.

"협력해서 파촉을 점령하고 싶다."

주유는 죽었어도 그 뜻은 살아 있었다. 오나라도 파촉을 노리고 있었다. 우물쭈물하고 있을 수는 없었다. 공명은 초조해졌다. 그렇지만 유비는 아니었다.

"내가 조조를 미워하는 것은 그가 무력으로 위협해서 후한 왕조를 뺏으려고 하고 있기 때문이다. 지금 내가 파촉으로 침입하려고 하고 있는 것은 조조가 하고 있는 것과 마찬가지가 아니냐. 나는 대의명분에 어긋나는 일은 할 수 없다."

유비의 과거는 반드시 대의명분으로 일관되어 있는 것도 아니었다. 용병단의 두목으로서 각지 호족들을 전전하고 있었던 시대에는 배신과 기만도 주저하지 않았었다. 그렇지만 공명과 만난 이후로는 스스로 옷깃을 바로 하려는 자세가 눈에 띄었다. 뛰어난 지장이며 빼어난 모신(謀臣)인 공명을 얻은 유비는 안심하고 군주도(君主道)에 전념하고 있었던 것 같다.

그러나 형주 땅은 조조, 손권, 유비의 세력이 정립되어 격돌하는 최전선이었다. 여기에 있다가는 만사가 불리했다. 풍부한 물자가 있는 천연의 요충지인 파촉을 거점으로 하지 않고는 유비의 비원(悲願)은 달성될 수 없었다.

일찍이 공명은 유비가 형주를 지배하는 것은 하늘의 뜻에 의한 선양이라고 말했다. 유비의 한나라 왕조 부흥이란 슬로건이

지상의 것이라고 한다면, 하늘은 파촉에도 선양을 허락할 것이다. 그렇지만 유비는 되풀이해서 거절했다.

"나는 조조와는 다르다. 신의를 천하에 잃는 것은 내가 취할 길이 아니다."

한편 파촉에도 문제가 있었다. 북쪽에 위치하는 한중이라는 지역은 같은 익주의 일이면서도 오두미도(五斗米道)라는 도교의 교단이, 장노(張魯)를 추대하고 종교 국가 같은 형태로 자립하고 있었다.

그 한중으로 조조의 세력이 뻗어 왔다. 조조를 두려워한 익주목 유장(劉璋)은 유비에게 구원을 청하는 사자를 보냈다.

이것으로 대의명분이 생겼지만 유비가 파촉으로 향하면 손권이 화를 낼 것이다. 협력을 제의했을 때는 거절한 주제에 혼자서 행동하다니 괘씸하다고 할 것이다.

손권에게 대비할 필요 때문에 공명과 관우는 형주에 머무르고, 유비가 직접 인솔하는 일부 병력만이 정도(征道)에 올랐다.

익주로 들어간 유비는 처음에는 환대를 받았으나, 유장의 측근에는 유비파만이 아니라 조조파도 있었다. 의지가 약한 유장은 조조파에 조종되었으며, 유비는 이향 땅에서 곤경에 빠졌다.

결국 형주에 있던 공명이 대군을 이끌고 유비를 구원하러 갔으며, 유장은 추방되었다. 촉나라의 서울은 성도(成都)였다. 성도성에 유비를 앉히는 것이 공명의 꿈이었다.

파촉 땅은 앞으로도 중요한 거점이기 때문에 인심을 잃지 않도록 공명은 내정에 노심했다.

파촉에 유비를 추대하는 지반을 착착 다지고 있을 때 손권이 간섭해 왔다. 유비가 파촉을 얻었으니 형주를 돌려 달라는 것이었다. 조조에 대항하기 위해 손권과 일을 벌여서는 안 되었다. 이것이 유비의 약점이었다.

유비는 형주를 단념하려고 했지만, 형주에 남아 있던 관우는 완강히 거절했다. 그래서 손권은 조조와 짜고 관우를 공격했다. 관우는 붙잡혀서 참형을 당했다. 유비는 그 죽음을 슬퍼했다. 잇따라 조조가 죽었다.

생전의 조조는 왕을 칭하는데 그쳤으나, 그 아들 조비는 후한왕 헌제의 선양이 있었다고 하면서 위제국을 수립하고 스스로 문제(文帝)라고 칭했다. 이것으로 4백 년 계속된 한나라 황실은 명실공히 멸망했다.

위나라 건국이 선양에 의했다고 한다면 그 판도는 명목상 한나라의 영토 전역에 미친다. 익주의 일부인 파촉에 웅거하고 있는 유비는 조공하지 않는 한 역적이 된다. 하지만 유비 측이 그걸 용인할 리가 없었다.

위나라의 건국보다 6개월 뒤에 유비는 여러 신하들에 추대되어 제위에 올랐다. 국호는 한이지만 지금까지의 한나라 황실과 구별해서 계한(季漢), 촉한(蜀漢), 혹은 단순히 촉(蜀)이라고 불리게 되었다. 촉한은 한나라 황통을 이은 건국이기 때문에 위나라야말로 역적이 된 셈이다.

손권을 추대하는 오나라도 실질적으로 독립 왕국을 형성하고 있으므로, 이에 천하는 위, 촉, 오가 정립하는 삼국 시대로 들어갔다.

유비 현덕의 죽음

공명은 촉나라의 건국에 즈음하여 정승으로 임명되었다. 정승 제갈공명의 사명은 삼국 정립의 잠정적 평화를 유지하면서 국력의 증강에 노력하는 일이었다. 천하삼분지계는 천하 통일을 목적으로 하고 있기는 하지만, 잠정적 평화를 언제까지라고 못박을 필요는 없었다. 공명에게는 하나로 되기 위한 수단으로서의 셋이 아니라, 셋의 성숙 결과가 하나라고 하는 독특한 발상이 있었다. 일을 서둘러서 삼파전을 벌일 필요는 없었다. 공명은 새로운 시대의 개막을 상쾌한 기분으로 맞았다.

그렇지만 제위에 오른 유비는 건국 당초에 우선 해야 할 일은 관우의 원수를 갚는 일이라고 생각했다. 유비에게 있어서 관우는 거병 이래 고생을 함께 해온 맹우였다. 그 기분을 모르는 바가 아니지만, 건국의 국시로 본다면 역적은 위나라였다. 오나라와는 오히려 동맹을 맺어야 했다. 많은 측근들이 간했다.

"개인적인 원한을 앞세워서는 안 됩니다."

그렇지만 유비는 일체의 반대 의견을 무시하고 형주 출병을 강행했다.

공병은 천하삼분지계에 흉조를 보는 것만 같은 생각이 들었다. 그럼 어째서 이(理)의 사나이 공명이 유비를 번의(飜意)시키지 않았는가. 형주 출병은 유비가 관우를 애도하는 진혼의 행동이었다. 정(情)의 사나이 유비에게 정을 버리게 하면 어떻게 되는가. 유비가 유비이기 때문에 공명은 형주 출병을 묵인할 수밖에 없었다.

촉나라가 오나라를 치면 그 힘은 삼국의 균형에 어떻게 파급될까. 공명이 가장 우려했던 일이 일어났다. 오나라는 촉나라와의 싸움의 허를 틈타 위나라가 침입할 것을 우려하여 위나라에 사자를 보내서 신하로 복종할 것을 위장했다. 위나라 문제는 이것을 가상히 여겨 손권을 오왕으로 봉했다. 손권은 위나라가 침입해오는 위험을 제거했을 뿐만 아니라, 왕이 되어서 자립하는 행운까지 잡았다.

한편 복수심에 불타는 유비는 오군의 저항을 받지 않고 형주 땅 깊숙이 진입했다. 유비는 함정에 빠졌다. 오군이 반격하기 시

작했다. 이에 촉군은 완전히 패배하고 유비는 간신히 백제성(百帝城)으로 도망쳐 돌아왔으나, 그대로 병석에 눕고 말았다. 급하다는 소식을 듣고 성도로 부터 공명이 달려 왔다. 유비는 죽기 직전에 공명에게 뒷일을 부탁했다.

"그대의 재능은 조비(위나라 문제)보다 10배나 뛰어나다. 틀림없이 나라를 안정시키고 천하 통일의 대업을 성취시켜 줄 것이

▲제갈공명을 제사지내는 무후사(武候祠). 사천 성도시(四川省都市)에 있다.

다. 만약 내 아들 유선(劉禪)이 보좌할 가치가 있는 인물이라면 힘이 되어 주기 바란다. 그렇지만 그릇이 못된다고 생각한다면 그대가 대신 제위에 오르는 것이 좋다."

공명은 형주를 획득할 때도, 익주로 진입할 때도, 하늘의 뜻에 의한 선양이라는 표현을 써서 유비를 격려했었다. 그런 공명이기 때문에 유비의 유언을 선양으로써 받아들이는 냉철함을 가지고 있었을 것이다. 그렇지만 군주의 신하에 대한 신뢰를 나타내는 것으로서 유비의 말 이상의 것은 없다. 공명은 눈물을 흘리면서 대답했다.

"저는 어디까지나 신하로서 충절을 다하겠으며, 목숨과 바꾸더라도 태자를 지키겠습니다."

유비는 63세를 최후로 백제성에서 죽었다. 유비의 유해 앞에 무릎 꿇고 눈물을 흘린 공명은, 이(理)의 사나이로부터 정의 사나이로 변모했다. 공명이 유비로부터 이어 받은 것은 제위가 아니라 그 전인격이었다. 어린 유아(遺兒)들이 두고두고 공명을 통해 아버지의 모습을 그리워한 것도 그 때문이었을 것이다. 우연히도 유비는 생전에 자기 자식들에게

"내가 죽은 다음 너희들 형제는 제갈량을 아버지라고 생각하고 섬기는 것이 좋다."

고 가르치고 있었다.

진짜로 이기는 사람은 마음을 공격한다

2대째의 유선은 범용했지만, 단 한가지 취할 점은 아버지 유비의 유언대로 모든 것을 공명의 지시에 따른 것이었다. 그렇기 때

문에 공명의 책임은 무거웠다. 게다가 유비의 죽음에 의해서 삼국 정립의 균형이 위태로울 정도로 촉나라의 국력이 저하되었다. 촉나라가 존속하기 위해서는 빨리 오나라와의 동맹 관계를 부활할 필요가 있었다. 당시 상황으로서는 촉한 쪽이 저자세가 될 수밖에 없지만 도가 지나치면 오나라에게 약점을 잡히게 된다. 공명은 사자(使者)의 인선(人選)에 고생한 끝에 웅변가인 등지(鄧芝)를 기용한 것이 성공했다.

촉나라와 오나라의 동맹에 성공하자 공명은 남방 이민족의 반란을 진입하기 위해 스스로 군대를 이끌고 출진했다. 참모인 마속이 공명에게 말했다.

"싸움의 길은 마음을 공격하는 것이 상책이며, 성을 공격하는 것은 하책입니다. 마음의 싸움이야말로 무기의 싸움보다 나은 법입니다. 아무쪼록 그들을 심복(心服)시켜 주십시오."

공명은 크게 고개를 끄덕였다. 마속의 의견은 공명의 생각과 같다고 해도 좋았다.

반란군의 수령 맹획이 붙잡혀 왔을 때 공명은 군대 배치를 보여 준 다음 맹획에게 물었다.

"어떠냐, 우리 쪽의 군대 배치가."

"이런 것쯤은 간단히 깨뜨릴 수 있단 말이야."

공명은 웃으면서 맹획을 풀어놓아 주었으며, 다시 싸워서 또 풀어놓아 주었다. 싸워서는 사로잡고 사로잡아서는 놓아주고 이것을 7번이나 되풀이한 다음 또 풀어놓아 주려고 하자, 맹획은 양손을 짚고 말했다.

“정승의 위세는 하늘에 비할 수도 있는 것이므로 저희들은 두 번 다시 반항하지 않겠습니다.”

공명은 남방 지역을 평정하자, 군을 주둔시키지 않고 모든 것을 그 지방의 자치에 맡겼다. 그 때문에 그들은 진심으로 촉나라 신하로서 복종할 것을 맹세했다.

이 한 가지 일을 보더라도 공명은 장군이기보다도 뛰어난 정치가였다. 우격다짐으로 상대를 굴복시켜 봤자 근본적으로 해결이 되지는 않는다. 그런 사상이 천하삼분지계의 기반이 되어 있었다. 삼국 균형의 잠정적 평화를 유지하는 동안에 다른 사람을 심복시켜서 천하 통일을 달성하자는 것이 그것이다.

그렇지만 이상과 현실은 너무 큰 차이로 어긋나기 시작했다. 유비를 잃은 후 촉나라는 모든 것이 뒤떨어져 있었다. 유비가 남긴 천하 통일의 위업은 차분히 기초를 굳힌 다음 착수하는 것이 옳지만 그런 태평스러운 말을 하고 있을 수가 없었다. 기초를 굳혔다 하더라도 겨우 20세가 된 범용한 군주이기에 믿음직스럽지 않았으며, 일을 맡길 만한 인물도 없었다. 그래서 정승의 몸이면서도 공명은 정무의 구석구석까지 신경을 썼다. 장부도 일일이 훑어보았다고 한다.

이암(李嚴)이라는 사나이가 아주 친절한 듯이 말을 걸어 왔다.

“그렇게 무리를 하면 몸이 지탱하지 못합니다. 정승께서는 신하들 중에서 최고의 지위에 있는 분이니까 차라리 구석(九錫)을 받아서 왕을 칭하는 것이 좋을 것입니다."

구석이란 천자가 대신을 특별히 대우하기 위해 하사하는 9가지 특전이며, 이것을 받아 왕을 칭하는 것은 천자가 되는 1보 까지 나아가는 것을 의미한다.

공명은 이암이라는 사나이에 마음을 허락할 수 없었다. 이암은 유비의 유언을 알고 있었다. 그렇기 때문에 공명의 마음을 떠본 것이었다. 공명이 조금이라도 그런 티를 보인다면, 이암은 범용한 젊은 천자의 귀에 속삭일 것이다.

"정승이 배반할 뜻이 있다."

영매(英邁)한 군주가 죽은 다음 나라가 망하는 것은 모두 이 패턴을 밟는다. 공명은 천자 유선에게 말했다.

"저는 성도에 뽕나무를 8백 그루, 논 15경(頃)을 가지고 있습니다. 이것은 제 일족의 의식으로 충분한 것입니다,"

이암에게도 이렇게 말했다.

"나는 80곡(斛)의 급여를 받고 있다. 지금 저축도 별로 없고 아내에게는 갈아입을 옷도 없다."

천하 국가를 생각해서는 지칠 줄 모른 공명도, 아첨꾼이나 필부들과 상대하는 데에는 심신을 소모해야만 했다.

눈물을 흘리며 마속을 베다

북방의 위나라에서는 문제 조비가 죽고 그 아들 조예(曺叡)가 즉위하여 명제(命帝)라고 칭했다. 촉나라로서는 좋은 기회였다. 공명은 스스로 전군을 이끌고 북벌할 것을 결심했다. 출진에 앞서서 유선에게 상주문(上奏文)을 봉정했다. 이것이 출사표인데 공명의 절절한 심정을 토로한 천고의 명문으로서 지금까지도 유명하다.

우선 유선에게 천자로서의 자세를 설명하고 역사를 예로 들어 국가 흥륭(興隆)의 길을 말하고 있다. 그리고 천자를 보필하는 신하의 예를 취하면서 그 호소하는 바는 마치 자기 자식에게 가르치는 자부의 애정이 스며 나오고 있다.

계속해서 출사표는 공명과 선제 유비와의 관계를 언급하고 있다. 삼고의 지우(知遇)에 감격한 이래 21년, 분에 넘치는 은고를 입었으며, 붕어(崩御)하실 때는 한나라 황실 재흥의 대사를 맡기셨다는 것과 지금 북벌을 결행함에 있어서의 결의와 각오를 적고 있다.

그리고 끝으로

"선제의 은고를 생각하면 감격해 마지않습니다. 지금 멀리 이별을 고함에 있어 붓을 들면서도 눈물이 흘러 드릴 말씀이 없습니다."

라고 맺고 있다.

▲공명과 중달이 지략전(知略戰)을 전개했던 오장원(五丈原). 공명은 북벌에 출격했지만….

7만 군대의 사기는 매우 앙양되었다. 주력은 한나라의 옛 서울 장안을 엿볼 수 있는 기산(祁山)으로 지출했다. 그 동안 거의 저항을 받지 않았던 것은, 촉나라와 오나라의 동맹에 의해 양자강 하류지역에서 오군이 위군을 견제하고 있었기 때문이다. 그런데 오군의 진격이 거기서 딱 멎었다. 오군에 전의(戰意)가 없다고 보고 위군의 대부대는 동쪽으로 부터 서쪽으로 이동하여 위수(渭水) 근처에 진을 치고 있던 촉군의 선봉 부대와 충돌했다.

촉군을 지휘하고 있던 것은 마속이었다. 유비가 임종 때 공명에게 충고했었다.

"마속은 기계(奇計)를 써서 자기 힘 이상의 것을 보이고 싶어하는 사나이기 때문에 종용해서는 안된다."

그렇지만 공명은 마속의 재기를 높이 평가해서 선봉 부대를 맡겼다. 마속은 미리 공명의 지시를 받고 있었다.

"절대로 산 위에 진을 치면 안된다."

그렇지만 지시대로 움직여서는 자기 공로가 되지 않는다고 생각한 마속은 공명의 지시를 무시하고 산 위에 포진했다. 위군은 산을 포위하고 식량 보급로를 차단했다. 마속은 강행 돌파를 시도해서 간신히 탈출했지만, 촉군은 완전히 붕괴되어 패퇴했다.

마속은 책임을 벗어날 수 없었다. 공명이 평소부터 특별히 총애하고 있었기 때문에 마속에게 어떤 징벌이 가해지느냐가 주목되었다.

촉나라에서는 인재가 적다. 이 비상시에 마속을 잃는 것은 큰 손실이 될 것이다. 공명도 그것을 생각하지 않았던 것은 아니다. 병사들은 군율이 엄함을 원망하기보다는 그것이 공평하지 않음을 미워한다. 신상필벌은 모든 것에 우선되지 않으면 안된다. 공명은 울면서 마속을 베었다. 그렇지만 남은 가족에 대해서는 그 때까지와 똑 같은 대우를 계속 해주었다.

죄는 공명에게도 있었다. 선제의 충고가 있었음에도 불구하고 마속을 중용해서 배치를 잘못했던 것이다. 공명은 스스로 처벌을 청원해서 우장군(右將軍)으로 강등되었다.

'기다림'은 멸망으로 이어진다

최초의 북벌로부터 7년이지나, 공명은 10만 대군을 이끌고 위수 남안의 오장원(五丈原)에 포진했다. 위군과 6번째의 대결이었다. 소국이 대국에게 도전해서 이기기 위해서는 단기 결전밖에 없었다.

오장원의 진영에서 공명도 단기 결전의 방책을 가다듬었다. 그렇지만 상대가 응해 오지 않으면 결전도 일어나지 않는다. 위군의 총대장 사마중달은 철저히 결전을 피했다.

중달은 공로 따위는 전혀 바라지 않았다. 섣불리 공로를 세웠다간 질투나 경계로 소외당할 위험이 있었다. 몸의 안전을 지키기 위해서는 범장(凡將)인 체하고 있는 것이 가장 좋다. 소국이 단기 결전으로 도전해 온다면 대국은 지구전으로 몰고 가면 된다.

공명은 골치 아픈 상대를 만났다. 어떻게든지 해서 끌어내려고 했지만 반응이 없었다. 공명은 중달에게 부인용 머리 장식과 장식품을 선물했다.

"싸우는 것이 싫다니 여자 같은 놈이다."

라는 모욕이었다. 이것에는 중달도 화가 났다. 체면불구하고 촉나라 본진으로 쳐들어가려고 하는데 칙사(勅使)가 달려 왔다. 명제의 칙서는 다음과 같은 내용이었다.

"오로지 수비를 견고히 하고 적의 전의를 꺾으라. 적은 공격하

거나 후퇴해도 싸움이 되지 않으면, 그럭저럭하는 동안에 군량이 떨어져서 퇴각할 것이다. 추격하는 것은 그 때다."

황제의 명령이라면 어쩔 수 없었다. 중달은 아주 분하다는 듯이 공격을 단념했다.

그렇지만 공명은 그것이 미리 짜고 한 일이라는 것을 간파했다.

"중달에게 싸울 생각이 있다면 일부러 황제에게 공격 허가를 청할 리가 없다."

사실 조서(詔書)는 미리 중달이 준비해 두었던 것이며, 사전에 명제와 타협이 되어 있었다. 혈기로 날뛰는 부하들의 반발을 다른 데로 돌리기 위한 연극이었던 것이다.

공명은 중달을 간파했지만, 중달도 공명을 간파했다. 어느날 중달은 공명의 사자에게 아무렇지도 않은 듯이 적장의 일상 생활에 대해서 물어 보았다. 사자는 '비밀로 할 것까지는 없겠지' 하고 대답했다.

"제갈 장군은 아침 일찍 일어나시고 밤에는 늦게 잠자리에 드시며, 태형(笞刑) 20 이상의 형은 모두 직접 조사하십니다. 식사는 아주 조금밖에 드시지 않습니다."

군사(軍使)가 돌아간 다음 중달은 불쑥 말했다.

"공명의 목숨도 길지는 않을 것이다."

얼마 후에 공명은 과로 때문에 병상에 누웠다. 태형 20이라는 군무의 말단까지 신경을 쓰다가는 지쳐 버리기 마련이다. 이것은 공명의 도가 지나친 세심한 탓으로 해서는 안 된다. 공명의 주변에는 안심하고 맡길 수 있는 인재가 적었던 탓이다. 무엇보다도 공명의 부담이 되었던 것은 군주 유선이 범용했다는 것일 것이다.

내 생애에 후회 없다

공명이 병이 났다는 소식이 성도로 전해지자 유선은 당황했다. 공명에게 예측하지 못한 일이 생기면 어떻게 해야 좋을지 몰랐다. 당장 이복(李福)이라는 사람을 오장원으로 달리게 했다. 공명은 세미한 데까지 국정의 기본을 말해 주었다. 크고 작은 것을 빼 놓지 않고 들은 이복은 곧 공명에게서 떠났다.

"저 사나이는 돌아올 것이다."

공명이 말한 대로 이복은 다시 돌아왔다. 이복이 변명하려고 하자, 먼저 공명이 말했다.

"내 후계자 말인데……."

"그것을 물어 보는 것을 잊어 버렸습니다."

"장완(蔣琬)이 좋다."

"그 다음은요."

"비위가 좋다."

"그 다음은요."

공명은 두 번 다시 입을 열지 않았다. 사기(死期)가 가까워진 것을 안 공명은 촉나라 정승으로서의 속박으로부터 해방되었음을 깨달았다. 그가 생애를 걸었던 삼국 정립의 균형도 머지 않아 깨질 것이다. 균형의 붕괴는 통일로의 비약을 촉진시킨다. 통일을 범용 우둔한 유선에게 바랄 수도 없었다. 처음부터 사리사욕 때문도 아니고, 촉나라의 패도(覇道) 때문도 아니었으며, 널리 왕도를 위해 전력을 기울여 왔으니까 말이다.

서기 234년 8월 말, 벌써 가을 바람이 부는 오장원의 밤하늘에 붉은 뿔이 있는 별이 동북쪽에서 남서쪽으로 흘러 촉나라 진영으로 사라졌다. 공명은 진중에서 죽었다. 향년 54세.

촉군이 철수한 다음, 그 진영을 본 중달은 이렇게 말했다.

"공명이야말로 천하의 기재(奇才)다."

영웅은 서로 영웅을 안다. 그로부터 31년 후, 이미 위나라도 없고 오나라도 없고 촉나라도 없었으며, 천하를 통일한 진(晉)나라의 무제(武帝)는 중달의 손자 사마염(司馬炎)이었다.

공명의 비극은 자기 뜻과는 달리 북벌에 출격할 수밖에 없었던 것에 있다. 고난의 길을 택하고도 여전히 그 인간적 매력을 더 한층 발휘하는 사람이야말로 진짜 영웅이라고 할 수 있을 것이다. 그때에 가서는 이미 일의 성공·실패를 따질 필요는 없는 것이다.

司馬仲達(사마중달)

오장원(五丈原)에서 보여준 '비전대승(非戰大勝)'의 비법(秘法)

죽은 제갈량이 살아 있는 중달을 달아나게 하다 — 옛날부터 널리 사람 입에 오르내린 이 말 때문에 사마중달은 범장의 대표처럼 생각되어 왔다. 오장원의 결전에서 촉나라의 명장 공명에게 여지없이 패배하고 기가 죽어 도망친 무장이라고. 그런데 과연 그랬었을까. 나중에 진왕조(晋王朝)의 시조(始祖)가 되는 이 인물의 생활 방식에야말로 난세의 리더학이 숨어 있다.

제갈공명의 호적수

촉한의 정승 제갈공명은 서기 227년부터 234년의 8년 동안에 전후 5회의 원정을 시도해서 위나라 영토로 쳐들어갔다. 그 후반 2회를 위나라의 주장으로서 공명을 맞아 친 것이 사마중달이다. 다시 말해서 공명과 중달의 대결은 2회에 걸쳐서 있었던 셈이다.

우선 첫번째 대결은 서기 231년에 있었다. 이 해에 공명은 각오도 새롭게 촉한의 정예를 이끌고 기산(祁山)으로 치고 나갔다. 그는 지금까지의 원정이 보급 곤란 때문에 실패로 끝났다는 것을 반성하고, 이 때는 목우(木牛)라고 불리는 운반 수단을 고안해서 보급에 만전을 기했다고 한다.

그런데 이것을 맞아 친 중달이 위군의 사령관으로 기용된 것은, 그에게 있어서도 위나라에게 있어서도 예상 밖의 일이었다. 왜냐하면 사령관으로 내정되어 있던 조진(曹眞)이라는 베테랑 장군이 병으로 쓰러졌기 때문에 갑자기 중달이 그 핀치 히터로 끌려 나왔다고 하는 경위가 있기 때문이다.

그 때까지 중달은 원이라는 곳에 주둔하고 오나라 손권의 움직임을 감시하고 있었다. 본시 위나라는 오나라에 대한 방비를 중시하고 있었으며, 중달은 그 최고 책임자에 임명되어 있었던 것이다. 그렇지만 조진이 병으로 쓰러진 지금 공명을 맞아 칠 적임자는 중달 이외에는 없었다.

위나라의 명제는 원으로부터 중달을 불러들이자, 방위군의 지

▲사마의, 자는 중달. 군략과 정략에 뛰어났으며, 진왕조의 시조가 되었다.

휘를 맡겼다. 핀치 히터라고 해도 많은 사람들의 신망을 받으면서 등장한 것이었다. 위나라로서는 마지막 카드라고 해도 좋았다.

중달은 군대를 이끌고 기산으로 가서 공명의 촉군을 맞아 대치했다. 이것이 두 사람의 첫 대결이었다. 그런데 중달의 작전은 신중하기 짝이 없었으며, 수비를 단단히 할 뿐이지 도무지 싸우려고 하지 않았다. 상대가 꾀어 와도 깊이 쫓지를 않았으며, 벅차다고 생각하면 재빨리 철수해서 전진 기지에 틀어박혀 버렸다.

「손자」의 병법에 싸우지 않고 이기는 것이 이상적인 승리의 방법이라고 말하고 있다. 이것을 바꿔 말하면 '될 수 있는 대로 효율적인 승리를 하도록 유의하라'는 것이 될지도 모른다.

중달의 작전도 이것이었다. 그는 보급이 곤란한 공명 측의 약점을 분명히 읽고 있었던 것이다.

수비를 단단히 하고 차분히 태세를 갖추고 있으면 상대는 머지 않아 보급이 뒤따르지 못해서 철수하지 않을 수 없게 된다. 그런 상태에서 싸움을 거는 것은 하책(下策)이다. 싸우게 되면 아무리 싸움을 잘하는 사람이라도 병력을 손실한다. 그렇게 되면 가령 이겼다고 해도 효과가 없다.

중달은 그렇게 생각하고 철저히 싸움을 피하는 작전으로 나갔던 것이다. 그렇지만 이런 식으로 싸우면 혈기왕성한 부하들이 볼 때는 안타깝기 짝이 없는 것임에 틀림없다. 그들은 중달에게 항변했다.

"당신은 공명을 마치 호랑이처럼 무서워하고 계십니다. 이러다간 천하의 웃음거리가 될 것입니다."

마침내 중달은 '그렇다면' 하고 마지못해 한 번 응전해 보았지만 어이없이 지고 말았다. 그 다음부터는 부하들이 아무리 반발

해도 수비를 단단히 할 뿐이지 움직이려고 하지 않았다.

이렇게 되자 난처해진 것은 공명 쪽이었다. 지구전으로 끌고 가면 식량의 보급이 뒤따르지 못한다. 또 다시 공명은 눈물을 머금고 철수할 수밖에 없었다.

이것을 보고 중달은 부하 부장(部將)에게 추격을 명령했다. 공명은 복병을 두어 이것을 맞아 쳤다. 이때는 격전이 된 모양이었다. 결과는 「진서(晋書)」(중달의 전기를 적은 것)에 의하면 중달 쪽이 대승한 것처럼 쓰여 있다. 그렇지만 중달 쪽도 대장인 장합이 전사했으므로, 공평하게 봐서 무승부로 끝났다는 것이 타당할 것이다.

싸움을 잘하는 사람은 이기기 쉬울 때 이긴다

그로부터 3년 후에 공명이 또 다시 위나라 영토를 침공했으며, 이것을 다시 중달이 맞아 쳤다. 이것이 두 사람의 두번째 대결이 되었다.

이 때 제갈공명은 촉한의 전군을 동원하다시피 했다. 그런데 이것을 맞아 친 중달은 지난번보다도 더 싸우려고 하지 않았다. 오로지 수비만을 굳건히 할 뿐이지 치고 나오려고 하지 않았다. 역시 보급이 곤란하다는 공명 측의 약점을 읽고 있었으며, 싸우지 않고 철수하게 만들 생각이었다.

이렇게 되자 쳐들어온 공명 쪽이 거북했다. 공명은 이 수단 저 수단을 다 써서 중달을 자극하기 시작했다. 그렇지만 중달도 여간내기가 아니므로 그런 꾐에는 속지 않았다.

그 때 마침 공명 측의 군사(軍使)가 중달에게 파견되어 왔다. 그러자 중달은 당면한 싸움에 관한 이야기는 피하고 주로 진중에서의 공명의 일상 생활에 대해서 물었다고 한다. 군사는 '그 정도의 일은 별로 숨겨 둘 필요도 없겠지' 하고 생각했던지 있는 그대로 대답했다.

▲'죽은 제갈량이 살아 있는 중달을 달아나게 했다'는 말을 낳은 옛 싸움터 오장원. 그렇지만 위나라의 장군 사마중달은 이 말이 나타내는 것처럼 범장이 아니었다.

"제갈공은 아침 일찍부터 밤늦게까지 군무에 정려(精勵)하시며 태형(笞形) 20 이상의 형은 모두 직접 결재를 하고 계십니다. 식사는 아주 조금밖에 드시지 않습니다."

중달은 군사가 돌아간 다음,

"그래 가지고는 공명의 목숨도 길지는 않을 것이다."

하고 말했다고 한다.

다시 말해서 중달은 상대 대장의 건강 상태까지 정확하게 알아차리고 있었던 것이다. 상대는 보급에 곤란을 받는 한편, 대장이 진중에서 죽는 사태를 맞게 될 것이라는 사실을 높은 확률로 예측할 수 있다면, 굳이 싸울 필요는 없었다. 중달은 수비를 단단히 하면서 자신만만하게 상대가 철수하는 것을 기다리고 있었을 것이 틀림없었다.

「손자」에 '싸움을 잘하는 자는 이기기 쉬울 때 이기는 자다'라는 말이 있다.

서투른 외야수는 평범한 플라이까지 파인플레이로 만들어 버리지만, 뛰어난 외야수는 어려운 플라이라도 쉽사리 정면에서 처리한다. 「손자」에 이 뛰어난 외야수처럼 이기는 것을 말하고 있듯이 중달도 여유를 가지고 무리없이 자연스럽게 이기기를 바랐던 것이다.

그런데 오장원을 무대로 한 양자의 대결은 서로 노려보기만 한 채 100여 일이 지났다. 그러자 공명은 중달이 예측한 대로 과로 때문에 병을 얻어 쓰러졌으며 그대로 진중에서 죽었다. 대장을 잃은 촉한군은 할 수 없이 철수하기 시작했다. 이것을 중달군이 추격했다.

그러나 촉한군이 반전 자세를 보이자 중달은

"물러나라."

하고 말하면서 그 이상 추격하려고 하지 않았다. 이것을 본 근처 마을 사람들이

"죽은 제갈량이 살아 있는 중달을 달아나게 했다."

고 말했다고 한다. 이 말은 중달이 범용함을 가리키는 말로서 전해져 내려오고 있지만 과연 어땠을까. 나중에 중달은 그 말을 듣고,

"살아 있는 인간이 상대라면 어떻게든지 손을 쓸 수도 있겠지만, 죽은 인간이 상대라면 어떻게 할 수도 없다."

고 쓴웃음을 지었다고 한다.

생각컨대 그는 부하들에 대한 체면상 추격하는 체했을 뿐이지 처음부터 본격적으로 추격할 생각은 없었던 것이다. 왜냐하면 그로서는 상대가 철수해 주기만 하면 그것으로 좋았다. 일부러 출혈을 각오하면서까지 상대를 격파할 필요는 없었기 때문이다. 그리고 중달은 공명의 진영 자리를 자세하게 시찰하고

"천하의 기재(奇才)다."

라고 감탄했다. 공명을 천재라고 인정한 그도 역시 보통 사람은 아니었다고 보는 것이 좋을 것이다.

일대 픽션 '공성지계(空城之計)'

이상이 정사 「삼국지」에서 본 두 사람의 대결 경위이지만, 픽션인 「삼국지연의(三國誌演義)」에서는 상황이 많이 달라진다. 거기서의 중달은 공명의 교묘한 군략 앞에 농락당하는 범용한 무장으로서 그려져 있는 것이다.

예를 들면 유명한 '공성지계(空城之計)'의 장면 같은 것이 그 전형적인 것이라고 해도 좋다.

우선 그 장면을 「삼국지연의」에 서술한 대로 재현시켜 보자.

공명이 첫번째 원정에 나섰을 때의 일이다. 선발군(先發軍)의 사령관에 기용한 마속이 가정(街亭)에서 방심하다가 대패를 당했으며, 할 수 없이 공명은 전군에 철수를 지시하고 자기 자신도 5천 기를 이끌고 서성(西城)으로 철수하여 군량을 운반해 내기 시작했다. 그 때 파발군이 연달아 달려와

"중달이 15만 명의 군대를 이끌고 서성을 향해 밀어닥치고 있습니다."

라고 보고해 왔다. 이 때 공명의 주위에는 문관들 뿐이었다. 5천 명의 병사도 이미 절반은 군량 운반에 끌려나가서 성내에는 불과 2천5백 명의 병사밖에 남아 있지 않았다. 주위의 문관들은 이 소식을 듣고 모두 안색이 달라졌다.

성벽에 올라가 바라보니 과연 중달이 이끄는 대군이 자욱하게 사진(砂塵)을 일으키면서 두 패로 갈라져서 쇄도해 오고 있었다.

공명은 즉각

"깃발을 내려라. 망루에 올라가서 자기 자리를 지켜라. 제멋대로 움직이면 안된다. 큰 소리를 내는 자는 베어 버리겠다."

이렇게 말하자 사방의 성문을 열게 하고, 각 문마다에 각각 20명의 병사로 하여금 농부의 옷차림으로 길을 쓸고 있도록 명령한 다음,

"나에게 좋은 생각이 있다. 알았느냐? 적이 밀어닥치더라도 떠들면 안된다."

하고 강조했다.

공명 자신도 전투복을 버리고 도사의 몸차림으로 거문고를 손에 들고 동자 2명과 함께 성루에 올라가서는 적의 대군을 앞에 두고 한가로이 향을 피우고 거문고를 타기 시작했다.

이윽고 중달의 선견 부대가 도착했다. 그들은 이 광경을 보자 급히 중달에게 보고했다. 처음에 중달은 웃으면서 상대를 하지 않았으나, 이윽고 전군에 정지를 명령하고 직접 말을 달려 확인하러 갔다.

멀리 바라보니 공명이 성루 위에서 얼굴에 웃음을 띄우면서 향을 피우고 거문고를 타고 있었다. 그 좌우에는 동자까지 있었다. 다시 성문 쪽을 보니 20여 명의 농부들이 아무 일도 없다는 듯이 열심히 길을 쓸고 있지 않는가.

이건 이상하다 — 의심을 품은 중달은 본영으로 달려 돌아가자 '물러나라, 물러나라' 하고 명령하여 전군을 북쪽의 산협으로 후

퇴시켰다. 옆에서 차남인 사마소(司馬昭)가

"아버지, 공명은 성내가 허술하기 때문에 일부러 저런 기책을 쓰고 있는 것이 아닐까요. 무턱대고 후퇴하는 것은 좀 어떨까 생각합니다만."

하고 이의를 제기했더니 중달은,

"아니다, 공명은 원래 신중한 인물이다. 지금까지 한 번도 위험을 무릅쓴 일이 없다. 지금 저렇게 성문을 열어 놓고 있는 것은 복병이 있다는 증거다. 공격해 들어가면 그의 술책에 빠질 것은 뻔하다. 네 따위가 알 바가 아니야. 여기서는 한시라도 빨리 후퇴하지 않으면 안된단 말이야."

이렇게 해서 중달의 위군은 조수(潮水)가 빠지듯이 후퇴해갔다. 그것을 보고 공명은 손뼉을 치면서 웃었다. 성내의 병사들은 놀라 입을 벌리면서

"명장으로 이름이 높은 중달이 15만 명이나 되는 정예를 이끌고 밀어닥쳤으면서도, 우리 정승님의 모습을 보자마자 황급히 후퇴를 하다니 도대체 어떻게 된 것입니까."

공명이 대답하기를

"그는 내가 언제나 조심스럽고, 위험을 무릅쓰는 사나이가 아니라고 생각하고 있기 때문에, 조금 전의 내 모습을 보고 복병이 있을 것이라고 의심했으며 그래서 후퇴한 것이다. 나도 좋아서 위험을 무릅쓴 것이 아니다. 만부득이해서 그렇게 한 것뿐이다."

"귀신도 미치지 못하는 묘계(妙計)이옵니다. 저희들 같았으면

성을 버리고 달아났을 것입니다."

병사들은 새삼스럽게 공명의 지모(智謀)에 감탄했다고 한다.

사마중달의 실상(實像)

이것이 「삼국지연의」에 그려져 있는 '공성지계'의 전말이다. 「삼국지연의」의 독자는 이 대목을 읽고 새삼스럽게 공명의 지모에 감탄하고 중달의 얼빠진 판단에 배를 움켜쥐고 크게 웃는다. 그렇지만 이 이야기는 사실(史實)이 아니다. '공성지계'의 기초가 된 이야기는 정사 「삼국지」의 주(註)에 실려 있기는 하지만 정사의 이 주부터가 이미 문제가 있었다.

정사인 「삼국지」는 진(晋)나라 때의 진수(陳壽)라는 사가가 쓴 것이지만, 기술(記述)이 너무나도 간결해서 재미가 없었다. 그래서 배송지(裵松之)라는 사가(史家)가 나중에 여러 가지 자료에서 본문과 관계가 있는 에피소드 류를 모아 그것을 주 형식으로 보완한 것이 오늘날 전해지는 정사 「삼국지」인 것이다. 배송지의 주가 들어감으로써 정사인 「삼국지」도 흥미 있어졌다고 해도 좋다. 이런 주 속에 '공성지계'의 기초가 된 이야기도 들어 있는 것이다. 그렇지만 이 이야기를 주에 넣은 배송지 자신도

"모두 거짓말이다."

하고 미리 밝히고 있다.

다시 말해서 배송지는 '공성지계' 같은 것은 있지도 않는 엉터리 이야기라는 것을 알고 있으면서도 정사의 주에 채용하고 있는 것이다. 확실히 이것은 당시의 사정을 조사해 보면 있지도 않은 이야기였다.

첫째로 당시 중달은 아직 원에 주둔하여 오나라의 움직임에 대비하고 있었던 거이다. 「삼국지연의」의 작자는 다시 이 이야기에 살을 붙여서 과장했는데, 그 목적은 두말할 것도 없이 공명의 지모를 강조하는데 있었다. 그 반면 중달 쪽은 자꾸만 왜소화되어 공명을 돋보이게 하는 역할을 맡게 될 수밖에 없었던 것이다.

「삼국지연의」라는 것은 '공성지계'의 장면뿐만 아니라 전편이 모두 이런 식으로 쓰여 있다. 그렇기 때문에 「삼국지연의」의 독자는, 중달이라는 사람은 공명의 군략에 농락당하는 범용한 무장이라고 생각해 버린다.

이것은 중달에게 있어서는 매우 딱한 일이다. 왜냐하면 실상의 중달은, 이미 소개한 바와 같이 군략에 관해서는 공명보다 나으면 낫지, 못하지는 않은, 지모가 풍부한 리더였기 때문이다.

예를 들면 앞에서 소개한 「삼국지연의」의 '공성지계다. 겉만 대충 읽으면 지모의 공명, 범용한 중달이라는 이미지밖에 떠오르지 않지만, 씌어 있는 일 이외의 숨은 뜻까지 읽는다면 반드시 그렇지만은 않다는 것이 희미하게나마 떠오를 것이다.

이 '공성지계'에서, 적어도 다음의 두 가지 일을 알 수 있다.

첫째로, 공명이라는 사람은 흔히 생각되고 있는 것처럼 기책(奇策)을 구사한 군사(軍師)가 아니라, 견실한 용병으로 시종한 군사였다는 것. 이것은 중달이 그렇게 이해하고 있었을 뿐만 아니라 공명도 또한 그렇게 자인하고 있었다. 그리고 이것이 공명의 실상에 가까운 것이다.

둘째로, 이것이 중요한 점이지만 중달이 어째서 공명의 기책에 걸려들었느냐 하면, 선견지명이 있었기 때문이다. 아들인 사마소처럼 젊어서 선견지명이 없는 리더라면 그대로 돌진해서 단숨에 공명군을 짓밟아 버렸을지도 모른다. 그러나 중달은 너무 깊이 생각하는 리더였기 때문에 오히려 기책에 걸려들고 말았을 것이다.

'공성지계'는 공명의 지모도 지모지만 상대인 중달이 깊이 생각할 줄 아는 리더라는 것을 간접적으로 증명하고 있다.

공손연(公孫淵) 토벌에서 보인 명지휘

공명이 공격하고 중달이 지키는 두 사람의 대결은, 싸움다운 싸움도 없는 상태에서, 공명이 진중에서 죽음으로써 끝났다. 그 동안 중달은 완전한 수비로 공명이 쳐들어올 틈을 주지 않았다.

공명도 중달의 견고한 수비 앞에 눈물을 머금었던 것이다.

그렇지만 이것은 중달에게 있어서 아직 시작에 지나지 않았다. 그가 명장으로서의 본령(本領)을 발휘한 것은 사실 이보다 뒤의 일이었다.

중달은 공명의 도전을 물리친 다음 약 3년 동안 그대로 장안에 머물러서 촉한의 움직임에 대비하고 있었다. 그 중달에게 서울에 있는 명제로부터 호출이 왔다. 요동 태수(遼東太守)인 공손연(公孫淵)이 조정에 반기를 들었으므로 토벌하라는 것이었다.

정보에 의하면 공손연의 뒤에는 오나라의 손권이 붙어 있어서 수시로 획책하고 있다고 한다. 내버려 두면 큰 일로 발전할지도 모른다. 화근은 빨리 끊어 버릴수록 좋다는 것이 명제의 생각이었다.

이리하여 중달이 기용된 것이지만, 위나라로서도 이 대임을 맡길 수 있는 것은 중달 이외에 없었던 것이다.

중달은 보병과 기병 4만의 군대를 이끌고 요동으로 향했다. 공명 때는 수비였지만 이번에는 공격이었다. 수비에서는 성공한 중달이었지만, 공격으로 상황이 바뀌었을 때는 어떤 지휘를 했을까.

상대인 공손연은 요수(遼水) 대안(對岸)에다 수만 명의 군대를 동원하여 남북 60~70리에 포진하고 위나라 군대의 침공에 대비하고 있었다.

이것을 본 중달은 적진 남쪽으로 적을 유혹하기 위한 미끼 부대를 내보냈다. 깃발을 숲의 나무처럼 죽 늘어서게 하고 대군인 것처럼 가장했기 때문에, 적의 정예 부대는 속고 말아 남쪽으로 이동해 왔다.

이 틈에 중달의 주력은 북쪽으로 이동, 적의 허술한 곳을 찌르고 요수를 건너가 배와 다리를 태워 버렸다.

과연 빈틈없는 기민한 작전이었다. 그렇지만 중달은 적을 내버려둔 채 적의 본거지인 양평(襄平)을 향해 진격했다. 부하 부장들은 중달의 의도를 이해할 수 없었다.

"적을 앞에 두고 공격도 하지 않는다면, 사기에도 관계됩니다."

그 말에 중달은 이렇게 대답했다.

"아니다. 이것으로 좋은 것이다. 적은 견고하게 포진하고 아군이 지치는 것을 기다리고 있다. 이것을 공격한다면 뻔히 알고 있으면서 적의 계략에 빠지게 될 것이다. 옛날 사람도 '적이 아무리 성책을 높이 쌓고 도랑을 깊이 파고 수비를 단단히 하고 있더라도 피아(彼我)의 필쟁점(必爭点)을 공격하면 반드시 나와서 싸우지 않을 수가 없게 된다'고 말하고 있다. 지금 적의 대군은 이곳 요수 근처에 집결하고 있다. 본거지인 양평에는 병력이 얼마 남아 있지 않을 것이다. 몹시 당황해서 도전해 올 때 공격하면 반드시 무찌를 수가 있다."

여기서 중달이 인용하고 있는 것은 「손자」에서 따온 것이다. 중달도 「손자」 연구에 충실했고, 그 병법에 따른 싸움을 한 것 같다.

이렇게 해서 중달이 이끄는 위군은 대오를 갖추고 양평으로 진격했다.

배후로 돌아갔다는 것을 안 적은 황급히 요수의 진지를 버리고 위군의 전진을 막으려고 했다. 이것을 보고 중달은 부하 부장에게 말했다.

"공격을 피한 것은 적을 꾀어내기 위해서였다. 지금이야말로 한 사람 남기지 않고 섬멸하고 말겠다."

모든 준비를 갖추고 기다리고 있던 위군은 공손연의 군대를 맞아 3번 싸워서 3번 다 이기는 대승을 거뒀다. 깨끗한 승리였다. 작전 계획대로의 승리라고 해도 좋았다. 당할 수만은 없다고 판단한 적은 철수해서 양평을 근거로 농성했다. 위군은 기회를 놓치지 않고 진격해서 이를 포위했다.

신중함과 과단성

이보다 앞서 공손연은 위군이 출동했다는 소식을 듣고 오나라의 손권에게 출병을 요청하고 있었다. 손권은 이 요청을 받아들여 원정군을 보내서 격려하는 동시에 다음과 같은 친서를 보내왔다.

"중달은 용병의 달인이다. 천변만화로 싸움으로써 지는 것을 모른다. 아무쪼록 주의해서 싸우는 것이 좋다."

이것으로 보더라도 중달이 명장이라는 것은 적에게도 높이 평가받는 기정 사실임을 알 수 있다. 그렇지만 그런 중달로서도 양평의 공략전은 다소 애를 먹었던 모양이다. 왜냐하면 때마침 내리는 장마 때문에 중달의 진지로 탁류가 덮쳐 수위가 사람 키를 넘는 물바다를 이루었다. 병졸들은 견디다 못해 이동할 것을 청원했다. 그렇지만 중달은,

"함부로 이동을 입에 담는 자는 참형에 처한다."

고 포고하고 움직이려고 하지 않았다.

한편 양평 성내의 적은 물이라는 뜻하지 않은 원군을 얻어서 한가히 땔나무를 만들기도 하고 마소를 보살피기도 하고 있었다. 이것을 보고 중달의 부장들은,

"저것을 약탈합시다."

하고 분격했으나 중달은 허락하지 않았다. 참다못한 참모의 한 사람이

"몇 해 전에 상용(上庸)의 맹달(孟達)을 공격했을 때는 전군이 주야겸행(晝夜兼行)으로 진격하여 불과 5일 만에 그 견고한 성을 함락시키고 맹달을 베어 버렸습니다. 이번에는 장도(長途)의 원정임에도 불구하고 이렇게 한가로이 지내고 있으니 도무지 알 수가 없습니다. 아무쪼록 자세한 이유를 들려 주십시오."

하고 따지고 들었더니, 중달은 이렇게 대답했다.

"그 때의 맹달은, 수는 적었지만 1년분의 식량을 비축하고 있었다. 그것에 비해 우리 쪽은 병력은 상대의 4배나 되지만, 식량

은 1개월분도 못 되었다. 1개월분으로 1년분을 상대했던 것이다. 속전 속결 이외에는 방법이 없지 않는가. 더구나 병력은 상대의 4배나 되었다. 승리할 가능성은 충분히 있었다. 그렇기 때문에 희생을 돌보지 않고 식량이 떨어지기 전에 공격해야 된다고 생각했던 것이다.

그러나 이번 경우는 어떤가. 상대는 병력수는 많지만 식량 부족으로 고민하고 있다. 우리 쪽은 병력은 적지만 식량은 충분하다. 더구나 이렇게 장마가 지고 있으니 계책을 세울 수가 없다. 지금은 섣불리 움직이지 않는 것이 좋단 말이다.

나는 서울을 출발했을 때부터 상대가 싸움을 포기하고 달아나지나 않을까 하고 그것만 걱정해 왔다. 지금 상대는 심각한 식량 부족에 빠져 있다. 한편 우리 쪽도 포위 태세가 완전하지는 않다. 그런 때 상대의 마소나 땔나무를 탈취하는 것은 일부러 도망칠 계기를 만들어 주는 거나 마찬가지가 아니냐.

알겠느냐, 싸움이라는 것은 결국은 속고 속이기다. 상황이 달라지면 작전도 달라진다. 지금의 상대는 대군인데다가 비까지 편을 들고 있기 때문에, 식량 부족에 빠져 있기는 하지만 좀처럼 항복하겠다고 말하지 않을 것이다. 지금은 일부러 어떻게 해볼 도리가 없는 척을 해서 상대를 안심시키는 것이 상책이다. 눈앞의 이익에 끌려서 쓸데없이 손을 대는 것은 하책(下策)이다."

중달의 이런 사고 방식이야말로 바로 「손자」의 병법인 것이다.

첫째로 「손자」는 싸우는 방법의 이상(理想)을

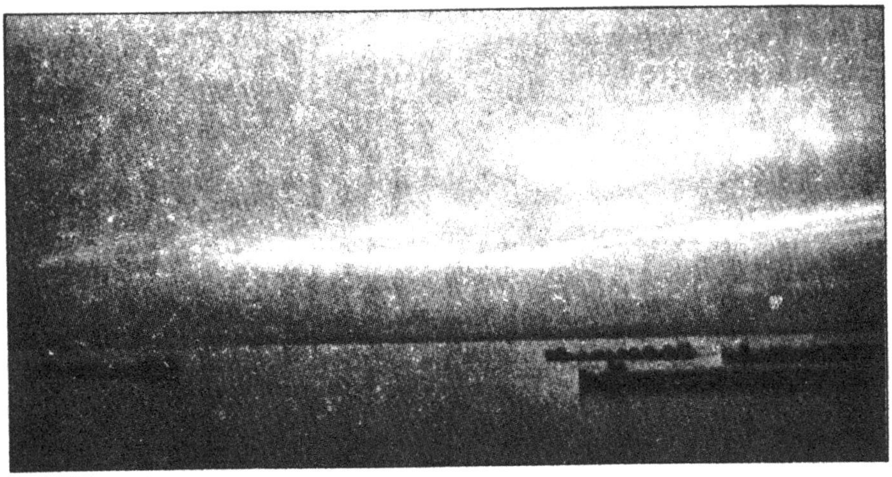

▲장강의 석양. 형주와 예주의 군사통수권을 부여받은 사마중달은 손권과 대치하기 위해 다시 장강 유역으로 출격했다.

"병(兵)의 모양은 물을 본뜬다."

하며 물의 자세에서 구하고 있다. 물이라는 것은 매우 유연해서 그릇에 따라 모양을 바꾼다. 그것과 마찬가지로 싸움도 역시 상대의 태세에 따라 임기응변으로 대처하지 않으면 안된다는 것이다. 너무 고지식하게 언제나 같은 정석(定石)을 쓰고 있어서는 승리를 바랄 수 없다. 중요한 것은 임기응변의 운용인 것이다. 이것이 「손자」의 사상이며 중달의 사고 방식이기도 했다.

둘째로, 중달은 '싸움은 속고 속이기다'라고 말하고 있는데 이것을 한문으로 쓰면 '병(兵)은 궤도(詭道)다'로 된다. 사실은 이것도 「손자」에 나오는 유명한 말이다. 「손자」는 '궤도'에 대해서 다음과 같이 말하고 있다.

"예를 들면 할 수 있는데도 할 수 없는 척하고, 필요한데도 불필요한 것처럼 꾸민다. 멀어지는 것처럼 가장하고 다가가고, 다가가는 것처럼 가장하고 멀어진다. 유리하다고 생각하게 하여 꾀어내고, 혼란시켜서 찔러 무너뜨린다. 충실한 적에게는 물러나서 방비를 단단히 하고, 강력한 적에 대해서는 싸움을 피한다. 일부러 도발해서 소모시키고, 저자세로 나가서 방심하게 만든다. 휴양을 충분히 한 적은 바쁘게 돌아다니게 하여 지치게 만들고, 단결하고 있는 적은 이간(離間)을 꾀한다."

중달이 체득(體得)하고 있었던 것도 이런 사고 방식이었다.

이렇게 해서 소리 죽이고 조용히 있던 중달이었지만, 비가 그치자 단숨에 전군을 투입해서 총공격을 했다. 정(靜)에서 동(動)으로의 멋진 전환이었다.

이것도 역시 「손자」의 병법에 있는 것인데,

"처음에는 처녀와 같이, 나중에는 탈토(脫兎)와 같다."

라는 말이 있다. 불리할 때는 처녀처럼 정숙하게 행동하여 상대의 방심을 유도하고, 유리해지면 탈토와 같이 여유를 주지 않고 다그치라는 것이다. 중달이 싸우는 방법도 그것이었다.

심한 공격에 견디지 못하고 공손연은 항복을 자청했다. 그렇지만 중달은 허락하지 않았다. 탈출을 기도한 공손연을 막다른 곳까지 몰아넣고 베어 버림으로써 화근을 끊었던 것이다.

이런 비정한 싸움도 역시 중달의 본령이었다.

라이벌 조상(曹爽)을 죽이다

이와 같은 중달의 임기응변의 술책은 싸울 때뿐만 아니라 정치의 장(場)에서도 유감없이 발휘되었다.

중달이 공손연을 무찌른 후 곧 명제가 죽었으며, 제왕(齊王) 방(芳)이 황제의 자리에 올랐다. 중달은 명제의 유언에 의해 젊은 대장군 조상(曹爽)과 함께 새 황제를 보좌하도록 명령받았다. 바야흐로 그는 명실공히 위 왕조의 원로로서 조정에서도 권위가 서게 되었던 것이다.

그런데 라이벌인 조상은 젊었으나 상당한 민완가였다. 게다가 그는 위나라의 대공신이라고도 할 수 있는 조진(曹眞)의 아들이며, 혈통상으로도 위나라 왕실과 연결되어 있어 출신 성분도 뛰어났다.

이윽고 조상은 막하에 유능한 스태프를 모아, 중달을 은근히 무시하고 권력을 독점하려고 획책하기 시작했다. 거의 모든 실권을 뺏긴 중달은 하는 수 없이 병을 핑계로 집에 틀어박혀 버렸다. 중달로서는 중대한 위기였다. 그런데도 그는 집에 틀어박힌 채 조용히 있을 뿐 움직이지 않았다.

권세를 장악하고 있는 조상으로서 그런 중달의 존재가 오히려 기분 나쁘게 비쳐졌다. 아무튼 중달은 만만찮은 인물이었다. 그런 그가 조용히 있다는 것은 무엇인가 책략이 있기 때문일 것이라고 생각했다. 도대체 그는 무엇을 생각하고 있는 것일까.

안달이 난 조상은 어느 날 이승(李勝)이라는 심복을 중달의 집으로 보내서 상황을 살펴보게 했다.

중달은 2명의 하녀에게 부축을 받으면서 이승을 인견(引見)했다. 어깨로부터 옷이 떨어질 것처럼 되면 2명의 하녀가 다시 입혀 주었다. 입을 가리키면서 자꾸만 아— 우— 하고 중얼거리고 있었다. 뭔가 마실 것이라도 달라고 말하고 있는 모양이었다. 하녀가 죽이 든 그릇을 내밀었더니, 그것을 마시려고 하지만 모두 뚝뚝 흘리고 말았다. 너무나도 노망한 모습을 보고 이승은 인사도 하는 둥 마는 둥하고 나와서 조상에게 보고했다.

"노공(老公)이 말씀하시는 것은 지리멸렬(支離滅裂)이며, 남쪽을 북쪽이라고 하고, 변변히 죽도 마시지 못하는 형편이었습니다. 그 분도 이제 마지막일 것입니다. 불쌍한 일입니다."

이 보고를 듣고 조상은 완전히 경계심을 풀어 버렸다. 라이벌의 재기는 있을 수 없다고 믿어 버렸던 것이다. 그렇지만 이것은 중달의 연기였다. 아— 우— 하는 것도, 죽을 뚝뚝 흘렸던 것도 정적(政敵)을 방심시키기 위한 책략이었다.

1개월 후인 서기 249년 정월에 황제가 선대를 모신 고평릉(高平陵)에 참배차 떠났을 때 조상 등도 함께 수행하여 전원이 서울을 비웠다.

사실 중달은 그 때를 기다리고 있었던 것이다. 서울이 텅 비었다는 것을 알자 중달은 쿠데타를 일으켜 서울을 제압하고는 뒤이어 조상 일당을 일망타진하고 말았다. 일순의 틈을 찌른, 전광석화(電光石火)와 같은 재빠른 솜씨였다.

병법 '36계'의 하나에 '가치부전지계(假痴不癲之計)'라는 것이 있다. 바보가 된 척을 해서 상대의 방심을 유도하는 책략인데, 조상에 대한 중달의 방법도 이것이었다.

조상을 제거한 중달은 서기 251년, 죽은 때까지 위나라 왕조의 전 권력을 장악하고 원로로서 권위를 떨쳤다. 그의 손자 사마염(司馬炎)이 선양(禪讓)이라는 형식을 받아서 진(晋) 왕조를 일으킨 것은 중달이 죽은 지 14년 후의 일이지만, 그 기초는 중달이 생전에 완벽하게 다져 놓았던 것이다.

진나라 왕조의 시조가 되다

사마중달은 이미 보아 온 것처럼 전략과 정략에 뛰어난 만만찮은 인물이었다. 그는 처음부터 이능파(異能派)로서의 소질이 있었던 것 같다. 「진서(晋書)」에서는 중달을 다음과 같이 평하고 있다.

"가령 상대를 싫어하고 있더라도 그런 기색은 조금도 보이지 않는다. 의심이 많은 성격이며 임기응변의 술(術)을 장기로 했다."

약간 음성적인 경향이 있지만, 권모가(權謀家)로서의 뛰어난 소질을 가지고 있었던 것이다.

또 그에게는 '낭고지상(狼顧之相)'이 있었다고 한다. 보통 사람이 뒤를 돌아볼 때는 목뿐만 아니라 몸째로 뒤로 돌리지 않으면 안된다. 그러나 중달은 몸은 그대로 두고 목만 180도 회전시켜서 뒤를 돌아볼 수가 있었다고 한다. 그런 중달이 이능파로서의 소질을 꽃피게 하는데 있어서 가장 큰 영향을 준 사람은 조조였다. 젊을 때의 중달은 조조를 섬김으로써 철저하게 훈련을 받았다.

조조는 인재를 초치(招致)하는 데 열심인 인물이었다. 중달은 그 재능을 인정받아서 조조의 막하로 들어갔지만 처음에는 대단히 경계를 받았던 모양이다.

조조와 중달은 24세나 나이 차이가 있었다. 말하자면 아버지와 아들 정도의 연령차였다. 왜 조조는 아들 같은 중달에게 경계심을 품었던 것일까.

조조와 중달은 같은 권모가라도 조조는 양성이고 중달은 음성이라는 차이는 있지만, 이능파의 권모가라는 점에서는 같은 타입이었다. 조조가 중달에 대해서 품은 경계심은, 이능파가 이능파에 대해서 품은 경계심이었음에 틀림없다.

그렇지만 중달은 충실하고 부지런히 조조를 섬김으로써 그의 경계심을 완화시키고 차차 신임을 받게 되었다. 그리고 측근에서 섬김으로써 조조가 장기로 삼은 권모술수의 비법을 배우고 그것을 몸에 익혀 나갔다.

중달이 싸움에 임할 때마다 「손자」의 병법에 입각한 싸움을 했다는 것은 이미 말했지만, 이 점에 대해서도 조조의 영향을 무시할 수가 없다. 왜냐하면 조조야말로 「손자」 연구에 있어서 제1인자였기 때문이다.

이처럼 중달은 조조의 막하에서 훈련을 견디면서 성장해 나간 인물이었다. 출람지예(出藍之譽)라고 해도 좋을지 모른다.

권모술수를 몸에 익히고 있다는 것은 지도자로서 빼놓을 수 없는 조건의 하나다. 그렇지만 함부로 그것을 쓰면 마이너스 이미지로 연결된다. 특히 중달의 경우는 음성적인 권모가였다. 그의 평판이 다소 좋지 못한 것도 부득이한 일이다.

결국 중달이라는 사람은 중국식 정치가의 대표적인 전형이었던 것 같은 생각이 든다.

관도(官渡)의 싸움

'기적(奇蹟)의 역전(逆轉)'은 기습(奇襲)에서 생겼다

조조(曹操) 대 원소(遠紹) — 한쪽은 소수군(小數軍)밖에 조직하지 못한 벼락출세한 사람이고, 한쪽은 대군을 이끄는 명문가의 도령이다. 세인의 평판도 당연히 '조조 따위는 어차피 원소의 적이 아니다'라는 것이었다. 그러나 결과는 반대였다. 조조는 3번에 걸친 싸움에서 원소를 철저히 이겨 버렸다. 조조에게는 어떻게 이것이 가능했을까. '관도의 싸움'에서 배울 만한 전략 전술이 얼마든지 숨겨져 있다.

신예와 베테랑의 대결

전쟁이라는 사태는 어떻게 해서든지 피해야 하지만, 전쟁이 나라의 존망(存亡)과 사람들의 생사를 걸고 있는 이상, '조직이란 어떻게 행동해야 하는가'라는 명제를 푸는 중요한 모형이라는 것도 틀림없는 사실이다.

후한 말기에 일어나 '관도(官渡)의 싸움'에도 그것이 적용된다. 이 시기, 중앙 정부의 타락과 부패는 그 극에 달했으며, 당연한 결과로 정부는 통치 능력을 잃고, 대신 대두(擡頭)한 전국의 호족들은 일제히 권력 쟁취를 노리고 쟁탈전을 시작하여, 마치 축구공이 구르기 시작하듯이 투쟁의 무대는 장안(長安), 낙양(洛陽)의 궁정으로부터 중원(中原), 즉 황하 삼각 지대의 대평원 지역으로 옮겨갔다.

이 군웅이 쟁패(爭覇)하는 시대에 있어서 노련한 원소와 신예인 조조와의 사이에서 전개된 싸움이 곧 '관도의 싸움'이다.

건안(建安) 5년(A.D.200) 2월에 원소는 보병 15만, 기병 15만의 대군을 만하시켜 여양(黎陽)으로 진군을 개시했다. 드디어 조조와의 싸움이 시작된 것이다. 우선 안량(顔良)에게 '백마(白馬)를 지키는 유연군(劉延軍)을 공격하라'고 명령했다. 안량이란 문추(文醜)와 함께 원소의 부하 중에서도 잘 알려진 부장(部將)이다.

이것이 백마의 싸움으로 발전하는데, 관도의 싸움은 통상 3개의 싸움으로 구성된다. 건안 5년 4월에 일어난 백마의 싸움, 뒤이어 3개월 후에 전개된 연진(延津)의 싸움, 그리고 결전으로서의 의미를 가지고 있는 관도성의 싸움이 그것이며 3개의 싸움은 4월에 시작되어 반년간 계속되었으며, 10월에는 조조의 승리로 그 막을 내리는데, 그럼 어떻게 신예인 조조가 적은 병력으로 대군을 이끄는 베테랑인 원소를 격파할 수가 있었을까.

조조, 45세의 원숙기

조조와 원소의 대결은 조만간에 피할 수 없다는 말이 있었지만, 당시의 상식적인 견해는 '조조는 어차피 원소의 적이 아니다'는 것이 지배적이었다.

조조는 젊을 때부터 병법에 지대한 관심을 가지고 있었으며, 병법서 「손자」의 실질적인 편찬자이며 그 주(註)도 달았다고 한다. 이 때문에 항상 군사 지휘 능력을 닦자는 성취욕에 불탔으며, 한편 건안기(建安期)의 문단을 대표하는 시인이며 문장가이기도 했다.

청주(靑州)의 황건군(黃巾軍)을 토벌한 후 잔당을 자기 군에 편입시켜 더욱 군사력을 강화하고, 군량 부족을 해소하기 위한 둔전책(屯田策)을 채택했으며 잇따라 대의 명분을 얻기 위해 헌제(獻帝)를 본거지인 허(許)로 맞는 등 단순히 군사적인 전술에 가할 뿐만 아니라, 정치적인 전략에도 뛰어난 면을 보이고 있다.

관도의 싸움이 시작된 서기 200년, 조조는 45세의 원숙기에 접어들었다.

이에 대항하는 원소는 조조와 같은, 말하자면 '벼락출세한 사람'과는 달라 4대 계속해서 3공(公)을 낸 명문 원가(遠家)의 자제였다.

한편 수라장을 스스로의 힘으로 뚫고 나간 일이 없는 귀공자였다는 것이 평생 손아귀에 승리를 쥐지 못하게 한 셈도 된다.

건안 5년 2월에 원소는 조조를 칠 것을 결정하지만, 이 결정에 이르기까지 두 사람의 참모가 반대 의견을 말했다. 저수(沮授)와 전풍(田豊)이다.

두 사람은 함께 지구전을 주창했는데 그 요지는 다음과 같았다.

"최근 해마다 출병했으므로 영내의 백성은 피폐(疲弊)해 있습니다. 창고에 비축된 곡물이 없으며 백성들은 노역(勞役)에 끌려나가기만 하고 있습니다. 이와 같은 우려할 만한 사태에서 우선적인 급무(急務)는 무엇보다도 허도(許都)에 사자를 보내서 천자에게 전리품을 헌상하는 일입니다. 그리고 동시에 식량의 증산에 힘써 다소라도 백성들의 부담을 가볍게 해야 되지 않겠습니까."

하고 첫째로 국내 정비론을 폈다. 그리고 두 번째 전략으로 군의 파견론, 그것도 지구전을 주창했던 것이다.

"그리고 조정과의 접촉에 실패했을 때야말로 그것이 조조의 방해 때문이라는 것을 천하에 분명히 하고, 그런 다음에 여양으로 진출하는 것입니다. 그것도 단숨에 공격하는 것이 아니라, 어차피 적(조조군)은 수가 적기 때문에 지구전으로 끌고 가면, 3년쯤 지나면 싸우지 않고도 승리를 손에 넣을 수가 있을 것입니다."

원소는 저수의 헌책에 귀를 기울이지 않았기 때문에 헌제가 조조에게 돌아가게 된 과거가 있었다. 헌제의 존재 가치는 당대의 무장들에게 있어서 '대의명분'이 되었지만 명분 의식과 자기의 실력에 대한 과신(過信) 때문인지 천자를 거들떠보지도 않았던 것이다.

한편 주전론을 주창한 참모도 있었다. 심배(審配)와 곽도(郭圖), 두 사람이며, 그 요지는 다음과 같았다.

"병서에는 다음과 같이 씌어 있습니다. '10배의 병력이 있을 때는 적을 포위하고, 5배라면 마구 공격하고, 호각일 때는 전력을 다해서 싸우라'고 말입니다. 우리 군주의 보기 드문 무용과 강대한 병력을 가지고 한다면 조조를 치는 것쯤은 누워서 떡먹기일 것입니다. 이 기회를 놓치면 두 번 다시 기회는 돌아오지 않습니다."

저수도 잠자코 있지는 않았다.

"전란을 구하고 포학(暴虐)을 주멸(誅滅)하는 것을 '의병(義兵)'이라고 말하는 것이지, 수가 많음을 믿고 강대함을 내세우는 것은 '교병(驕兵)'에 지나지 않습니다. 지금 조조가 천자를 맞아서 대의명분을 손에 넣고 있는 이상, 우리 쪽이 거병해도 '의병'이 될 수 없습니다. 그럴 뿐더러 병법의 극치는 힘의 강약이 아닙니다."

참모들은 장시간 토론을 했지만 원소는 이미 전의에 몸달아 있었다.

"저수나 전풍의 의견은 장병의 사기를 저상(沮喪)시키는 것이다."

하고 조조 토벌을 결정했던 것이다.

적의 세력을 분산시키라

그렇지만 원소의 결단은 분명히 잘못되어 있었다. 그 이유는 '시기와 상황의 판단'이 너무 낙관적이었다는 데 있다.

서기 200년, 1월에 조조는 몸소 대군을 이끌고 소패성(小沛城)에 웅거하는 유비를 쳐 격파하고, 그의 처자와 관우를 사로잡았다. 유비는 북방 청주(靑州)로 달아나 원소에게 몸을 의지했는데 이 시기야말로 조조를 치는 절호의 기회가 아니었을까.

사실 지구전파였던 전풍은 이 때는 다시 주전론을 주창하고, '조조가 없는 틈을 노려서 허주(許州)를 공격해야 합니다. 이것이야말로 다시없는 기회입니다'라고 진언했던 것이다.

그렇지만 원소는 전풍의 말을 들어주지 않았다. 그 이유도, 잘 판단한 다음에 토벌을 보류한 것이 아닌 '막내 아이의 병이 위독해서 다른 일을 생각할 마음의 여유가 없다'는 것이었기 때문에 참모인 전풍은 크게 실망했다.

서기 200년 4월에 황하 북쪽 여양에 도달한 원소군은 황하를 건너서 백마성을 공격하게 되었다.

조조는 소수군으로써 이 대군에 어떠한 작전 행동을 전개했을까.

조조에게 있어서 유비를 무찔렀다는 것은 '배후의 부담'을 제거한 것을 의미하며, 전군이 일체가 되어 원소군에 대항할 태세를 갖추고 있었다.

조조는 즉각 전군을 투입하여 부장(部將) 유연(劉延)이 지키는 백마성을 구원하려고 했지만, 참모장인 순유(荀攸)의 의견을 받아들여 각개 격파 전략으로 나가기로 했다. 구체적으로는 다음과 같은 작전이었다.

원소군은 30만을 넘는다. 아무리 유비를 무찔러서 사기가 오른 조조군이라고 하더라도 그 수는 20만이었다. 적은 절대적으로 우세하며, 정면으로 부딪쳐도 이길 가망은 적었다. 순유는 다음과 같이 진언했다.

"적의 세력을 분산시키면 됩니다. 일단 연진(延津)으로 나아가 황하를 건너 적의 배후를 공격하는 것처럼 가장하고 경무장의 기동 부대를 백마성으로 급진시켜서 적의 허술한 곳을 공격하는 것입니다. 원소군은 연진의 우리 부대에 끌려서 주력을 서쪽으로 돌릴 것이 틀림없습니다."

생각한 바와 같이 원소는 측배(側背)에 위협을 느끼고 주력을 이끌고 연진 방면으로 전진(輾進)해 왔다. 적은 황하에 의해서 완전히 양분되었던 것이다.

조조는 기회를 놓치지 않고 황하 남안을 따라 백마성으로 향해 동진(東進)하여 안량(顔良)의 부대를 격멸했다.

「손자」에는 이렇게 씌어 있다. — '나는 오로지 하나가 되고 적은 나뉘어 열이 되면, 이것은 열을 가지고 그 하나를 치는 것이다'라고.

또 「36계」의 '제 6계'에는 이렇게 씌어 있다. — '동쪽을 치는 것처럼 정보를 흘려 놓고, 실제로는 서쪽을 친다(聲東擊西)'라고.

장수가 될 사람의 조건은 흥분하지 말 것, 즉 항상 냉정해야 한다. 원소는 참모의 의견을 채택하는 데 잘못을 저질렀다. 피를 흘리지 않고도 승리를 얻을 수 있다면 지구전을 택해야 했었다. 다소 시간은 걸리더라도 피를 흘리지 않아도 된다는 것은 역시 중요하다. 왜냐하면 피를 흘리면 회복하는 데 시일이 필요하며, 그것은 다음 작전 행동에 지장을 가져오기 때문이다.

이와는 반대로 조조는 냉정했기 때문에 대군이 육박해도 병법에 어긋나지 않을 수가 있었던 것이다.

노여움으로써 군을 일으키지 말라

그렇지만 원소는 이대로 물러날 수는 없다고 생각하고 다시 공격할 기회를 엿보고 있었다. 참패의 분함이 가라앉기 전에 안량의 맹우(盟友)인 문추가 '안량의 원수를 갚고 싶다'고 말했다.

백마의 싸움에서 패배한 지 2개월도 되기 전의 일이며, 원소군의 내부도 아직 재정비를 위한 시간적 여유가 필요했었다. 그러나 또다시 참모인 저수의 반대 의견을 듣지 않고 원소는 문추에게 10만 명의 병사를 주어 남공(南攻)을 개시시켰다. 재공격 결행을 알았을 때 저수는,

"윗사람은 교만하고 아랫사람은 조급하게 공로를 서두른다. 유유(悠悠)한 황하를 다시 건너지는 못할 것이다."

하고 탄식하고, 거짓으로 병을 핑계대고 은둔해 버렸다.

「손자」는 적고 있다.—'노여움으로 군을 일으키면 안된다. 분노로 싸움을 해서는 안된다. 분노는 다시 희열로 변할 수 있어도 망국(亡國)은 다시 돌이킬 수 없고, 죽은 자는 다시 살 수 없다.'

원수를 갚는다고 흥분하고 있는 사람에게 아무리 10만 명의 병사를 주어 봤자, 이것을 냉정히 운용할 턱이 없었다.

감쪽같이 조조의 술책에 빠지고 말았던 것이다. 더구나 그 전술은 참으로 대담한 기습 작전이었다.

문후의 군대가 황하를 건너서 연진 상류의 남안으로 진출해 왔다는 급보에, 조조는 우선 전장(戰場) 부근의 주민을 서하(西

河)로 소개시켰다. 그리고 스스로 군대를 이끌고 진격을 개시했는데 그 대형이 색달랐다. 즉 상식적으로는 후방에 위치해야 할 양말 수송대(糧秣輸送隊)를 선두에 세우고 그 뒤에 전투 부대가 따라가고 있었던 것이다.

물론 어떤 의미에 있어서는 역대형(逆隊形)이지만 여기서 중요한 이유가 있었다. 그렇게 함으로써 병사들에게 기습 작전의 내용을 알리지 않았다는 것이다.

전원이 한 덩어리가 되어서 그저 일직선으로 쳐들어가는 정공법의 작전일 때는 아무것도 숨길 필요가 없지만, 기습 작전이 되면 다르다. 기습이란 적의 허를 찔러서 승리를 얻으려고 하는 것이며, 작전 행동을 취할 때도 리더는 극히 일부의 간부 이외에는 절대로 그 내용을 알려서는 안된다.

뒤집어서 말하자면 만약 자기 편 속에 스파이가 있다든가 적에게 붙는 자가 나온다든가 했을 경우, 기습이라는 건곤일척(乾坤一擲)의 도박 작전인 만큼 적이 이쪽 속셈을 알고 있으면, 반대로 이쪽이 기습당하고 말기 때문이었다.

참모된 자의 조건

연진에서의 조조의 작전은 멋지게 성공했다.

아무것도 모르고 있는 양말 수송대의 병사들은 연진에 다가갔을 때 적의 출격에 몹시 당황하여 목숨만 겨우 건져 양말을 버리고 달아났다.

그 소식이 조조에게 들어오자 장병들은 당장 전장으로 달려가려고 일어섰다. 그러나 너무나도 허둥대는 꼴을 보고 참모장인 순유가,

"움직이지 마라! 이쪽이 바랐던 대로 일은 진행되고 있는 것이다!"

하고 호통쳤다.

그렇지만 순유의 이 일갈(一喝)에 조조는 표정이 갑자기 굳어져서 그를 노려보았다. 순유도 퍼뜩 생각이 나서 조조에게 머리를 숙였다. 조조는 왜 노려보았을까—.

이것 또한 기습 작전이 잘되어 나가고 있는데 마지막 마무리 단계에서 수포로 돌아가지 않도록 하기 위한 훈계였다.

군의 기밀에 참획(參劃)하는 참모는 작전 계획이 끝날 때까지는 어떤 일이 있더라도 계획 내용이 적에게 알려지는 것을 막아야 하며, 순유의 이 언동은 참모로서는 엄히 삼가야 할 일이었다.

다시 말해서 조조가 그린 기습 작전이란 전장에 양말을 산더미처럼 내버려 둔 채 해가 지기를 기다라고, 문추의 병사들이 노획물에 정신이 팔려 있을 때를 노려서 사방 팔방으로부터 덮칠 계획이었기 때문이다.

순유가 그저 '움직이지 마라! 아직 가만히 대기하고 있거라'고

▲원소는 대군을 이끌고 황하를 건너 조조와 3번의 대전을 벌였다. 예상과는 반대로 완패로 끝났다.

만 말했다면, 조조도 노려보지는 않았겠지만, '이쪽이 바랐던 대로 일은 진행되고 있는 것이다!'라는 말은 너무나도 위험하다고 할 수 있었다. 즉 순유의 이 한마디로 기습 내용을 찰지(察知)한 스파이가, 조조군이 해가 질 때까지 기다리는 동안에 적에게 통보하지 않으리라고 장담할 수 없기 때문이다.

다행히 스파이는 없었지만 마지막 마무리 단계이기 때문에 조조는 순유를 노려보았던 것이다.

결과는 대성공이었다. 산더미 같은 양말에 몰려들어 나누어 갖기에 열중하고 있는 문추의 군대를 향해 조조군은 1발의 봉화를 신호로 단숨에 덮쳐서 문추까지 베어 죽이고 말았다. 이것이 연진의 싸움이며, 원소는 두번째 패배를 맛보게 되었던 것이다.

실력을 과신한 원소

원소는 두 번씩이나 패배했지만 아직 조조 토벌을 단념하지 않았다.

연진의 싸움이 있는 다음 달, 즉 건안 5년 8월에 원소는 일찍이 없었던 대군을 모아서 조조와의 결단을 내려고 계획했다. 그 수는 실로 70만이나 되었다.

이에 대해 조조군은 7만이었다. 이 압도적인 차를 상쇄하기 위해 관도(官渡)를 지키던 조조는 축성 공사의 강화에 전력을 기울였다.

관도는 황하의 도하 지점으로 수륙 교통의 요충지이기 때문에 다량의 물자가 모였으며, 정치와 경제의 중심지이기도 했다. 그렇지만 평지이기 때문에 어쨌든 성을 강화하는 것이 무엇보다도 중요했다.

원소는 거대한 군대를 이끌고 있기 때문에 강공의 속전 속결을 노렸다. 그렇지만 참모인 저수나 전풍은,

"적은 정예지만 보급 면에서 우리보다도 뒤떨어져 있습니다. 이 약점을 이용하기 위해 지구전으로 몰고 가야 합니다."

하고 호소했으나, 원소는 이번에도 귀를 기울이지 않았을 뿐만 아니라, 앞서 투옥해 버린 전풍과 마찬가지로 저수도 옥에 가두어 버렸던 것이다.

특히 전풍은 옥중에서도 '민력(民力)은 피폐해 있으며 대군을

움직일 시기가 아닙니다'라는 충정어린 상서를 냈다. 자기에게 듣기 좋은 진언밖에 하지 않는 참모에 둘러싸여 있으니 원소의 장래도 뻔하다고 할 수 있었다.

「삼략(三略)」 속에는 이렇게 씌어 있다. —'선(善)을 선으로 인정하되 고양시키지 않고, 악(惡)을 악으로 인정하되 물리치지 않으면 현자(賢者)는 은둔해 버리고 불초위(不肖位)가 많으면 나라가 그 해를 받는다'고.

우수한 인물이라고 인정하고는 있어도 그 사람을 등용하지 않고, 반대로 성적이 좋지 못한 사람을 물리치지 않고 있으면 우수한 사람은 머지 않아 떠나게 되며 성적이 나쁜 사람이 더욱 제세상 만난 양 설쳐서 나라는 해를 받기 마련이라는 것이다. 참으로 현대의 비즈니스 사회에도 꼭 들어맞는 말이다.

조조군은 병력이나 군수품의 보급도 뒤떨어져 있었기 때문에 속전속결 이외에는 길이 없기 때문에 출격하기는 했지만, 역시 대전해 보니 원소군은 과연 강했으며, 황급히 관도로 도망쳐 들어가지 않을 수가 없었다.

그러자 원소는 관도성의 공격에 과녁을 맞추었다.

우선 석궁 대장(石弓隊長)인 심배(審配)의 건책(建策)을 채용했다. 선발한 병사로 진(陣) 앞 50군데에 흙더미를 높이 쌓아 올리게 하고 그 위에 높은 노(櫓)를 설치했던 것이다. 그리고 석궁대를 노에 배치하고 적진 내를 내려다보는 위치에서 돌을 빗발치듯 쏘게 했던 것이다.

이렇게 되자 아무리 정예만 모은 조조군이라고는 하지만 무서워 떨면서 방패를 쳐들고 몸을 지키는 것이 고작이었다. 그때 한 사람의 부하가 진언했다. 기술 장교인 유엽(劉曄)이었다.

"발석차(發石車)를 만들어서 적의 노를 파괴해 버립시다."

하고 도면까지 제시하자 조조는 즉각 대장장이, 목공, 석공, 초석공(硝石工)을 모아 주야겸행으로 수백 량이나 되는 발석차를 만들어서 성내 각처에 배치시켰다. 그리고는 원소군의 노를 향해 일제히 발사시켰는데, 화약에 의해서 방사되는 돌의 위력은 굉장해서 노는 산산조각이 나고 말았던 것이다.

원소군은 이것을 '벽력차(霹靂車)'라고 부르면서 무서워했으나, 심배 쪽도 그저 잠자코 물러나지는 않았다. 새로운 전법을 생각해 내서 원소에게 진언했던 것이다. 그것은 갱도전(坑道戰)이었다.

전승이란 의지의 승리다

토공구(土工具)를 가진 굴자 부대(掘子部隊)를 편성하여 지하를 파들어가서 적진 내에 쳐들어가려고 한 것이 그것인데 이 작전을 눈치챈 조조군은 진지 주위에 해자(垓子)를 파서 대항했다.

이 포격전과 갱도전이 1914년에 발발한 제1차 세계 대전에서 그대로 사용된 사실은 매우 흥미 있는 일이다.

아무튼 양군이 비술(秘術)를 다해서 싸움을 전개했지만, 9월 말에는 군량이 부족해서 전세는 교착 상태로 되었다.

이렇게 되면 먼저 고통을 받게 되는 것은 조조 쪽이다. 장병들의 피로는 눈에 띄었으며, 성내의 백성들도 심한 징발에 참다 못해 원소군에 붙는 사람이 속출했다. 조조는 관도를 버리고 허주로 철수할까 하고 망설이기 시작했다. 일단 특사를 파견해서 허주를 지키고 있는 참모인 순욱에게 의견을 묻기로 했다.

순욱은 서기 196년에 조조가 황건군의 진압에 성공하자, 재빨리 헌제를 받들고 허도(許都)로 천도(遷都)하도록 진언한 명참모였다.

조조가 위업을 달성하는 데는 순욱의 존재가 상당한 비중을 차

지하고 있는데, 이 순욱은 원래 원소를 섬기다가 조조에게 몸을 의지한 사나이였던 것이다.

순욱은 어릴 때부터 평판이 높았으며, 영한(永漢) 원년(A.D.189년)에 효렴(孝廉)으로 뽑혀 궁중 서무관으로 등용되었으나, 동탁(董卓)이 조정(朝政)을 독재하는 것을 보고 지방관으로 전출되기를 청원했다. 그 후 원소가 최고의 빈객(賓客)으로 맞았으나, '그분(원소)은 도저히 큰 일을 성취할 그릇이 아니다'라며 초평(初平) 2년(A.D.191년)에 원소를 단념하고 조조에게로 온 것이었다.

관도의 싸움 때 순욱은 37세였다. 그는 이렇게 말하면서 조조

를 격려했다.

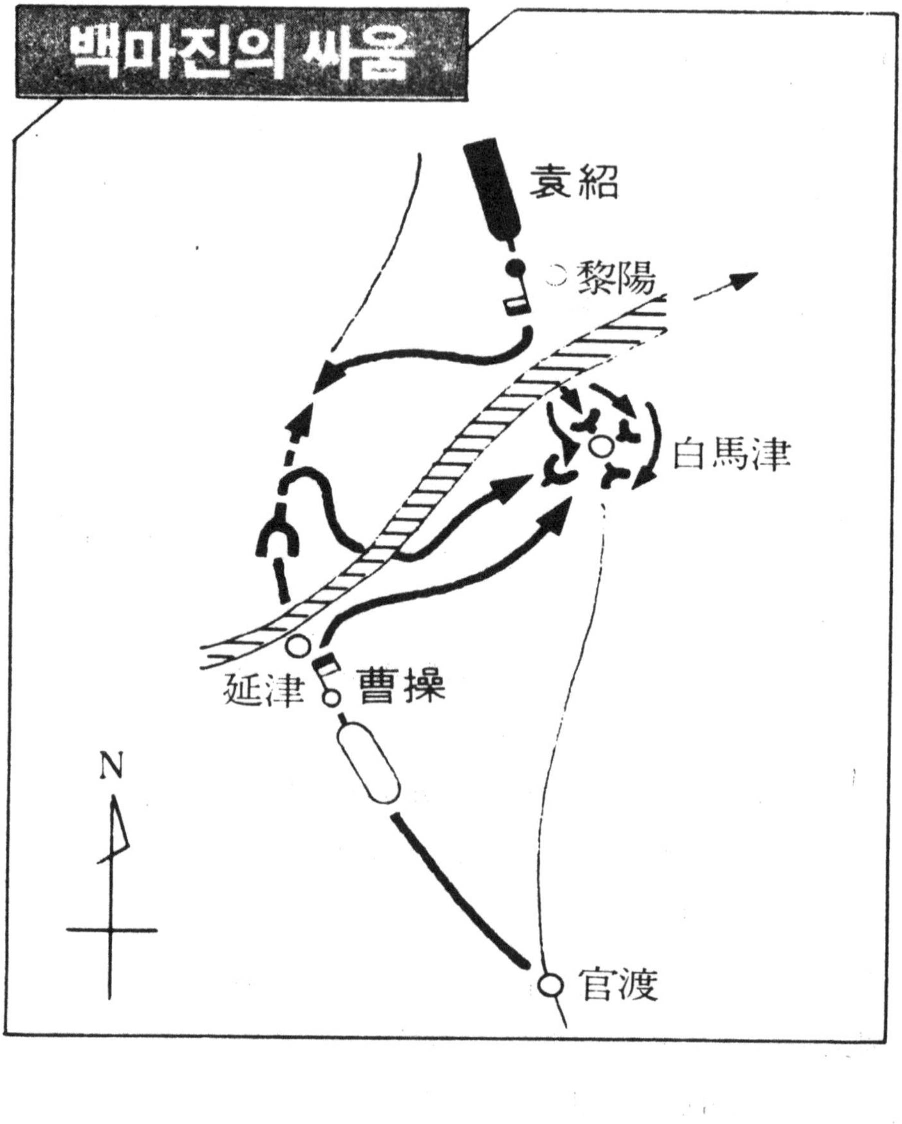

"원소는 이번 일전에 운명을 걸고 전군을 이끌고 결전을 바라

고 있습니다. 장군이 10분의 1의 병력으로도 방어에 성공하고 있는 것은 적극 작전을 취하고 있기 때문이며, 만약 소극 작전으로 바꾸어서 허주에서 방어하려고 생각한다면 일거에 허주까지도 뺏

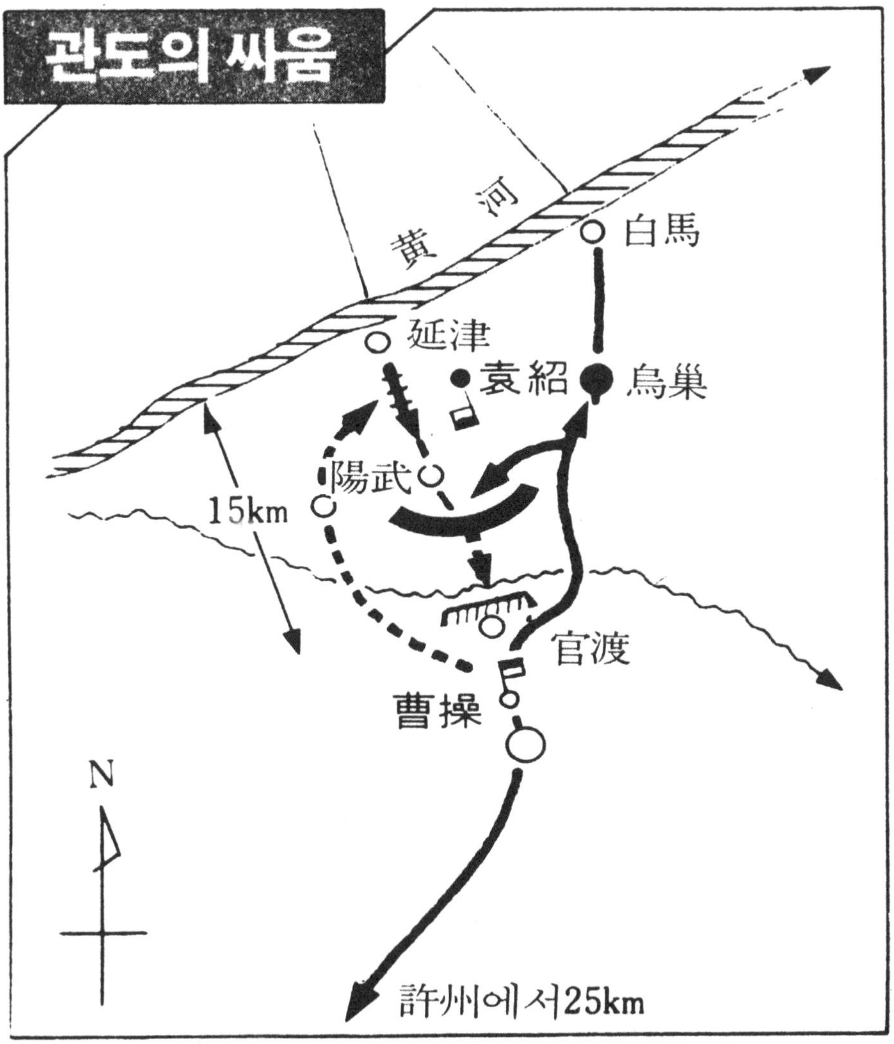

겨서 우리나라는 붕괴되고 말 것입니다. 관도를 단단히 지키고 적의 급소를 찔러 그 전진을 억제하고 지구전을 펴면 반드시 전세가 부동(浮動)할 때가 있습니다. 그 때야말로 이것을 이용하여 기책을 쓰면 틀림없이 이길 수 있습니다."

하고 격려하고, 마지막에 다음과 같은 말을 덧붙이는 것도 잊지 않았던 것입니다.

"이쪽이 괴로울 때는 적도 괴로울 것입니다. 먼저 퇴각한 쪽이 지는 것입니다."

조조는 순욱의 격려로 결의를 새롭게 하고 관도성의 사수를 맹세했다.

「통수강령(統帥綱領)」에는 이렇게 씌어 있다.―'전승(戰勝)은 장수가 승리를 믿는데 시작되고, 전패(戰敗)는 장수가 패배를 자인함으로써 생긴다. 그러므로 싸움에서의 최후의 판결은 실로 장수가 내리는 것이다.

또 이렇게 씌어 있기도 하다.―'싸움은 쌍방간 자유 의사의 충돌이며, 전승이란 의지의 승리다. 군의 승패는 주로 장수의 의지에 지배된다.'

적의 보급을 끊으라

전기(戰機)의 움직임은 의외로 빨리 왔다. 원소군의 양말 수송대가 다가오고 있다는 정보를 입수한 조조군은, 선발 부대를 잠입시켜서 이것을 급습하여 태워 버렸던 것이다.

이 기습이야말로 원소군에게는 대단한 타격이었다. 왜냐하면 70만이라는 대군단을 2개월 이상이나 유지시킨다는 것은 참으로 큰 사업이기 때문이다. 아무것도 없는 대평원에서는 수송력에 의지하는 것밖에는 식량·연료의 보급 방법이 없었다.

'이쪽이 괴로울 때는 적도 괴로울 것입니다'라고 말한 순욱의 말을 조조는 새삼스럽게 상기했다.

(그렇다, 적의 보급을 끊는 것이다. 전승의 열쇠는 보급전에 있다.)

이것을 계기로 조조는 자기 부대의 작전 행동을 '적의 보급을 끊는' 쪽으로 집중시켰다.

「손자」에는 이런 말이 있다. ―'양식은 적에게 의지하라. 적의 1종(鐘 : 6石 4斗)은 아군의 20종에 해당된다.'

조조는 보급전에서 이기기 위해 기회를 엿보는 한편 자기 부대의 양말을 확보하기 위해 허주로 보급을 독촉하는 급사를 보냈다. 그러나 운이 나쁘게도 그 급사가 원소의 군사에게 붙잡히고 말았던 것이다.

이 밀서를 손에 넣은 것은 허유(許攸)라는 사나이였다. 그는 상당한 연배이었음에도 불구하고 지금까지 불우해서 아직 부장으로도 등용되지 못하고 있었다. 그가 자주 '나는 젊을 때 조조와 친구였단 말이야' 하고 말했는데 그것이 화근이었던 것이다. 허유로서는 자기라면 조조의 성격을 잘 알고 있기 때문에 그가 어떤 행동을 할 것이라는 것을 알 수가 있다고 말하고 싶었던 것이겠지만, 역으로 그런 사실로 '조조와 내통할 우려가 있다'고 해서 경계의 대상이 되었던 것이다.

불우한 시대가 길었던 허유는 이 밀서를 손에 넣었을 때 '이것으로 나에게도 볕이 들게 되었다'고 기뻐하면서 원소 앞에 나갔다.

"장군은 정면의 적을 강공해 주십시오. 저에게 5천 명의 병사를 주신다면 허주로 돌진하겠습니다. 정면과 배후를 공격하면 성공은 틀림없습니다."

이렇게 헌책한 허유는 다음에 그 논거(論據)를 설명했다. 그것은 우선 첫째로 관도성의 조조군은 양말이 바닥 나서 전력이 저하되었으며, 아군이 한 번 밀면 붕괴되기 직전에 있다. 둘째로 아군의 포위 속을 뚫고 관도성에 양말을 보내 주기 위해서는 상당수의 엄호 부대를 붙일 것이니 상대적으로 허주의 수비는 허술해질 것이 틀림없다는 것이었다.

이것은 타당한 말이었다. 이 허유의 헌책이 채용되었더라면 조조군의 승리는 불가능했을 것이다. 원소가 망설이고 있을 때 허유에 관한 나쁜 소문이 원소의 귀에 들어왔다.

'허유는 기주(冀州)에 있을 때 백성들에게 강제로 많은 뇌물을 받았으며, 그 후 아들과 조카도 부정을 저질러 현재 체포되어 있다'는 것이었다.

허유의 의견이 받아들여질 것 같자 이것을 질투한 사람이 고의적으로 퍼뜨린 이야기인지 어떤지는 알 수 없지만, 원소는 허유의 진언이 적절한지 어떤지 판단하기 위한 정찰은 하지도 않고 단순히 개인적인 악감정만으로 진언을 무시하고 말았다.

그뿐만이 아니었다.

"조조와 내통해서 나를 꾀어내려는 수작이 아니냐?"

하고 욕을 퍼부었는데, 이것은 장수된 자의 언동과는 거리가 멀며, 너무나도 신경질적인 것이었다.

그저 잠자코 물리치면 될 것을 욕을 퍼부었기 때문에 허유는 하늘을 우러러 한탄하며 자결하려고 했으나, 측근의 조언으로 마음을 고쳐먹고 이번에는 조조의 진지로 달아났다.

배반자도 믿다

반대로 조조는 허유가 원소를 배반하고 자기에게 온 것을 매우 기뻐하고 일부러 병영 밖에까지 나와서 맞았다. 그러나 이 시점에서 조조가 허유를 완전히 믿고 있었던 것은 아니었다.

“허유, 잘 왔네. 이것으로 우리 쪽의 승리는 틀림없네.”

하고 추켜올렸다. 그러자 허유는

“원소군은 기세가 왕성한데 어떻게 하실 작정입니까? 군량은 얼마나 남아 있습니까?”

하고 물었다. 너무나도 단도직입적으로 물었기 때문에 조조는 경계하면서,

“아직 1년분은 있네.”

하고 말했더니,

“설마! 정확하게 대답해 주십시오.”

하고 허유는 정색을 했다.

“음…… 반 년이야, 반 년은 지탱할 수 있네.”

허유는 조조를 노려보았다. 그리고 속으로 ‘내 의견은 여기서도 받아들여지지 않는 것일까’ 하고 생각했다.

“당신은 원소를 무찌르고 싶지 않습니까…… 왜 거짓으로 대답하십니까?”

허유의 호소하는 듯한 진지한 시선에 조조는 감동했다.

“이거 미안하네. 사실은 1개월이 겨우라네. 어떻게 하면 좋은지 제발 가르쳐 주게.”

하고 이번에는 조조 쪽에서 머리를 숙였다. 조조라는 사나이는 남의 마음 속으로 뛰어들어서 상대의 정을 꽉 잡아 버리는 것에 뛰어났다.

“원소는 1만여 대의 양말 수송차를 후방의 고시(故市)와 오소

(烏巢)에 집결시켜 놓고 있습니다. 그렇지만 멍청하게도 적의 내습에 대한 경계를 게을리하고 있습니다. 그러므로 경무장한 기동부대로 그 곳을 습격하시면 3일 이내에 원소군은 자멸하게 될 것입니다."

"그런가, 잘 말해 주었네."

이때는 조조 또한 보급전이야말로 승패의 열쇠라는 것에 눈을 뜬 시기였기 때문에 허유의 의견을 귀담아 들었다. 그런데 부장인 장료(張遼)가

"중요한 보급 기지는 엄중히 방비하고 있을 것이 틀림없습니다. 허유의 헌책은 원소의 유인책일지도 모릅니다."

하고 의심했다.

그렇지만 조조는 '오소의 수비대장 순우경(淳于瓊)은 술에 빠져서 경계를 게을리하고 있다'는 허유의 말을 믿기로 했다.

조조는 주력을 남겨 정면의 적에 대비시키고, 자신은 5천 명의 기습 부대를 이끌고, 해가 지기를 기다렸다가 적의 보급 부대를 향해 출발했다. 때는 건안 5년 10월 23일, 하늘에 별이 가득한 밤이었다.

평복 차림으로 달아난 원소

이하는 그 기습 작전의 내용이다.

선발된 정예는 원소군의 군기를 들고 입에는 나무 막대를 물고, 말의 입도 묶어서 소리를 내지 않도록 하고 적진 내를 통과하여 오소로 급히 달렸다.

도중에서 원소군이 불러 세우면

"적이 우리 후위를 습격하려고 하고 있기 때문에 원소 장군의 명령으로 구원하러 가는 길입니다."

하고 당당히 말했기 때문에 원소군 병사들도 그 말을 믿어 의심치 않았다.

'오소가 급습당했다'는 보고를 받는 원소는 어떻게 대군을 움직여야 하는가로 망설이다가 결국 오소를 구원하는 병력과 정면의 관도성을 공격하는 병력을 각각 1만 명의 병사로 편성시켰다.

그러나 금세 패배하고 말았다.

그도 그럴 것이 병력을 양분했으니 배치에 중점이 없어져 양방면 다 실패로 끝날 것은 뻔했었다. 어느 쪽이든지 한 방면에만 모든 전력을 투입했어야 했다.

원소의 작전 미스는 치명적인 결과를 불러 왔다. 오소를 지원하기 위해 달려온 장기(蔣奇)는, 전승의 여세를 몰아 덤비는 조조군에게 격파되어서 전사했으며, 관도의 진지로 쳐들어간 장합(張郃)과 고람(高覽) 또한 대기하고 있던 하후돈(夏候惇)과 조홍(曹

洪)의 공격으로 참패했고, 주력군마저 반격해온 조조군에게 배후로부터 공격을 받아 참패했다.

원소는 분노에 치를 떨었다. 귀와 코를 베인 채 돌려보내진 순우경을 위로하려고도 하지 않고 그 자리에서 베어 버렸다.

형세가 불리해졌기에 원소는 더욱 냉정을 잃었지만, 순우경을 벤 것이 잘못이었다. 원소의 부장들은 한결같이 불안에 사로잡혔다. 오로지 보신책(保身策)을 구하기에 급급했다.

그중 한 사람이 주전론자인 곽도(郭圖)였다. 그는 원소로부터, 잘못 헌책했다고 해서 책망당하리라 생각하고 선수를 쳤다.

"장합과 고람은 조조와 내통하고 있어서 일부러 싸우지 않았던 것입니다."

하고 거짓 진언을 하고, 당자인 장합과 고람에게는

"돌아오면 죽는다."

고 말했다.

이렇게 되면 이미 군의 통제고 뭐고 없었다.

장합과 고람은 조조의 진영으로 투항했으며, 조조는 이 두 사람을 기꺼이 맞아 단숨에 전군을 투입하여 전면 공세를 폈다. 이미 원소군은 완전히 투지를 상실하고 있어 완전히 붕괴되었다.

원소는 갑옷을 입을 겨를도 없이 평복 차림으로 불과 800백명의 직위대(直衛隊)의 호위를 받으며 황하를 건너 달아났다. 그 후 2년 뒤, 원소는 실의에 빠진 채 죽음을 맞았다.

원소가 패주한 뒤에도 많은 재보(財寶)와 문서가 남겨져 있었는데, 그 속에는 조조의 부하들이 원소에게 보낸 내통서(內通書)도 많이 나왔다. 그렇지만 조조는 여러 사람이 보고 있는 앞에서 한 통도 남기지 않고 태워 버렸다.

자기의 야심을 숨기라

조조가 세 번에 걸친 관도의 싸움에서 승리를 거둘 수 있었던 요인은 무엇일까.

우선 첫째가 인재를 쓰는 방법, 특히 참모를 쓰는 방법의 차이가 된다. 원소는 군사 지휘 능력을 닦으려고 하는 성취 동기가 부족했기 때문에 병법에 관한 공부를 게을리했으며, 그 결과 참모의 진언에 대해서도 확고한 논거를 바탕으로 채용을 결정하는 것이 아니라, 어디까지나 그 때의 감정에 따라 작전을 결정하고 있었다. 이럴 때 유능한 참모라면 서서히 싫증을 내기 마련이다.

둘째, 기습 작전의 성공이다. 지약(至弱)으로써 지강(至强)에 맞서고 있기 때문에 처음부터 기습을 성공시키는 방법밖에 없지만, 조조나 그 참모들은 결코 흥분하지 않았다.

즉 기습이란 적의 허를 찌르는 이상 이쪽이 흥분하고 있어서는 교묘한 계획을 수행할 수 없다. 수라장에서 이겨내기 위해서는 냉정한 두뇌가 필요 조건인 것이다.

셋째는, 승리를 믿은 것이다. 리더에게 자신이 없다면 참모나 그 이하의 부하들이 따라올 리가 없는 것이다 그런데 그 자신감은 어디까지나 용의주도한 계획에 뒷받침된 자신감이 아니면 안 되며, 과신과는 구별되어야 하는 것이다. 과신에 빠지는 사람의 말로는 원소와 같다는 것을 명심해야 할 것이다.

그리고 넷째로, 야심을 노골적으로 나타내지 않은 것이다. 조조는 헌제를 맞아서 대의명분을 가지고 있었지만, 원소는 자신의 번영만을 꾀했으며, 더구나 그것을 노골적으로 드러내는 일이 여러 번 있었다. 이래 가지고는 실격이다.

리더는 욕심을 가져서는 안된다는 말이 아니다. 아니, 욕심이 없는 리더는 반대로 섬약해서 매력이 없을지도 모른다.

즉 조조가 보였듯이 '천자를 위해, 나라를 위해'라는 무욕(無欲)의 승리를 표방하라는 것이다. 자기의 야심을, 조직에 대한 야심(무욕의 승리)으로 철저히 은폐해야만 다른 사람들이 추종하게 되는 것이다.

조조는 서기 213년에 위공(魏公)이 되고 서기 216년에는 위왕(魏王)이 되었으며 서기 220년, 65세로 병사했다. 그리고 후계자인 조비(曹丕)는 헌제로부터 제위(帝位)를 선양(禪讓)받아서 위나라의 초대 황제 문제(文帝)가 된 후, 조조에게 '무제(武帝)'의 시호(謚號)를 추증했다.

이러한 모든 것이 조조가 머리 속에 그렸던 야심대로 전개된 것인지도 모른다.

적벽(赤壁)의 싸움

강자의 아킬레스건을 찌른 공명의 혜안

압도적으로 강한 조조와 다음에 대기하고 있는 손권, 그리고 가장 약한 유비가 있다. 승리를 얻는 자는 도대체 누구일까. '적벽의 싸움'에서는 손권과 유비의 연합군이 조조군과 격렬한 싸움을 전개했는데, 승패의 분기점이 된 것은 손권과 유비의 연합군에 의한 기습 작전의 성공이었다. 그것은 먼저 자군(自軍)의 배에 불을 지른 후 적선을 향해 돌진해 들어간 필사의 특공전술이었던 것이다.

인정가(人情家)인 유비

'치란홍망(治亂興亡)'이라는 말처럼 중국의 역사는 어지럽게 변전(變轉)했다. 강력했던 중앙의 통제력이 쇠퇴하자 4백여 주에서 여러 세력이 발흥하여 동란이 시작되었다.

'적벽의 싸움'(서기 208년)이란, 후한의 세력이 약화되자 약 40년간의 전란이 계속되다가 그 후 위나라, 촉나라, 오나라의 삼국정립(三國鼎立) 시대로 들어가게 되었을 때 그 전환점이 된 싸움이다.

우선 '적벽의 싸움'에 등장하는 주요 인물을 열거해 보자.

위(魏) : 조조(53세)

촉(蜀) : 유비(48세), 공명(28세)

오(吳) : 손권(27세), 주유(33세)

그런데 이 천하를 겨루는 대회전의 배경은 촉나라의 유비 이야기부터 시작된다.

유비는 가계(家系)로 볼 때 먼 선조로 거슬러 올라가면 한나라 왕조의 핏줄을 이어받고 있다고 하지만, 파란 많은 생애를 산 사람이다. 젊을 때부터 전쟁에 참가해서 승전하면 시골 관리 자리를 손에 넣지만, 그것 또한 오래 가지 못했다. 부지사 정도의 자리를 얻더라도 군웅(群雄)의 의뢰가 있으면 구원하러 달려가야만 했던 불안정한 지위의 무장이었다.

황하 유역에서 세력을 확대하는 위나라 조조의 신세를 지고 있을 때, 조조 암살 계획에 말려들어서 형주(荊州)의 유표를 의지하여 달아났다.

왜 유비는 성공에의 계단을 일직선으로 올라가지 못했을까. 이 의문의 답으로 2가지의 이유가 있다.

하나는 유비가 가난한 집의 아들이며 맨주먹으로 출발했기 때문에 경제적 기반이 없었다는 것이다. 최초의 거병(擧兵)은, 친분이 있던 말장수로부터 돈을 빌려 2~3백명의 군대를 모은 것에 불과했는데 최악의 조건이다.

두 번째 이유는 인정가(人情家)라는 것이다. 군대 조직을 유지하는 데 있어서 인정은 필요하다. 인정이 인간적 매력이 되어서 부하들로부터 경애를 받기 때문이다. 이것은 리더의 필수 조건의 하나이지만 지나치면 '해'가 된다.

인정과 이론의 균형

위나라의 조조는 북방 공략을 마치고 남방 공략을 시작했다. 목표는 유비가 몸을 의지하고 있는 형주의 유표와, 오나라의 손권이었다. 서기 208년 7월 하순에 80여만의 대군을 동원하여 선봉을 4군단으로 구분하고, 중군은 5부문으로, 그리고 후속, 유군(遊軍), 병참 등의 부대를 배치한 대편제로 수도 허창(許昌)을 출발했다.

그러나 형주에서는 유표가 사망하자 상속 싸움이 일어났으며, 조조의 대군에 겁을 먹고 항복을 제의하는 사태가 빚어졌다. 그래서 전진 기지를 수비하고 있던 유비로서는 철수할 수밖에 없었다.

이 때 일단의 난민들이 유비군에 합류하여 그 수가 수십만 명, 짐수레가 수천량이라는 대군(大群)으로 불러 하루에 고작 몇십 리의 진군밖에 할 수 없었다. 숫자가 많은 것 같지만 현재의 감각으로 본다면 대체로 10분의 1쯤으로 생각해 두면 틀림없다. 그렇다 하더라도 작전이 구속당하는 것은 확실하다.

그런데 이 상황에서는 위군의 추격을 피할 도리가 없었다. 그래서 한 막료가 난민을 분리할 것을 진언했다. 이 때 유비는 다음과 같이 대답했다.

"나를 경모하여 따라 오는 영민을 어떻게 버리고 갈 수 있느냐. 나라는 백성을 근본으로 한다. 지금 유비는 나라를 잃었지만 이만한 백성이 따라 왔다. 나라의 근본은 아직 내 손에 있다고 할 수 있다. 백성과 함께 죽는다면 죽어도 좋지 않느냐."

참으로 동정심 많은 사람이다. 그렇지만 그 일은 퇴각 행동의 지체를 가져와 전리(戰理)를 어기는 결과가 되었다.

예측했던 것처럼 당양(當陽)의 장판교(長阪橋)에서 위군에게 추격당해, 유비는 불과 수십 기만으로 동쪽 한수 하안(河岸)까지 도망칠 수밖에 없었다. 인정과 이론의 균형이야말로 리더가 유의해야 할 포인트이다. 유비는 정에 지나치게 기울었기 때문에 나이가 들도록 영토를 갖지 못했다고 할 수 있다.

위군에 쫓겨서 한수와 양자강의 합류점인 하구(夏口) 부근에 당도한 유비는 부하들의 합류를 기다렸다. 2,3천명이 되기는 했지만, 선봉만 20만을 넘는 위군에 맞겨룰 수는 없었다.

이 때 이미 유비의 진영에 군사(軍師) 공명(孔明)이 있었다. 개전 이래 공명은 여러 가지 전책(戰策)을 유비에게 개진(開陣)했지만, 앞에서 말한 것 같은 유비 특유의 인정론 때문에 거의 채용되지 않았었다. 그 결과 수중에 수천의 패잔병만을 거두게 되었다. 이제는 유비로서도 군사 공명의 의견에 귀를 기울이지 않을 수가 없는 촉박한 정세가 되어 있었다.

'오나라의 대현' 노숙(魯肅)

공명이 설명하는 전략 구상은 다음과 같은 것이었다.

패전한 촉나라의 활로는, 강남 지방에 근거를 둔 오나라와 촉나라를 침략한 위나라를 서로 싸우게 하여, 양대국이 전쟁에 의해서 힘을 소모하고 있는 동안에 촉나라의 전력을 회복하고 내실을 기한 뒤, 결과적으로는 천하는 위나라, 오나라,

초나라가 3분하는 삼국 정립의 상황으로 가지고 간다는 것이었다.

당시 침공해 온 위나라는 앞에서 말한 바와 같이 황하 유역을 평정한 대국이다. 한편 오나라는 최근 몇 년 동안에 국력을 키워 왔다. 현재의 절강성(浙江省) 일대의 연해 지구와 양자강의 하구(河口)와 그 유역이 세력권에 포함되어 있는데 기후가 온난하여 천산물(天産物)이 풍부했다. 백성들의 기풍은 경민(輕敏)하고 이(利)에 밝으며 또한 진취성이 풍부했다.

정치적으로는 당주인 손권의 선대 때, 이미 전역이 평정되어 있었기 때문에 안정되어 있었다. 손가의 혈통에는 다분히 남방 민족의 피가 들어 있었던 모양이며, 당주인 손권은 입이 크고 긴턱, 푸른 눈에 보랏빛 수염을 하고 있었다고 한다.

오나라는 1백만 명의 위군이 남하한다는 소식에 대책 회의를 열었다. 장소는 시상성(柴桑城)이었다.

방법은 두 가지밖에 없었다. 위나라의 조조와 손을 잡느냐, 촉나라의 유비와 연합하느냐, 어느 쪽을 채택하느냐에 따라 오나라의 흥망이 결정되는 판이었다. 손권은 '오나라의 대현(大賢))'이라고 불리고 있던 노숙(魯肅)에게 그 방법을 물었다.

노숙이라는 사람은 나중에 등장하는 오군 현지 지휘관 주유와 촉나라의 공명과 함께 '적벽의 싸움'에서 3주역이라고 불리는 모장(謀將)이며, 회전의 기본 노선을 설정한 인물이다.

"내가 유표의 죽음을 조문(弔問))한다는 명목으로 형주에 갔다

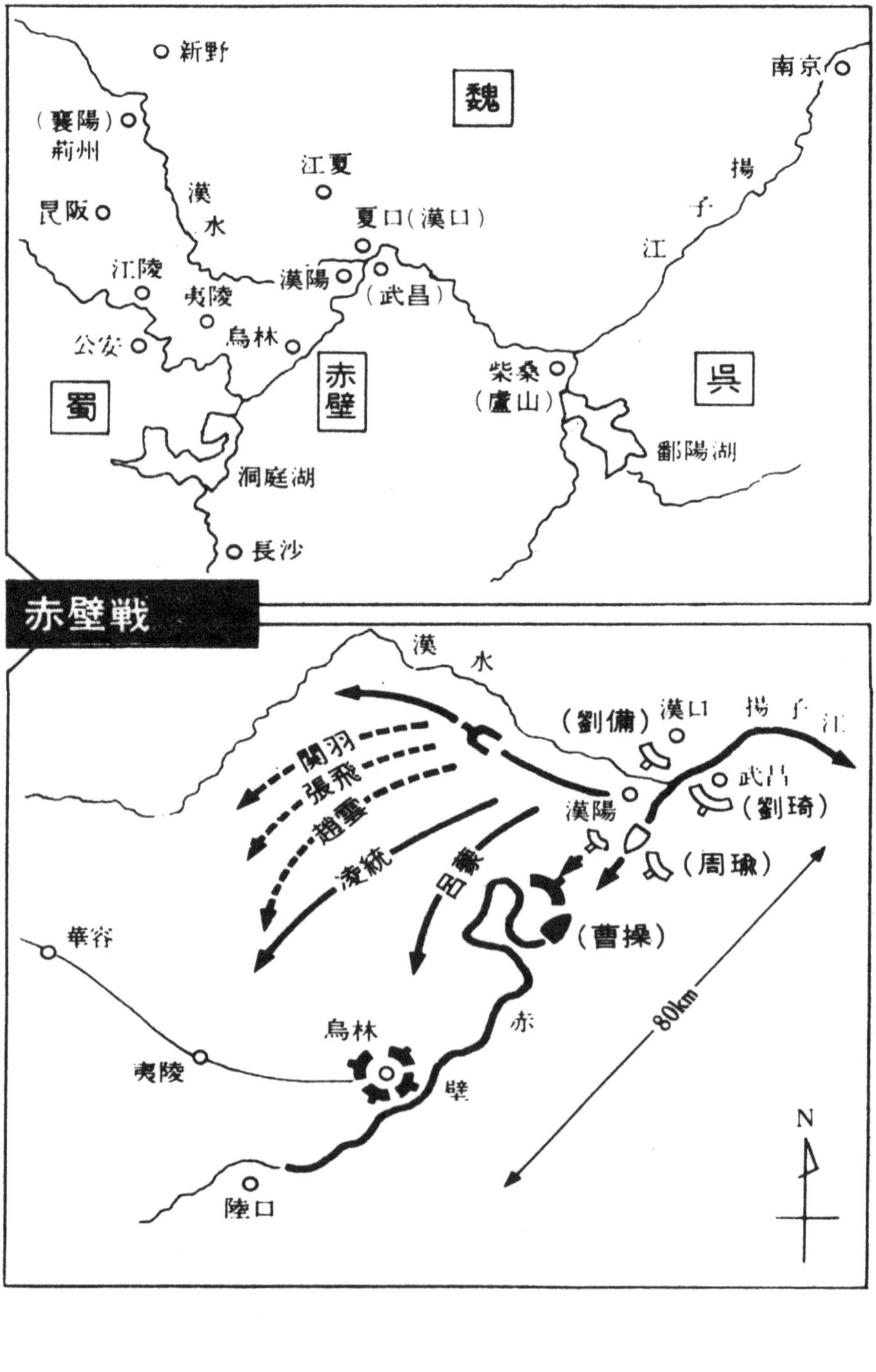

新野
魏
南京
(襄陽)
荊州
江夏
揚子江
漢水
昆阪
夏口(漢口)
江陵
漢陽
(武昌)
夷陵
烏林
公安
赤壁
柴桑
(盧山)
吳
蜀
鄱陽湖
洞庭湖
長沙
赤壁戰
漢水
(劉備)
漢口
揚子江
武昌
(劉琦)
漢陽
關羽
張飛
趙雲
淩統
呂蒙
(周瑜)
(曹操)
華容
80km
烏林
赤壁
夷陵
陸口
N

가 돌아오는 길에 유비를 만나 그에게 원조를 주겠다는 약속을 하면…"

"그런 짓을 했다가는 위나라는 화를 내고 우리 나라를 공격하겠지."

손권은 걱정했다.

"아닙니다. 유비가 패했기 때문에 위군은 우리 오나라로 진군해 온 것이지, 유비가 강해지기만 하면 위나라는 결코 주력을 우리 나라로 돌리는 일은 없을 것입니다. 왜냐하면 유비가 건재하면 배후가 위험해서 움직일 수 없기 때문입니다."

노숙은 '오나라의 대현'답게 냉철하게 상황을 판단하고 있었다.

며칠 후에 노숙은 철수 도중인 유비, 공명과 강하(江夏) 성중에서 대면하게 되었다. 인사가 끝난 다음 노숙이 말했다.

"나는 오나라의 신하이지만 당신들을 위해 개인적은 의견을 말씀드리자면, 귀국의 교섭 여하에 따라서는 우리 주인 손권도 결코 방관하지만은 않을 것이라는 겁니다. 그 일에 대한 사자(使者)는 그야말로 대임(大任)이기는 합니다만…"

"그럼 내가 그 사자의 임무를 떠맡겠습니다."

공명이 자진해서 떠맡았다.

두 사람이 오나라의 시상성에 도착했을 때 위나라로부터의 '최후 통첩'을 둘러싸고 오나라는 들끓고 있었다.

'위나라에 항복하고 함께 유비를 치느냐, 아니면 우리의 1백만 대군과 대적해 오나라를 멸망으로 이끌 작정이냐. 즉각 회답할 것.'이라는 내용이었다. 여기서는 일단 위나라에 항복하여 1백만 대군의 예봉(銳鋒)을 피하고 후일을 기하는 것이 오나라를 안전하게 지키는 길이라고 하는 부전론(不戰論)이 우세했다.

공명의 키신저식 외교

손권을 면접한 공명이 우선 느낀 것은 그 풍모였다. 그 인상(人相)은 한인(漢人) 본래의 것이 아니었다. 상체에 비해 허리 아래가 매우 짧았다. 공명은 이 사람은 감정적인 인물이라고 생각했다. 이런 사람에 대한 설득은 일부러 그 감정을 자극하는 것이 좋다.

"만약 위나라에 대적할 수 없다고 생각하신다면 망설이지 말고 항복하시는 편이 좋습니다."

하고 말했다. 또한 항복하면 기껏해야 말 몇 마리와 종자 20명이 허용될 텐데 항복한 장수의 대우로서는 좋은 편일 것이라고 차갑게 말했다. 젊은 손권의 본능이 자극되기 시작했다. 공명은 그 기회를 놓치지 않고 전리(戰理)를 설명했다.

"위군은 1백만이라고 일컫고 있지만 주력은 장도(長途)의 원정 부대입니다. 이미 공세의 한계에 와 있습니다. 다음에 위나라의 수군은 북국 태생이기에 수전(水戰)에 익숙하지 못한 사람이 대부분입니다. 1년이나 2년으로 숙달된 수부(水夫)가 될 수 있을 리가 없으며, 귀국의 장강(長江)에서 자라고 훈련을 받은 5만 수군에 맞겨룰 수가 없습니다. 또 한 가지 형주 부근에서 징발된 병사는 위나라의 폭위(暴威)에 굴복하고 있는 자들뿐이므로 충성심 있는 군사가 아닙니다. 지금 촉군과 공동 작전을 실시하면 반드시 위군을 무찌를 수가 있습니다. 결단을 내릴 때입니다."

공명의 논리에 적벽 싸움의 골격이 결정되었다. 현대사에서 삼국 정립 특사로서의 공명과 같은 모습을 찾는다면, 1971년 닉슨 대통령 방중(訪中)의 기반을 다진 키신저의 비밀 외교와 비슷하다. 미·중·소를 정점으로 하는 세계의 3극 관계에 중공을 반소 친미로 만든 수완은 1,700년 전의 군사(軍使) 공명의 그것과 같다.

손권은 오군 대도독(大都督)에 주유를, 정보(程普)를 부도독, 그리고 노숙을 찬군교위(贊軍校尉)에 임명했다. 대도독은 현재의 군사령관을 보좌하는 군막료장과 같은 것이다.

제 1진이 한당(韓當), 황개(黃蓋)가 병선 5백 여 척을 지휘하여 양자강 하구(夏口)로 향해 전진, 제 2진은 장흠(蔣欽)과 주태(周泰), 제 3진은 능통(凌統)과 반장(潘章), 제 4진은 태사자(太史慈)와 여몽(呂蒙), 제 5진은 육손(陸遜)과 동습(董襲),

따로 여범(呂範)과 주치(朱治)의 2대가 독군(督軍)과 감찰이라는 임무를 맡아 총세 5만이었다.

오나라의 수군은 이 태세로 우선 양자강을 70, 80리 거슬러 올라가서 가박(假泊)했다. 주유 장군의 사령부를 중심으로 전후 50여 리의 항행장경(航行長徑)을 취하고, 병선을 물가에 정박시켜 수륙 일체의 요새를 만들었다.

깊어 가는 가을 날, 병선과 진영에는 각종 기치(旗幟)가 나부끼고, 양자강의 수면에 비치는 그 광경은 정예를 자랑하는 위나라 수군의 사기를 그대로 드러내고 있었다.

오나라 수군의 남하한 위나라 수군과의 전초전은 건안 13년(AD208) 11월의 미명에 벌어졌다. 직접적인 계기는 항복을 전하기 위해 위나라 조조가 보낸 사자의 목을 전날 주유가 베었기 때문이다. 화가 난 조조는 우선 주유의 군을 무찌르고 뒤이어서 오나라 전토를 석권할 결심을 했다.

위나라의 대선진(大船陣)

그 날은 이른 아침부터 짙은 안개가 자욱하게 끼어 있었다. 그 속을 위군의 선봉이 북을 치면서 오군의 선열(船列)로 돌진해 왔다. 그러나 오군의 방어는 정확했다. 석탄(石彈)에 맞아 위군의 부장(副將)이 전사했다.

안개가 개이기 시작하자 위나라 수군은 오나라 수군의 포위 대형 속에 유인되어 있었다. 수장(首將)의 명령을 기다릴 것도 없이 제 1진을 지휘하는 한당의 선대가 좌안을 따라, 제 2진 장흠의 선대가 우안을 따라 깊이 위군의 후방을 차단하듯이 발진했다.

어느 쪽이 얼마 만큼 수상 전투에 익숙한가 하는 증거를 보여 주는 것 같은 전투였다.

조조는 패전의 책임자 도독 채모(蔡瑁)를 불러 말했다.

"과거는 묻지 않겠다. 요는 장래에 있다. 금후의 작전을 어떻게 하겠느냐."

"아군이 수상전에 다소 익숙하지 못한 점은 솔직이 인정하지 않으면 안됩니다. 이 약점을 보완하는 작전이 꼭 한 가지 있습니다. 그것은 공세를 중지하고 방어 태세로 들어가는 것입니다. 각 도하 지점의 방비를 단단히 하고 지형상의 요점을 확보하면서 수중에는 멀리 까지 장애물을 만듭니다. 이렇게 해서 일대 요새를 형성하고 적을 유치한 후 적이 쇠진해지기를 기다려서 일거에 공세로 나가면 어떻겠습니까?"

"너를 이미 수군 대도독으로 임명했으므로 좋다고 믿는 일이라면 당장이라고 실행해도 좋다."

조조는 이렇게 대답했다. 그 말의 이면에서 수상 적전에 대한 자신없음과, 채모를 처단했을 경우 교대할 만한 인물이 없었다는 것을 상상할 수 있다.

이런 사정으로 채모의 계획에 의거한 요새 계획이 실현되었다.

양자강 북안의 요지에 방어 공사가 시공되고, 수상에는 42개의 수문을 가진 거대한 채책(寨柵)이 둘러쳐졌다.

그 규모는 대국 위나라의 위세를 나타내는 것으로, 밤이 되면 각 시설에 화톳불을 피워 불야성이 3백여 리나 이어졌다.

"요즈음 상류의 북쪽 하늘이 밤만 되면 새빨갛게 보이는데, 뭣일까."

라고 오나라의 주유가 측근에게 물었다고 하니 그 규모를 대강 알 수 있을 것이다.

며칠이 지나 오군 측이 북안의 위군 수상 요새의 존재를 알게 되자, 그것에 대처하는 전술이 문제가 되기 시작했다.

조조의 사령부 내에 잠입시킨 간첩의 보고에 의해 차차 세부적인 배치가 밝혀졌는데 참으로 견고한 요새였다. 이것을 어떻게 공격하느냐가 문제였다. 필승의 전법은 무엇일까.

화염공격(火炎攻擊)

양자강 북안에 위치한 위군 수상 선대를 바라보면서 주유의 사령부는 공격 방법을 찾기에 혈안에 되었다. 생각다 못한 주유가 공명을 진중으로 불렀다. 앞에서 말한 것처럼 33세의 군사령관과 28세의 천재 전략가의 대결이었다. 주유가 먼저 말했다.

"사실은 어제 본국으로부터 하루라도 빨리 조조를 무찌르라는 독촉의 사자가 왔습니다. 그렇지만 적의 거대한 수상 요새를 눈 앞에 두고 확실한 전법을 세우지 못하는 것이 현실정입니다. 아무쪼록 적을 무찌를 수단을 가르쳐 주십시오."

하고 주유는 머리를 깊이 숙였다.

"아닙니다. 당신은 강동 제 1의 호걸입니다. 나 같은 사람이 수단을 가르쳐 드리다니 당치도 않습니다. 첫째로 필승의 술책 따위가 있을 리가 없습니다."

"그렇게 말씀하시지 마시고.... 여러 가지 정보를 종합해 보니 적선의 배치, 수중 장애물의 설치 등 적은 전술 원칙대로 포진하고 있으며, 게다가 어느 배나 뱃머리와 뱃머리를 쇠사슬로 연결해서 강한 연계(連繫)를 취하고 있습니다. 접근하는 것조차 쉽지가 않으며, 설사 이쪽이 적의 선열로 돌진해도 적선은 쇠사슬로 연결되어 있기 때문에 분열시키는 것이 쉽지 않습니다. 참으로 어려운 상황입니다."

주유는 정보를 정리한 도면을 펴서 어려운 입장을 설명했다. 공명은 잠자코 생각하다가 말했다.

"꼭 한 가지 방책이 있습니다만 각하 쪽에도 안(案)이 전혀 없는 것은 아니겠지요."

"그야 뭐…."

"그럼 두 사람이 자기 안을 각기 손바닥에 써서 서로 보이도록 합시다."

벼루를 가져 오게 하여 주유와 공명은 자기 손바닥에 글씨를 썼다.

"그럼."

하고 손바닥을 펴자, 두 사람 다 '화(火)'라고 씌어 있었다.

무의식중에 주유도 공명도 소리를 내서 웃었다.

'화(火)' - 그것은 '화염공격(火炎攻擊)'을 의미하고 있었다. 이렇게 해서 적벽 싸움의 전술 수단이 결정된 것이다.

남은 것은 전법의 문제였다.

'자기를 버린 노장' 황개

이렇게 해서 적벽의 싸움을 승리로 이끈 '최대의 공로자'가 등장하게 된다.

완전한 우연이지만 주유와 공명이 회담한 그 날 밤에, 제 1선으로부터 오군 제 1의 노장 황개(黃蓋)가 사령부로 찾아 왔다. 눈썹까지 완전한 백발이었지만 시선은 날카로웠다.

"적은 수가 많고 우리는 수가 적습니다. 대진을 오래 끌면 적은 수부(水夫)의 훈련을 쌓고 있기 때문에 우리가 불리합니다. 그렇지만 적의 함선은 동요를 무서워하여 몇 겹으로 매어 놓고 있기 때문에 그것을 노리면 됩니다. 장군, 화공은 어떻습니까."

주유는 노장의 목소리가 높은 것을 제지하고,

"문제는 일단 어떤 방법으로 적선에 불을 지르느냐는 것입니다."

하고 목소리를 죽이고 말았다. 황개 장군은 탁한 목소리로 대답했다.

"미리 그 생각을 하여 내가 항복한다고 속이고 적의 선열에 접근하기로 했습니다. 우선 이 거짓 항복장을 조조에게 보내려고 생각합니다."

황개 장군은 품에서 종이를 꺼냈다. 어느 시대에도 그렇지만 국면의 타개에 도움이 되는 인물이란 자기를 언제든지 버릴 수 있는 각오가 되어 있는 사람이어야 한다. 그 종이에는 다음과 같은 취지가 씌어 있었다.

'나는 손가에서 언제나 후한 대우를 받아 왔습니다. 이번의 출진은 중과부적(衆寡不敵)이며 승패는 누구의 눈에도 분명한 일입니다. 손가의 중신들도 모두 당신과 싸우면 안된다는 의견이지만, 주유와 노숙만이 무모한 항전을 주장해서 당주(當主)를 잡아 끌고 있는 것이 실정입니다. 내가 서면을 올리는 것

▲제갈무후사(諸葛武後祠). 제갈량을 기념해서 세워졌다.(호북성 양양의 서교(西郊) 45킬로미터)

은 만부득이한 일이며 아무쪼록 이 심정을 현찰(賢察)해 주시기 바랍니다. 주유를 격파하는 것은 간단합니다. 싸움이 시작되면 내 자신 선봉으로서 오나라 진영에서 빠져 나와 귀진(貴陣)으로 합류, 잘 알고 있는 주유의 본진을 교란하여 당신을 위해 진력할 작정입니다. 주유를 토벌했을 때는 아무쪼록 관대한 조치를 취해 주시도록 엎드려 부탁합니다.'

참모 한 사람이 황개 장군의 밀서를 가지고 조조의 사령부로 잠행(潛行)했다. 엄중한 심문 결과 조조는 황개의 내통을 믿었다.

'풍향은 반드시 바뀐다'

황개의 내통도 있고 해서 위군은 그대로의 태세로 강을 내려왔으나, 그 날은 바람이 강하고 파도가 높기 때문에 몇 십리 내려온 지점인 오림(烏林)에서 정박하기로 했다. 배와 배를 쇠사슬로 묶어 놓았기 때문에 이동 자체는 동요가 적었다.

오림에서는 개인 날일 때 오군이 정박하고 있는 남안을 바라볼 수 있었다. 드디어 교전거리(交戰距離)로 들어온 것이었다.

선단이 방어 준비를 진행하고 있을 때 위군 사령부의 막료 한 사람이 와서 다음과 같이 말했다.

“배와 배를 쇠사슬로 묶어 두면 배의 동요가 적고, 배멀미를 하는 사람도 생기지 않아 명안(名案)인 것 같습니다만, 만일 불을 질러 오면 순식간에 불이 옮겨져 대참사를 일으키게 됩니다.”

그러자 조조는 웃으면서 말했다.

“네 말도 일리가 있지만 공부가 부족하다. 알다시피 우리는 북안에 있고 오군은 남안에 위치하고 있다. 때는 11월이다. 계절풍은 서북이 아니냐. 그렇기 때문에 적이 만약 화공을 하면 서북에서 부는 바람으로 스스로 불을 덮어쓰게 된다. 아무리 오군에 사람이 없다고 하더라도 계절풍을 무시하고 화공을 하는 바보는 없을 것이다.”

이 조조의 상황 판단은 정론이었다.

그렇지만 조조는 한 가지 점을 간과하고 있었다.

미군이 월남 전쟁에서 최신 무기를 쓰고 제2차 대전 사용된 이상의 포탄을 적진에 쏘면서도 진 것과 마찬가지로, 국지의 인정, 지형, 기상을 무시하고 일반론으로 강행하려고 하고 있는 점이다.

이 점에서는 군사 공명 쪽이 한 수 위였다. 주유와의 회담에서 ‘화공’이라고 결정은 했지만, 그 화공을 언제 실시하느냐 하는 것이 중요하며, 그것을 결정하지 않는 한 문제는 아직 해결되지 않았다는 것을 공명은 잘 알고 있었다. 열쇠는 아직 공명이 쥐고 있었던 것이다.

이 적벽 싸움의 '공격 개시 시기'라는 전술 문제에 대해서는 두 가지 사료가 있다.

하나는 공명이 주유가 물어 온 데 대해서

"나는 일찍이 기문둔갑(奇門遁甲)의 비서(秘書)를 전수받은 일이 있기 때문에 바람이나 비를 부를 수가 있습니다. 만약 동풍을 바라신다면 가까운 남병산(南屛山)에 제단을 마련하고, 1백20명의 병사에게 사방을 경계시키고 아무도 안으로 들어오지 못하게 해주십시오. 내가 단상에서 빌어 11월 20일에 동풍을 일으켜 22일에 멎도록 하겠습니다."

라고 대답했으며, 실제로 그렇게 되었다는 설이다.

또 하나는, 공명이 이 지방의 국지 기상을 매우 잘 알고 있었으며, 매년 11월 말에 2, 3일 계절에 맞지 않는 동풍이 분다는 것을 알고 있었다. 금년에는 아직 그것이 불지 않고 있으므로 오랜 동안의 연구와 직감력을 종합해서 어느 시기에는 동풍이 분다는 것을 미리 알고 있었다는 설이다.

오나라의 화선특공(火船特功)

11월 20일

황개는 먼저 다음과 같은 밀서를 조조의 사령부에 보냈다.

'탈출의 기회가 지금까지 없었습니다만, 이번에 후방으로부터 도착한 양말선(糧秣船)의 지휘를 명령받았기 때문에 오늘 밤 전에 뱃머리에 청룡 깃발을 달고 투항하겠습니다. 막대한 양말과 오군에서 이름이 알려진 장군의 목을 선물로 가지고 가겠습니다. 기다려 주십시오.'

초저녁에는 달이 보였으나 일면 안개가 자욱하게 끼어 있었다.

배에는 잘 건조한 마른 풀을 가득 싣고 충분히 어유(魚油)를 머금게 했으며, 그 위에 유황이나 연초(煙硝) 등 불이 붙기 쉬운 인화물을 뿌리고, 배 전체를 파란 기름 헝겊으로 덮었다. 충돌하면 금방 불이 나는 배를 '화선(火船)'이라고 한다.

주유는 황개에게 그 화선 20척을 지휘하게 하고, 오후 9시에 출발 예정으로 대기시켰다. 또 주력인 약 3백 척의 선단을 6개 선대로 구분시키고 화선대의 후방을 분진(分進)시키기로 했다.

한밤중이 가까워지자 달의 주변에 깔려 있는 구름의 움직임이 빨라졌다. 캄캄한 양자강의 수면 위로 바람이 일기 시작했다. 더구나 온기를 머금은 동남풍이었다.

주유는 공격 전진의 신호를 하늘 높이 쏘아 올리게 했다. 적벽의 싸움이 시작된 것이었다.

황개는 화선대의 선두에 서서 전진을 명령했다. 중류에서 바람을 받기 위해 돛을 올렸다. 20척을 횡대로 도열시켜 배의 속도를 빠르게 했다. 청룡의 선기(船旗)가 펄럭펄럭 소리를 내면서 밤바람에 번쩍였다.

"남쪽에 선단이 보입니다."

기함(旗艦)의 망루에서 망보던 병사가 고함쳤다. 막료가 우선 갑판으로 뛰어 올라갔다. 파도가 거칠었다. 어둠 속에 돛이 보였다.

"청룡기는 보이지 않느냐."

조조가 밑에서 말했다.

"흘수(吃水)가 얕다. 대단한 것은 싣고 있지 않군."

막료의 한 사람이 외쳤다.

"뭐야!"

조조의 목소리를 지우듯이 점화된 화선이 위군의 선열 속으로 부딪쳐 들어갔다. 연초가 타고, 기름이 타고 짚이 탔다. 바람소리와 불길소리와 파도소리가 위나라의 수상 요새를 순식간에 휩쌌다.

오나라 수부는 화선의 뱃머리가 적선의 옆구리로 파고든 것을 확인하고는 작은 배를 내려서 재빨리 퇴각했다. 큰 배로 옮겨 붙은 화염은 무서운 소리를 내면서 높은 불기둥을 올리기 시작했다. 배와 배를 쇠사슬로 묶어 놓은 것이 치명적이었다.

한 척이 타오르면 반드시 옆의 한 척도 불탔다.

맹화는 육상의 진지에도 옮겨 붙었다. 진영도 창고도 목책(木柵)도, 군문(軍門)도 불티를 둘러쓰고 눈깜짝할 사이에 타올랐다.

삼국 정립의 연출자는 누구냐

주목해야 할 것은 이 수상 공격과 함께 조직적인 육상 공격을 오군 사령부는 계획하고 있었다는 점이다. 이것은 중요한 일이었다. 해상뿐만 아니라 육상에서도 공격을 전개하는 것은 단숨에 적을 괴멸로 이끄는 것이 된다.

'승부를 걸 때는 전군이 한 덩어리로 되어서 철저히 한다.'

그 대요를 정리해 보면 다음과 같이 된다. 괄호안은 지휘관의 이름이다.

▲양자간 연안 공격부대

제 1오림 공격 부대(감녕) 불명(不明)

제 2 오림 공격 부대(여몽) 3천

(조조의 육상 사령부 공격)

▲퇴로 차단 부대(능통) 3천

(이릉 방면으로 진출, 퇴로 차단)

▲한수 연안 공격 부대

제 1 공격 부대(동습) 3천

제 2 공격 부대(반장) 3천

(한수 상류를 한천 방향으로 공격)

▲증원 저지 부대(태사자) 3천

(황주경으로 진출하여 합비(合肥) 방면으로부터의 위군 별군을 저지)

이 육상 공격 계획은 현재의 전술 상식으로 보더라도 훌륭한 것이다.

한편 촉나라의 유비군은 유비답게, 처음에 주유군의 후방 제 2선에 진지를 구축했다. 그리고 전황이 유리하다고 보자 조운, 장비, 관우 등의 부장(部將)에게 각각 3천 명 정도의 부하를 붙여서 위군의 퇴각을 차단시키게 했다.

80여 만이라고 하던 위나라의 대군은 이 일전에서 하룻밤 사이에 3분의 1 이하로 되었다고 한다.

조조는 자기 혼자 전장을 이탈했다.

유비와 주유의 부대는 강릉까지 추격했다. 조조는 조인(曹仁)에게 강릉을 맡기고 자신은 허창으로 철수했으나, 조인도 강릉을 고수하지 못하고 양양(襄陽)까지 철퇴했다.

그 결과 양자강 유역 일대는 오나라 손권의 지배하로 들어갔다.

유비는 계속 추격해서 형주 남부를 공략했다. 무릉(武陵), 장사(長沙), 계양(桂陽), 영릉(零陵) 등이 그 세력하로 들어왔으며, 공안(公安)에 본거를 정했다. 최대의 전과를 얻은 것은 이 유비였다. 회전 전에는 형주의 유표를 의지하는 식객에 지나지 않았던 사나이가, 전세가 결정된 다음의 추격으로 형주 남부의 4군을 지배하는 세력권을 차지한 것이다.

황하 유역의 조조, 양자강의 손권, 형주 남부에 독립한 유비의 존재로 전쟁 전에 군사 공명이 구상한 대로 삼국이 정립된 것이다. 결과적으로 승자는 누구이며 그 연출자는 누구인지, 답은 명백하다.

어떤 조직에도 결점은 있다

끝으로 위나라의 패인에 대해서 언급해 두기로 한다.

패인의 첫째는, 위군이 자신이 불리한 수상 전투를 중심으로 침공 양상을 전개한데 있다. 천하는 겨루는 대승부에서는 자기가 가장 장기로 삼는 방법으로 싸우지 않으면 안된다. 특히 위군에게 있어서는 적지 깊이 들어와서 공격의 한계에 가까운 상황에 있었기 때문에 더욱 그렇게 말할 수가 있다.

패인의 둘째는, 수상 작전의 본질을 잊어 버렸다는 것이다. 물 위에 뜬 선박에는 '공격'이라는 수단만이 있다. 방어는 선박 자체의 장갑(裝甲)이나 소극적인 소화(消火), 배수(排水)뿐이며, 전술적으로 공격을 취할 수 없을 경우는 적절한 시기에 철수하는 것이 수상 작전의 원칙이다.

위군은 이 원칙을 무시하고 장기간에 걸친 '수상 요새'의 구축을 생각했다. 그야말로 수상 작전 원칙에 역행하는 것이다.

주유의 화염 공격은 그 본질적 결함을 찌른 것이며, 합당한 전술이다. 그것을 전술적으로 성공시키기 위해 황개의 희생적 정신과 공명의 국지기상(局地氣象)의 지식을 원용하고 있는 점도 주목해야 할 것이다. 이 두 사람이 있었기 때문에 승리한 것이었다.

그밖의 패인으로서 역병설(疫病說)이 있다. 적벽 부군은 역병의 유행지이며 위군의 태반 이상이 그 병에 걸렸다는 설이다.

1천 8백 년이나 지난 현재로서는 사실을 엄밀히 고증한다는 것은 기술적으로도 불가능하지만, 이와 같이 오군 공세의 입장에서 '적벽의 싸움'을 서술하는 사람이 압도적으로 많다.

어쨌든 위나라의 대군은 패배했고 천하의 대세는 바뀌었다. 대군을 눈 앞에 두고 그저 떨고만 있었다면 대세의 변화는 일어나지 않았을 것이다.

'어떤 전황이더라도 냉정하게 맞서서 적을 분석할 것, - 이 자세만 잃지 않는다면 적의 결점을 찾아 낼 수가 있다.

결점이 없는 조직, 약점이 없는 인간 따위는 절대로 없는 것이다.

侶布(여포)

소성에 머무른 정략 없는 '배반'

자기를 끌어 올려 준 은인과 상사를 통쾌하리만큼 배반해 나가는 여포(呂布)에게, 세상 사람들은 경조부박(輕佻浮薄), 교활, 이기주의 그리고 희대의 배신자란 레테르를 붙였다. 그렇지만 여포 자신은 배반했다는 의식을 갖고 있지 않았다. 무장이나 지모있는 사람이 그의 무용을 이용하고자 도박을 했고 나중에는 언제나 골탕을 먹는 사실 또한 그의 무의식성에 의해서였다.

미워할 수 없는 '악당'

이 세상에는 어딘가 미워할 수 없는 사나이가 있다.

그 수가 많지는 않지만 상당한 출세를 하므로 미워할 수 없는 분위기를 지닌 것도 한 가지 재능이라고 할 수 있을 것이다.

'미워할 수 없다'는 것은 이미 '미워할 만한' 일을 저지르고 있다는 반증이 된다. 그렇지만 미워하지 못한 채로 사람들은 그것을 용서해 버린다.

이런 인물의 존재는 하늘의 배제(配劑)에 의한 것일까. 그렇게 생각할 수밖에 없는 불합리함이 미워할 수 없는 사나이의 존재에 언제나 애매하나마 희미하게 자리하고 있다.

애매하다는 것은 '왜 미워할 수 없는 것일까'하는 생각에 잠길 때 일어나는 판단이다. 대개는 미워할 수 없는 상대의 존재 자체가 은연중 자기 속으로 들어와 버리고 있어서 꼼짝달싹할 수 없게 되고 만다.

사람들은 하는 수 없이 '매력이 있는 것이겠지, 역시.'하고 속으로 중얼거리지만, 이것은 일종의 속박이다. 매력이란 마력이며, 미워할 수 없는 사나이란 말하자만 원시적인 '주술(呪術)'을 사용하는 사람일 것이다.

「삼국지연의」 속에서 가장 '미워할 수 없는 사나이'는 여포가 아닐까. 이 역사 소설 전반부의 재미는 여포로 지탱되고 있다고 해도 좋다.

전형적인, 절조(節操)가 없는 악당으로서 그리고 있기 때문이지만, 주위의 '영웅'들 쪽이 훨씬 악당으로 보인다. 그것은 작자의, 구성상의 착오였을지도 모른다. 전형적인 악당을 중심에 놓으면 주위의 인물이 돋보이게 된다고 보았음이 틀림없다.

그 계산은 틀리지 않았지만, 범벅이 되는 군웅들 쪽이 교활해 보이며, 그 반작용으로 여포는 대범한 악당으로 부각되어 가는 역효과가 나타난다.

도대체 사실(史實)에서의 여포상(呂布像)은 어떨까. 사실이라고 해도 허구를 벗어나는 것은 아니다. 나관중(羅貫中)의 「삼국지연의」를 사실이라고 생각하는 것도 경박한 사람이지만, 진수(陳壽)의 「삼국지」를 사실이라고 단정하고 의심하지 않는 것도 경솔한 사람이다.

진수의 「삼국지」에는 배송지의 주석이 붙어 있다. 주석이 더 재미있다고까지 한다. 역사가는 아무리 기록에 충실하려고 해도 수집된 자료는 일단 취사 선택을 거치게 된다.

의식적으로 자신의 편견은 보태지 않더라도 자연히 그 작업 자체에 허구(虛構)의 싹이 트고 있다.

여포가 미워할 수 없는 '악당'으로 묘사되고 이것이 「삼국지연의」의 전반부를 성공시키고 있는 것도, 원래 원전(原典)에 그 요소가 있었기 때문이라고 할 수 있다. 다시 말해서 여포라는, 실상(實像)에도 '악당'적인 요소가 다분히 있었을 것이다.

다만 무서운 것은 마이너스의 레테르다. 레테르를 붙이지 않으면 직성이 풀리지 않는 인간의 습성 때문에 악당이란 레테르가 붙은 사람은 자손대대로 원한을 남기게 된다.

여포의 일족은 어땠을까. 중국인은 자손을 살려 두면 나중에 원한을 사 복수를 당하고 후회하게 된다는 관점에서, 혈연관계가 있는 사람을 모조리 '족멸(族滅)'하는 일이 있다. 그렇지만 분서(焚書)에서 가까스로 남은 책 한 권과 마찬가지로 한 사람이라도 남을 경우 얘기는 달라지니 '족멸'은 그만큼 어렵다.

다만 여포는 '악당'보다는 '배반자'란 레테르가 붙어 있다. 이 레테르가 있는 한 '악당'에서 '미워할 수 없는 악당'으로의 전환도 좀처럼 쉬운 일이 아닌 것이다.

배반할 의도가 없는 배반자

여포의 죽음은 「삼국지연의」의 제 19회에 나온다. 죽음을 당해도 '미워할 수 없는 사나이'다운 행동을 하고 있다.

조조의 군대에 포위당한 여포는, 밤이 되어 적이 일단 공격을 중지하고 물러가자, 망루 뒤에서 한숨 돌리고 있는 사이 그만 꾸벅꾸벅 졸았다. 그것을 보고 배반하기로 작정한 여포 휘하의 장군들이 여포를 꼼짝달싹 못하게 묶었다. 그리고는 항복할 때의 상납품으로 삼으려고 했다.

꾸벅꾸벅 졸면서 꿈을 꾸고 있다는 점이 바보라고도 할 수 있고, 무사 태평이라고도 할 수 있으며, 대인(大人)의 그릇이라고도 할 수 있지만, 미워할 수 없는 요소이기도 하다.

생포된 여포는 당장 조조 앞에 끌려가지만, 굴욕이나 공포에 떠는 기색도 없이 고함을 쳤다.

"너무 단단히 묶었지 않은가. 제발 부탁이니 좀 늦추어 달라!"

조조가 대답했다.

"호랑이를 묶는 것인데 단단히 묶을 수밖에 없잖은가."

'호랑이'라는 평가를 받았으니 여포도 빙긋이 웃으면서 잠자코 있을 수밖에 없었을 것이다. 그렇지만 응답하고 있는 조조도 미워할 수 없게 되어서 여포의 페이스에 말려들기 시작했다고도 할 수 있다. 그렇다고 해서 포박을 늦추어 주지는 않았다.

여포는 교활한데 비해서 무사 태평한 점도 있었다. 무사 태평해도 필요할 때는 머리 회전이 빨랐다. 조조의 등 뒤에 자기의 부하 장수들이 늘어서 있는 것을 보고, 공격의 화살을 그쪽으로 돌린 것도 그 예다.

"나는 너희들을 귀여워해 주지 않았냐, 네놈들은 어째서 나를 배반했느냐."

하고 물었다.

'배반'은 여포의 장기라고 할 수 있으므로 이 말은 우습지만, 남을 배반하는 것과 남에게 자신이 배반당하는 것은 다른 것이다.

사람은 '배반자'라고 불리는 것을 좋아하지 않기 때문에 부장(部將)들도 '배반 상습범이 남을 배반자라고 부를 수 있느냐'고 반론할 수 있건만 그 말이 순간적으로 떠오르지 않았으므로, 처의 말만 듣고 자신들의 진언을 듣지 않았으면서도 우리를 귀여워해 주었다고 말할 염치가 있느냐고, 최근에 체험한 불쾌한 기억만을 꺼내고 말았다.

「삼국지연의」에서는 여포가 부하의 반격에 아무 말도 하지 않았다고 적고 있다.

여포에겐 '관념'이 좀 결여되고 있다. 같은 배반이라도 조조 같은 사람은 다이내믹하다. 몸짓에 있어서는 여포 쪽이 다이내믹하지만 관념에 있어서는 조조가 더 다이내믹하다.

조조도 은인을 배반한 일이 있다. 「삼국지」 '무제기(武帝記)'의 원주(原註), 다시 말해서 배송지의 주석에 다음과 같은 조조의 말이 있다.

"내가 남을 배반하기보다, 내가 남에게 배반당하는 편이 훨씬 참을 수 없다."

동탁(董卓)이 황제를 폐하고 새로 헌제(獻帝)를 세웠을 때, 조조는 낙향해서 고향에 돌아와 있었다. 그 때 은인의 집에 들렸으나 마침 주인이 집에 없었다. 5명의 아들들에게 환대를 받았으나 그 행태에서 불온한 움직임을 탐지해 낸 조조는 칼을 휘둘러서 몰살시켰다.

은인의 아들들을 죽이는 것은 배반이지만, 그 아들들이 자기를 배반하려고 하고 있으므로, 아무리 은인의 아들이라 하더라도 죽이지 않으면 안된다는 논리다.

조조의 배반이 관념적으로 다이내믹하다고 말했지만, 그것은 곧 의식적이고 인간적이라고 할 수 있다. 그것에 비해 여포의 배반은 무의식적이고 소박하리만큼 뻔뻔스러운 데가 있으며, 그래서 미워할 수 없게 되는 것이다.

나하고 짝이 되면 천하를 뺏을 수 있다

호랑이를 묶는 것이니 포박을 늦출 수 없다고 조조가 말하자, 여포는 이 거부에 구애되지 않았고 배반한 부하들이 마침 시선에 들어오자 금방 그 쪽으로 공격의 화살을 돌렸다는 것이 「삼국지연의」의 내용이지만 진수의 「삼국지」는 서술 내용이 다르다.

공격의 화살을 돌리는 것은 같지만, 인물은 여전히 조조에 대해서다. 그 내용의 방향만 전환한 것이다.

"귀공의 눈엣가시는 나 한 사람이다. 지금 그 내가 항복했으니 이제는 천하에 걱정할 사람은 없어진 거나 마찬가지다. 어떤가, 귀공이 보병 부대를 이끈다고 하고 나에게는 기병부대를 맡기지 않겠는가. 그렇게 하면 천하도 순식간에 평정할 수 있지 않겠는가."

생각하기에 따라서는 이 말을 살려 달라고 비는 것으로 받아들일 수도 있을 것이다. 마지막 순간까지 여포는 살기 위한 기회를 엿보고 있었다고도 할 수 있다.

그렇다고 한다면 포승을 늦추어 달라고 한 애원도, 아프기 때문이라며, 떼를 쓰는 아이 같은 무의식성인 체하면서 기회를 노린 것이라고 할 수 있다. 조금이라고 포승이 늦추어지면 괴력(怪力)으로 찢어발길 정도의 자신이 있었을 것이다.

후세 사람들은 이 여포의 태도를 보기 흉하다느니 겁쟁이라느니 한다.

그렇지만 겁을 먹었다고는 생각되지 않는다. 필시 조조도, 여포가 겁을 먹고 있다고는 보지 않았을 것이다. 본시 조조는 여포 이상으로 '대악당'의 이미지를 갖고 있다. 그렇기 때문에 모든 일을 단순히 처리하지 않았다. 배반자이건 투항자이건 쓸모가 있다고 생각하면 기용하는 것을 꺼리지 않는 용기와 과단성을 가지고 있었다. 불충한 신하도 충신이 될 수 있다고 동시에 생각하는 것이 조조였으며, 이것은 요즈음 식으로 합리주의라고 말할 것이 아니라. 오히려 실용주의라고 하는 것이 옳다. 아니 인간주의, 천명주의(天命主義)라고 하는 것이 옳을지도 모른다.

「삼국지」에는 '조조는 의심하는 빛이 있었다'고 씌어 있지만, '의심하는 빛'이란 여포의 말을 '진심일까'하고 의심했다는 의미가 아니다. '그것도 그렇구나. 천하를 평정하기 위해서는 일단 이 사나이와 손을 잡는 편이 빠른 길일지도 모르겠다'고 심각하게 생각하기 시작했다는 것이며, 동시에 '그렇지만'하는 유보(留保)의 기분이 '의심의 빛'으로 나타난 것이다.

여포의 감언(甘言)에 속을 리도 없으며, 그의 경력도 성격도 잘 알고 있는 조조로서는 그 감언을 '천하 평정'에 이용할 수 없을까 하고 망설이면서 꿍꿍이셈을 했다고 보아야 할 것이다. 망설이게 된 것은 섣불리 이용하려다가 오히려 위험스럽게 될 가능성이 충분히 있기 때문이다. 처음부터 조조는 여포가 마음에 들기는 했지만 그렇다고 신용하지는 않았다.

이 자리에는 유비도 있었다. 그는 조조의 '의심하는 빛'을 어떻게 해석했는지 모르지만, 몸을 앞으로 내밀고,

"벌써 잊으셨습니까. 여포는 전에 정원(丁原)과 동탁(董卓)을 섬겼는데 두 사람 모두를 배반했다는 점을!"

하고 말했다.

조조는 이 말에 고개를 끄덕였다고 한다. 이것으로 처형은

결정되었으며, 여포의 돌파구를 찾기 위한 노력도 수포로 돌아가지만, 조조가 고개를 끄덕인 것은 그의 배반의 경력을 생각해 냈기 때문은 아닐 것이다.

그런 것은 진작부터 알고 있었으며 오히려 여포의 운도 끝났으니 지금 죽는 것이 천명이라고 결단을 내리는 계기로써 유비의 진언을 이용했을 것이다.

유비의 의도

그때까지 유비와 여포는 꽤 깊은 관계가 있었다. 여포가 조조에게 패했을 때 그는 유비를 의지했었다. 하긴 유비는 여포를 믿을 수 없다고 보고 신용하지 않았다. '나와 너는 같은 변경(辺境) 출신이다'하고 어깨를 두드리며 제멋대로 동생 취급하는 여포를 불쾌하게 생각하고 있었다. 자기를 의지해오자 받아들이면서도 까닭없이 싫었던 것이다.

그 후 반대로 유비는 세력을 회복한 여포에게 의지한 일이 있다. 원술(遠術)의 공격을 받은 유비는 여포에게 구원을 요청했다. 여포는 장군들의 충고를 무시하고 구원하러 달려갔다. 장군들의 주장은, 언젠가 유비는 여포를 죽일 속셈이므로 차라리 원술을 도와 죽이게 하는 것이 좋다는 것이었다.

여포가 그 간언(諫言)을 일축한 이유는 유비가 지면 당장에 원술은 여러 장군들과 연합 전선을 펴서, 자기는 포위당하기 때문에 구해 주어야 한다고 했다. 그리고 실제로 구해 주었다.

'동생아' 하고 말하면서도 여포는 책사(策士)이기 때문에 허허실실(虛虛實實)의 사이였음은 틀림없지만, 여포는 유비를 짝사랑한 것 같은 점이 있다. 이 때 원술로 하여금 유비를 죽이게 하지 않았던 것이 결국 파멸을 가져 왔다.

그 후 두 사람은 서로 싸웠으나, 언제나 싸움은 여포에게 유리하게 전개되어 유비는 두 번이나 처자를 인질로 잡혔다. 첫 번째는 건안(建安) 원년의 일로 유비는 그 때 화평을 요청하여 처자를 돌려 받았다.

건안 3년에 유비는 여포에게 쫓겨 다시 처자를 인질로 잡힌 채 조조에게 의지했다. 이 때 조조의 모신(謀臣) 정욱(程昱)은 유비에게 인심을 장악하는 재능이 있으며 영웅의 그릇이므로 죽이는 것이 좋다고 진언했다. 여포와 마찬가지로 조조도 유비를 죽이라는 진언을 물리쳤다.

"지금은 영웅들을 내 손에 거둘 때다. 그 중 한 사람을 죽여서 천하의 인심을 잃는 것은 어리석기 짝이 없다."

고 말했다.

당시는 군웅이 할거하는 시대였다. 서로 이합집산(離合集散)을 되풀이하고 있었다. 조조는 인심을 파악한 사람이야말로 영웅이라는 생각을 견지하고 있었으며, 만약 유비가 영웅의 그릇이라면 그를 죽여 보았자 원한을 살 뿐이고 손해니 일단 구해주자고 생각했던 것이다.

이런 생각에 사로잡혀 있던 조조에 비하면 여포는 매우 사람이 좋다. '동생아'하고 일단 맺은 의형제의 인연에 구애되고 있었으며, 모략적인 면에서도 원술에게 자기가 포위당하지 않기 위해서라는 근시안적인 것이었으니, 신하들의 진언을 받아들이지 않았다는 점에서는 같더라도 두 사람의 발상(發想)에는 하늘과 땅의 차이가 있었다.

여포가 생포되어 조조 앞으로 끌려 왔을 때 여포에게 처자를 인질로 잡혀 있는 유비의 심중은 어떤 것이었을까. 여포와 조조가 손을 잡으면 처자는 돌아온다 하더라도, 유비에게 있어서는 불리해진다. 천하 통일의 야망을 가지고 있으며 여포를 좋아하지 않는 유비에게 있어서 최악의 상태가 발생된다.

그렇기 때문에 당황하면서도, 여포는 배반을 일삼는 인간이라는 것을 환기시켰던 것이다. 조조로 볼 때는 가소로운 간언이었다. 그렇지만 인심을 잘 장악하는 영웅의 그릇이라고 유비를 인정하고 있었던 조조는 그 말을 채택한 것이었다.

이 시기의 영웅들은 서로를 잘 파악하지도 못한 채 싸우고 있었으며, 그렇기 때문에 붙었다가 배반했다가, 또 붙었다 배반했다를 되풀이하며 암중모색(暗中摸索)하고 있었다. 그런 이유로 조조 또한 여포가 원소(遠紹)나 원술과 함께 당면의 강적이었음에 틀림없지만, 아직 이용 가치가 있다고 생각하고 있었다.

그렇기 때문에 여포의 제의에 잠깐 망설였던 것이지만, 일단 영웅의 그릇이라고 인정한 유비가, 설사 사원(私怨)이나 사리(私利) 때문에 부정했다 하더라도 그 부정을 '하늘의 신호'라고 조조는 간주(看做)했을 것이다.

여기서 여포의 운명은 끝났다.

"이 사나이야말로 가장 신용할 수 없는 놈이다."

여포는 유비를 가리키면서 외쳤다.

처형 방법은 액살(縊殺)로 목을 졸라 죽이는 것이었다. 아마도 꽁꽁 묶은 채로 목을 졸랐을 것이다. 장군의 권위를 인정해서 포승을 늦춘다든가 했다가는 그 틈을 노려 어떻게 날뛸지 모르기 때문이다. 처형 후 효수(梟首)되고 위나라의 서울 허(許)로 보내졌다.

아마도 여포는, 죽기 직전에는 침착했을 것이다. 그러나 그가 처형당할 때의 광경은 일체 기록되어 있지 않다.

후한 말 세 명의 망나니

희대의 '배반자'라는 레테르를 붙이고 싶어서 사서(史書)는 고심하고 있다. 그 때문에도 깨끗이 죽지 못하는 여포가 필요했던 것이지만, 처형 때의 에피소드가 생략된 것으로 보아서는 당당하게 죽은 것이 아닌가 하는 생각이 든다.

'배반'이 상투적으로 되어 있는 시대에 어째서 여포만이 희생양처럼 그런 말을 듣지 않으면 안 되었을까. 그 레테르가 그의 죽음을 결정지었으며, 후세에까지 배반의 챔피언으로서의 악명을 떨친 이상, 그 유래를 알아 볼 필요가 있다.

여포는 오원군(五原郡) 구원현(九原縣)의 사람이니, 변경의 시골 태생인 셈이다. 효무(驍武)의 재능으로 자사(刺史) 정원(丁原)을 섬기고 그 주부(主簿)가 되었다.

이 정원이라는 사나이도 명문 출신은 아니었고 성격은 거칠었다. 그저 무용만이 뛰어나 위험을 피하지 않고 언제나 선두에 섰으며 마상에서 활을 쏘는 기사(騎射)를 장기로 삼았다. 관리가 되었지만 침략자를 추적하는 재능밖에 없었으니, 관리로서의 능력은 거의 없었다고 볼 수 있다. 그렇지만 환관(宦官)의 횡포로 세상이 어지러웠던 후한 말에는 이런 인물이 때와 장소를 얻어 지위가 높아지기 마련이었다.

여포도 같은 부류였다. 정원이 여포를 총애한 것은 자기와 성격이 비슷하고 여포 또한 궁마(弓馬)와 완력으로 이름을 떨쳤다고 하므로 능력 면에서도 비슷했기 때문일 것이다. 비슷한 사람끼리는 미워하든가 귀여워하든가 할 수밖에 없지만, 귀여움을 받는 쪽은 언젠가 상사를 배반하지 않으면 안 되는 운명이 된다. 이것은 심리의 역학(力學)이라고 할 수 있는 것이다.

그 무렵 서울에서 세력을 떨치고 있던 것은 하진(何進)이었다. 황태후(皇太后)의 배다른 동생이었지만 본시는 도살자의 아들이며, 후궁에 들여보낸 누이 동생이 천자의 총애를 받았기 때문에 벼락출세를 했다. 중평(中平) 원년에 황건란(黃巾亂)이 일어나자 대장군에 임명되었다. 그리고 곧 명문의 자제 원소(遠紹)와 짜고 내정(內政)의 암이었던 환관의 몰살을 꾀했다.

정원은 이 하진 밑에서 집금오(執金五)로서 그 계획에 가담했다. 하진은 전국에 환관을 주멸(誅滅)하라는 밀조(密詔)를 내렸다. 그렇지만 그 계획은 사전에 누설되어 반대로 환관에게 살해되고 말았다. 화가 난 원소는 하진을 모살(謀殺)했다는 이유로 환관 주멸을 실천에 옮겼다. 그 때 맨 먼저 응한 서량(西涼)의 자사(刺史) 동탁은 어린 황제와 그 동생인 진류왕(陳留王)을 받들고 낙양으로 입성했으며, 그 후 제 세상인 양 거리낌없이 굴었다.

이 동탁의 갑작스러운 등장을 좋지 않게 생각하는 것은 환관 주멸에 공이 있었던 원소와 조조였지만, 정면으로부터 반발한 것은 정원이었다.

정원이 서울의 군사권을 쥐고 있으며, 그것을 떠받치고 있는 것은 여포라는 것을 동탁은 잘 알았다. 그래서 여포로 하여금 정원을 죽이게 하려고, 배반을 교사했다.

동탁도 역시 정원이나 여포와 마찬가지로 완력과 기사(騎射)를 가지고 출세한 사나이였다. 비슷한 배경을 가진 세명 중 정원과 마찬가지로 동탁은 여포가 마음에 들었지만 정원과 동탁은 서로 반발했던 것이다.

거칠고 난폭하며 잔학하다는 점에서는 동탁이 정원과 여포보다 앞섰으며 완력과 기사에서는 여포가 두 사람을 능가했고, 정치성에서는 동탁이 가장 뛰어나 야심에 있어서도 으뜸이었지만, 인기 면에서는 여포가 첫째, 동탁이 최저라고 할 수 있었다.

비슷한 사람끼리라도 이만큼 차이가 생기기 때문에 서로 으르렁거리지 않을 수 없었을 것이다. 「삼국지」의 시대는 후한 말기에 등장한 이 세명의 망나니들에 의해 선도(先導)되고 막을 내렸다고 해도 좋을 것이다.

자기와 비슷한 상사이기 때문에 배반한다

'여포는 머리를 묶어 금관을 쓰고, 백화(百花)를 수놓은 군포(軍袍)를 입고, 사자 무늬의 갑옷 투구에 사자 무늬의 옥대(玉帶)를 매고, 창을 들고 말을 타고 정원을 따라 진전(陳前)에 이르렀다.'

「삼국지연의」에서 여포가 처음으로 등장하는 대목 제 3회지만, 그야말로 스타 취급이다. 「삼국지연의」가 여포를 아무리 무지하고 완력뿐이며 절조가 없는 배반자이며, 악당으로서 취급하더라도, 결과적으로는 스타로서 받들고 있는 셈이 된다.

당시 여포가 타고 있던 말은 아직 '적토마(赤兎馬)'가 아니었다. 「삼국지연의」에서는 이 '적토마'가 본시 동탁이 가지고 있던 말이며, 정원을 배반케 하기 위해 동탁이 미끼로 삼은 것으로 되어 있다.

어쨌든 여포는 중평 6년에 동탁의 꾐에 빠져 은인인 정원을 죽였다. 이것으로 동탁의 서울에서의 세력은 확대된다. '천하의 명사(名士)를 발탁해서 중망(衆望)을 거두라'고 하는 문관의 진언에 대해, 행정에 무지한 동탁은 고분고분하게 따르지만, 그가 느꼈던 고독은 상상할 수 있다.

중국의 역사는 문관과 무관의 싸움이기도 하며, 무관의 권력을 잡았을 때 언제나 직면하는 것은 문관을 좌지우지할 수 없는 점이었다. 그들은 관료적일 뿐만 아니라, 지식이나 정의를 내세우기 때문이며, 행동가인 무관 출신은 그것에 대응하지 못해 우울해지고, 울화통을 터뜨리고, 횡포를 부리게 된다.

"동탁은 성질이 잔인하며 일단 정치를 하자 국가의 갑병진보(甲兵珍寶)를 차지하여 위세가 천하는 덮었으며, 원하는 바 한이 없었다."

이것은 「자치통감(資治通鑑)」에서 사마광(司馬光)이 한 말이지만, 그와 같은 잔인 탐욕스런 행동이 동탁에게 있었다 하더라도 역시 문관의 눈으로 본 것에 불과한 것이다. 문관이 질색인 것은 폭력이기 때문에, 보는 눈도 엄해지며, 한편으로는 자기들이 무관들을 그렇게 만들고 있다는 것을 생각하려고 하지 않는다. 그렇지만

'동탁의 친애하는 바는 현직(顯職)이 아니라 다만 장교(將校)뿐이다'라는 말은 과연 동탁의 고독한 면을 잘 파악하고 있다. 여포는 그런 동탁의 고독 속에서 그가 가장 친애하는 인물이었다고 할 수 있다.

초평(初平) 원년(A.D. 190)에 발해(勃海)의 태수(太守) 원소(袁紹)를 맹주(盟主)로 하고 산동(山東)의 태수들은 동탁 토멸에 궐기했다. 낙향하고 있었던 조조도 그 가운데 있었다. 동탁은 이들을 치려고 했지만 '정치는 덕(德)에 있지 중(衆)에 있는 것이 아니다'라는 대신의 설교를 듣고 '병(兵)은 소용이 없는가'하고 슬픈 반문을 했다.

여포는 손권과 싸워서 지기도 하고, 동탁의 명령에 의해 여러 제능(帝陵)을 파헤쳐 진보(珍寶)를 절취하기도 했으며, 자기 편인 태수와 사이가 나쁘기도 하여 기록상으로는 그다지 좋은 성적을 남겼다고는 할 수 없다. 그렇지만 항상 동탁에게 복종했으며, 동탁 또한 익애(溺愛)하여 부자 관계까지 맺었다.

도대체 이 무렵의 여포는 무슨 생각을 하고 있었을까. 야심 같은 것은 없고 그 나름대로 중랑장(中郎將), 도정후(都亭侯)

등의 화려한 위치에 등용되어 적토마나 타고 다니면서 자족(自足)하고 있었던 것처럼 생각된다.

다만 무사 태평인 여포에게도 대수롭지 않은 일로 상처를 입는 순진함은 있었다. 전에 동탁은 사소한 일로 흥분하여 여포를 향해 칼로 치려고 대든 일이 있었다. 몸을 피하자 동탁에게 사과하고 동탁도 기분을 고쳤지만, 이 때부터 마음 속에 동탁에게 원한이 남게 되었다. 동탁의 시녀와 밀통하고 있었기 때문에 꺼림칙한 점도 있었다고 한다.

여포는 동향인 고관 왕윤(王允)과 친했는데 앞의 처사에 대해 푸념을 한 일이 있었다. 이 말을 듣고 왕윤의 가슴에 동탁 암살 계획의 싹이 부풀었다. 왕윤이 밀계를 털어놓자 '부자관계이기 때문에 할 수 없다'고 여포가 대답했다. 그러나 왕윤이 '혈연관계 같은 것은 없지 않느냐. 우물쭈물하고 있으면 당신이 살해된단 말이야.'하고 설득하자 당장 승낙했다.

두 번째의 배반이었다. 그렇지만 이 때도 여포에게는 첫 번째 때와 마찬가지로 배반한다는 의식 따위는, 왕윤의 설득으로 날아가 버린 것이 아닐까. 정원을 배반했을 때는 적토마라는 명마(名馬)에 홀딱 빠졌다고 하는 그것만의 이유였다.

이번의 배반도 원한치고는 뿌리가 깊지 않으며, 주인의 시녀를 취했다는 약점이 있었다 하더라도 결정적인 동기로서는 약했다. 필시 목숨이 위험하다는 것이 커다란 요인이 되어서 윤리적 망설임까지 괘념치 않고 배반했음에 틀림없다. 아니

배반이라는 의식 따위도 없었을 것이다.

만들어진 스타

화평(和平) 3년 4월에 헌제(獻帝)의 병이 낫자 백관이 그것을 축하하기로 하였다. 왕윤은 이 날을, 동탁 암살을 결행하는 날로 정했다. 여포는 같은 고향 출신인 이숙(李肅)에게 명령하여 부하 10여 명을 가짜 위사(衛士)로 만들어 잠입시키고, 동탁이 도착하자 입문을 거부케 했다.

"여포는 어디에 있느냐!"

깜짝 놀란 동탁이 외치자,

"천자의 명령이다. 적을 치겠다."

눈 앞에 가로막고 선 여포는 그렇게 선언하자마자 손에 들었던 창으로 그의 가슴을 푹 찔렀다. 다시 여포의 신호로 병사들은 일제히 동탁에게 덤벼들어 참살했다.

동탁의 시체는 거리에 전시되었다. 그는 비만체였기 때문에 몸에서 배어 나온 지방으로 풀이 붉게 변색했다는 것과, 저녁때가 되어 시체를 지키던 병사가 커다란 등심(燈心)을 그의 배꼽 속에 묻었더니 등불이 아침까지 꺼지지 않았다고 하는 과장된 이야기도 전해지고 있지만, 이때서야 겨우 여포는 스타로서의 무장의 지위에 대해 비로소 의식을 가지고 확인한 것처럼 생각된다.

왜냐하면 이 동탁의 죽음은 시민의 환호를 받았기 때문이다. 여포는 동탁을 퇴치(退治)한 영웅으로서 숭앙되었다.

이 때만 하더라도 배반자의 레테르는 아직 붙여지지 않았을 것이다. 여포의 불충을 책망할 여유도 없이 사람들은 기뻐했을 것이 틀림없다. 그 역시 배반자라는 의식도 없이, 오히려 사람들이 기뻐하는데 어리둥절하고 있었을 것이다.

권력은 동탁으로부터, 암살을 계획한 왕윤으로 옮겨졌으며, 여포는 분무장군(奮武將軍)으로 임명되고, 온후(溫候)의 작위(爵位)를 받아 군사 통수권을 쥐게 되었다.

아무래도 여포는 작위적인 스타의 길을 걷고 있는 기색이 짙다. 여포에게 배반을 충동질한 사람은 제 얼굴에 침뱉은 것처럼 죽어가고, 야심이 없는 그만은 자꾸 지위가 올라갔다. 왕윤 역시 동탁의 전철(前轍)을 밟을 운명이 기다리고 있었다.

동탁과 같은 고향 출신이면 몰살을 당하고 있다는 정보를 듣고, 그 부장이었던 이각(李傕)과 곽사(郭汜)는 불안에 사로잡혀 있다가 결과야 어떻게 되든 군사를 일으켜 장안으로 쳐들어 왔기 때문이다. 집권 60일도 지나기 전에 왕윤도 운을 다해 거리에 시체로 내걸리게 되었다.

배송지의 주에 인용된 '한기(漢紀)'에 의하면 이각 등의 역습에 패배한 여포는 장안에서 도망치는데, 그 때 왕윤에게 함께 가자고 권했다 한다. 여포를 충동질해 동탁을 배반케 하기는 했지만, 문관인 왕윤은 관념적인 사람이었다. 조정과 어린 황제는 자기를 의지하고 있기 때문에 저버릴 수가 없다고 도망을 포기했다.

여포는 왕윤을 섬기고 있었던 것은 아니므로 배반한 것은 아니지만, 왕윤과 함께 최후까지 싸우자고 하는 협기(俠氣) 조차 보이지 않은 채 그대로 달아나 버렸다. 이때도 물론 왕윤을 버렸다는 의식 같은 것은 없었을 것이다.

분명히 여포에게는 결단력이 있었다. 죽음을 두려워하지 않지만, 뻔히 진다는 것을 알고 있다든가, 살해당한다는 것을 알고 있을 때는 지체없이 도망치는 것이었다. 여포에게는 국가관도 없으므로 은의(恩義)도 없고 또한 배반도 없었다. 이기는 것만을 좋아했다. 이기기 위해 때로 비정(非情)했고 그러면서도 비정의 의식은 없었다. 그에게 있어 비정은 이기기 위한 기술이었다. 그렇기 때문에 비정하게 산다고 하는 감상은 없었으며 그의 얼빠진 우직(愚直)함과 비정은 동등할 뿐이다.

소박하리만큼 무의식 인간

여포에 대한 비평을 검토해 볼 필요를 느낀다.

'무용을 가지고 있되 지모가 부족하다'(순유(荀攸))

'행동할 때 숙려(熟慮)가 없이 경솔하게 결단하고, 실패하면 금방 잘못되었다고 솔직하게 말한다' (고순(高順))

'옛날, 장안에 있었을 때 장군은 나를 버려둔 채 가버린 일이 있습니다. 이번에도 나를 돌보지 않아도 좋습니다.'(여포의 아내)

'야만스러운 마음을 가진 이리 새끼다.'(조조)

'배가 고프면 쓸모가 있지만, 배가 부르면 가버린다.'(조조)

'용감하지만 무계획하고 거취(去就)를 가볍게 생각한다.'(진등(陳登))

'총대장으로 신(神)의 가호(加護)가 따른다.'(조성(曹性))

'이쪽으로 갔다가 저쪽으로 붙기도 하니 도의심이 없다.' (서중(徐衆))

'장사이며 잘 싸운다.'(진궁(陳宮))

'처음부터 검객으로서 여포를 대우했다.'(왕윤)

이런 평을 읽으면서 느끼는 것은 여포에 대한 일종의 무력감 같은 것이다. 이 의견들은 정확할 것이 틀림없는데 장사, 검객으로서의 능력은 인정해도 모략 면에서는 깔보고 있으며, 총체적으로는 전혀 무력한 비판으로 보이기도 한다.

왜냐하면 여포가 이 정도의 인물에 지나지 않는다면 어째서 군웅들은 그에게 휘둘렸을까. 왜 사람들이 여포를 따랐을까, 그런 의문이 남기 때문이다,

「삼국지」에서의 진수의 결론도 다른 사람과 다를 것이 없다. 호랑이의 용맹을 말하면서 영웅의 재략(才略)을 부정하고 경조부박(輕佻浮薄), 교활, 배반, 이기주의를 왈가왈부하고 있다.

생각컨대 여포는 소박하리만큼 무의식적인 인간이었던 것이 아닐까. 여러 가지 비평은 각기 그럴듯하면서도 어딘가 헛짚고 있는 것처럼 보이는 것은, 바로 여포의 무의식성을 잘 파악하지 못하고 있기 때문이다. 무계획, 일관성이 없다는 평은 부정적인 평이지만, 여포에게 '배반자'의 레테르를 붙이지 않아도 되었을 것이라고 생각한다.

무의식적인 인간은 말하자면 하늘의 아들이다. 의식적인 인간에게 있어서는 가장 거북한 존재다. '미워할 수 없는 인간'이란 대개 이 무의식의 특성을 가진 인간을 말하며, 생각하기에 따라서는 호박에 침주기와 같아서 반응이 없기 때문에 처치 곤란한 존재다.

여포의 생애를 보고 있으면 '도대체 이 인간은 천하를 노리는 뜻이 있었을까'하고 생각하지 않을 수가 없다. 무장이나 지모가 있는 사람들이 여포에게 언제나 골탕을 먹는 것은 그의 무의식성에 의해서였다.

때로 여포에게서 유머의 재주와 임기응변의 변설(辯舌)을 느끼는 수가 있다. 그렇지만 이것도 '잔혹이나 교활'이라는 평과 마찬가지로 유머나 변설이 아니라 그의 '무의식'이 사람들

마음에 제멋대로 비치는 이미지에 지나지 않았는지도 모른다.

그렇다고 볼 때 조조처럼 배반을 역학화(力學化)하지 못한 것은 당연한 일이다. 일찍이 여포는 유비에게 '나를 편안케 하려는 사람은 없고 모두 죽이고 싶어할 뿐이다'라는 푸념을 한 일이 있었다. 이것은 푸념이라기 보다는 소박한 중얼거림, 한탄이었을지도 모른다.

유비에게도 무의식적 인간의 요소가 있기는 하다. 그러나 그는 그 천성을 관념으로 재조직했으며, 조조와 필적하는 '악당'에 속하지만 여포처럼 '미워할 수 없는 악당'은 아니다.

여포라는 이상한 존재를 생각할 때, 그는 보이지 않는 하늘의 명령대로 준비된 코스를 힘껏 산 것에 지나지 않는다고도 느끼는 것이다. 조성(曹性)이 '총대장으로서 신의 가호가 따른다'고 말한 것은, 여포를 추켜올리자는 뜻은 아니지만 그대로 받아들여도 좋지 않을까 하는 생각까지 든다.

어딘가 깔보이면서도 중망(衆望)이 있는 인기 스타였던 것은 그 때문이 아닐까.

그렇지만 사람들은 모두 어중간한 의식 인간이기 때문에 이 막연한 무의식 인간에게 레테르를 붙이지 않고는 배길 수가 없었다. 배반자의 레테르를 말이다. 이 레테르는 20세기 말엽인 지금도 아직 벗겨지지 않고 있다.

비운의 '맹장' 관우와 장비

유비 현덕에게 매혹되어 의형제의 인연을 맺은 관우와 장비는 제1선의 돌격 대장으로 싸움으로 날이 새고 해가 지는 매일을 보냈다. 생명을 걸고 약소국인 촉나라를 지탱한 그 생활 태도는, 예컨대 3명으로 출발한 작은 단체의, 창업 이래의 맹렬 간부와 비슷했었다. 그렇지만 공신(功臣)은 사라질 뿐이다. 보답받는 일도 없이 전부를 완전 연소해 버린 것 같은 그 최후는 너무나도 비참했었다.

작은 단체의 취체역 일등공신

"남자는 스스로를 알아주는 사람을 위해 죽는다."

이것은 「사기(史記)」의 '자객 열전(刺客列傳)'에 있는 말이지만, 중국의 역사는 이 말의 실행자들로 메워져 있다. 같은 「사기」에 '충신은 두 임금을 섬기지 않는다'는 말도 있으며, 그것은 그것대로 존중되고 있지만, 설사 충신이라도 보다 잘 자기를 알아주는 사람이 있으면 그 쪽으로 전신(轉身)해도 조금도 비난받지 않는 것이 중국다운 점이다. 어제까지의 적이더라도 그 적이 자기를 인정해 주면 그 적장을 위해 목숨을 걸고 일하는 것은 당연한 일이며, 조금도 부끄러운 행위가 아니다.

「삼국지」의 부장(部將)들은 포로가 되어도 조금도 주저하지 않고 주인을 바꾸고 있다. 포승을 손수 풀어 주었다든가, 층계를 내려와서 정중히 응대해 주었다든가 하는 일에 감격해서 말이다. 그런 행위가 자기를 알아주는 사람이라고 느끼게 하는 모양이다. 그렇지만 그렇기 때문에 시종일관 유비를 위해 절조를 지키고 우리를 관철한 관우와 장비의 행동이 광채를 발하는 것인지도 모른다. 또 그만큼 관우와 장비를 매혹한 유비라는 인물의 인간적 매력도 특필되어야 할 것이다.

「삼국지」의 삼국 중에서 촉나라를 모두들 어쩐지 모르게 좋아하는 것은 그 비창(悲愴)함에 있다. 유비의 비극적인 죽음, 공명의 비통한 죽음, 그리고 관우와 장비의 비참한 죽음, 그것들이 우리들의 마음을 매혹해 버리는 것이다.

관우와 장비 두 사람은 유비의 대성을 위해 항상 제1선에 서서 분투했다. 문자 그대로 생명을 걸고 유비를 위해 일하고 죽어 갔다. 현대로 말하자면 3명으로 출발한 영세 기업의 창업 이래의 사원이 회사를 일류 상장 기업(上場企業)으로까지 발전시키고, 그동안 항상 영업의 제1선에 서서 일하다가 마침내 순직했다고 할 수 있지 않을까.

여기서 관우와 장비의, 죽음에 이르기까지의 궤적(軌跡)을 더듬어 보자.

가슴 속의 기계(奇計)를 말할 때

후한의 중평(中平) 원년(184) 3월, 유주(幽州), 탁현(涿縣)은 복숭아꽃이 만발하고 있었다.

현공사(懸公舍) 앞에 많은 사람이 모여 있었다. 계시판에 방문이 나붙었으며 사람들이 그것을 보고 있는 것이었다. 유비는 군중들 뒤에서 게시판을 들여다보았다.

유비, 자(字)는 현덕. 가까운 누상촌(樓桑村)에 살고 있었다. 이 해에 24세였다. 키는 7척 5촌, 이상(異相)이었다. 귓불은 어

▲관우의 상(像). 사천성 성도시(成都市)의 무후사에는 유비와 그 문무관의 신주를 모시고 있다.

깨에 닿을 정도이며 양손은 무릎에 닿을 만큼 길었다.

유비는 잠시 방문을 응시하고 있다가 크게 혀를 차고 그 앞을 떠났다.

방문의 내용은 이 해 1월부터 갑자기 세력이 커져서 유주(幽州) 일대를 휩쓸고 다니고 있는 황건적(黃巾賊) 토벌의 병사를 모집하는 것이었다.

유비가 게시판 앞을 떠나려고 하자, 그 어깨를 꽉 잡은 사람이 있었다. 굉장한 힘이어서 어깨가 저릴 정도였다. 유비가 불끈 화를 내며 돌아보니 성긴 수염을 기른 사나이가 히쭉히쭉 웃고 있었다.

"형님, 무엇에 화를 내고 있습니까?"

어깨를 잡은 사나이는 장비였다.

장비, 자는 익덕(翼德). 키는 8척, 표두호안(豹頭虎眼)이라고 기록되어 있으므로 둥근 머리에 날카로운 눈을 하고 있었던 모양이다. 연(燕)나라 출신으로 이 때 17세였다. 성질은 거칠고 난폭하며 술버릇이 나쁜 데다가 힘이 세어서 취하면 난폭하게 굴기 때문에 이웃 사람들로부터 따돌림을 받는 사람이었지만, 유비에게만은 '형님, 형님' 하고 따랐으며 말도 잘 들었다.

"서서 이야기하기도 뭣하니까 저기로 들어갈까."

유비는 가까운 술집을 턱으로 가리켰다.

"너는 이 시대를 어떻게 생각하느냐?"

"어떻게라니, 별로 생각하는 것도 없지만……."

"지금이야말로 풍운을 탈 천재일우(千載一遇)의 기회라고는 생각하지 않느냐. 이런 시골에서 썩고 있는 신분으로부터 탈출할 수 있는 좋은 기회란 말이야."

"그럼, 그 방문에 응하는 것입니까?"

"바보 같은 소리 말어. 일개 병졸이 되어서 뭣을 할 수 있단 말이냐. 내 가슴 속에 숨겨 둔 대망이 있다. 일개 병졸로서는 도저히 성취할 수 있는 일이 아니야."

"뭔가 방책을 가지고 있군요."

"지금 1개 부대의 병력을 가지고 있다면 나라도…… 아니, 가슴 속의 기계(奇計)를 누구에게 말하랴."

유비는 자조(自嘲)하듯이 말하고 술을 들이켰다.

"병사를 모으면 그 기계를 말하겠습니까."

장비는 빙긋이 웃었다. 유비는 놀라서 장비의 얼굴을 보았다. 몸집은 크지만 아직 어른이 다 되지 않은 얼굴이었다. 그런 사나이의 어디에 병사를 모을 힘이 있는 것일까 하고 생각했다.

"내가 손을 들면 50명은 금방 모입니다. 그놈들에게 5명씩 데리고 오게 하면 2백50명, 간단한 일이지요."

장비는 큰 입을 벌리고 웃었다.

"2백50명이라, 좋다. 그것으로 해볼까."

"나도 결코 지금의 상태에 만족하고 있는 것은 아닙니다. 풍운을 타고 한 성의 주인이 되고 싶은 야망은 가지고 있습니다. 그렇지만 어떻게 하면 좋을지 몰랐습니다. 형님, 이 몸을 형님에게 맡기겠습니다. 형님이 계략을 꾸미고 내가 만부부당

(萬夫不當)의 용맹을 떨치기로 합시다.”

장비는 아주 간단한 일인 것처럼 그렇게 말하고 술잔을 비운 후 갑자기 ‘그렇다’ 하고 외쳤다.

“좋은 사나이가 있습니다. 그 사나이를 한 패에 끌어넣읍시다. 당장 불러오겠습니다.”

장비는 질풍처럼 뛰쳐나갔으며 한참 지나자 한 사람의 거한(巨漢)을 데리고 돌아왔다.

“이쪽은 관우(關羽), 나하고는 형제와 같이 지내고 있습니다.”

형제의 인연을 맺다

관우, 자는 운장(雲長), 몸집이 큰 장비보다도 더 크며 키는 9척, 얼굴은 대추를 삶은 것처럼 검붉은 빛을 하고 있었다. 2척이 넘는 근사한 수염을 기르고 있었다.

관우는 치미는 화를 참을 수 없어서 관리를 죽이고 고향인 해(解)를 쫓겨나서 여러 나라를 떠돌아다니다가 반 년 전에 탁현으로 온 사람이었다.

“방금 익덕(翼德)으로부터 이야기는 들었습니다. 나도 최근 2년 동안 본의 아니게 여러 나라를 떠돌아다녔으며, 어떤 때는 적(賊)에게 투신하여 찰나적인 쾌락을 얻을까 하고 생각한 일도 있었습니다. 그렇지만 남자로 태어나서 그래서는 안된다고 오늘날까지 참아 왔습니다만, 지금의 이야기를 듣고 가슴이 후련해지는 것 같습니다. 기꺼이 한 패에 넣어 주시기 바랍니다. 금후는 유비 씨를 주인으로 우러르고 충절을 다할 생각입니다."

"나도 그렇습니다."

두 사람이 말하자 유비는 고개를 저었다.

"주인이라니 당치도 않다. 그것보다도 오늘 여기서 세 사람이 만나 뜻을 같이한다는 것도 인연이니 오늘 이날부터 우리들은 형제로서의 인연을 맺는 것이 어떠냐."

"그것 참 좋은 생각이오. 익덕은 어떠냐?"

"나도 대찬성이다."

24세인 유비가 맏형이 되고, 23세인 관우가 둘째, 장비가 막내가 되어 이에 세 명의 의형제가 탄생되었다.

유비에게 행운이었던 것은 그 무렵 말을 팔기 위해 장세평(張世平), 소쌍(蘇雙)이라는 두 사람의 호상(豪商)이 탁현에 왔다는 것이다. 두 사람은 유비를 보자 이 사나이에게 기대를 걸어 보자고 결심하고 2백 마리의 말과 돈을 기부해 주었다.

세 명은 병사를 이끌고 관군에 참가하여 각지를 옮겨 다니며 전투를 벌였다. 이윽고 황건란은 그 해 11월에 평정되었다.

그렇지만 한나라 왕조에는 이미 힘이 없었으며, 군웅은 각지에 할거해서 전란은 전국으로 퍼졌다.

그 후 16년, 유비는 평원상(平原相), 예주목(豫州牧), 서주목(徐州牧) 등을 지내며 지반을 닦는 한편, 여포에게 패해 조조에게 의지하기도 하고, 나중에는 조조와도 싸워서 지자 원소에게 의지하기도 하는 등 변전무쌍한 나날을 보내고 있었다.

관우와 장비는 그동안 그림자처럼 유비와 함께 있었으며, 그 용명(勇名)은 서서히 알려지게 되었다. 특히 관우는 동탁과의 싸움에서 맹장이라는 말을 듣던 화웅(華雄)을 단칼에 베어서 금방 그 이름을 떨쳤다. 이 때 반(反)동탁군은 조조 이하 10여 개국의 연합군이었는데 화웅의 공격으로 유섭(兪涉), 반봉(潘鳳)이라는 용장이 어이없이 죽자 연합군의 여러 장군은 실색했다. 그 때 관우는 자기가 상대를 하겠다고 자청했다. 조조가 '이것을 마시고 가라'고 뜨거운 술을 냈더니, '돌아와서 마시겠습니다' 하고 대답하고 출격했다. 여러 장군들이 결과가 어떻게 될까 하고 초조해 하고 있는데 큰 환성이 터져 나오더니 관우는 아무 일도 없었다는 듯한 얼굴로 돌아와서 술을 단숨에 들이켰다. 술은 그 때까지도 아직 따뜻했다고 한다.

한편 장비는 용맹한 반면 거칠고 난폭한 성격 때문에 자주 술김에 실수를 저질러서 유비를 걱정시키고 있었다. 서주의 수비를 맡겼을 때는 술을 마시고 부하를 때려, 그 부하의 배반 때문에 여포에게 서주를 뺏기는 잘못도 저질렀었다.

그 여포가 조조에게 살해되어 서주는 조조가 지배하게 되었는데, 그 때 조조에게 몸을 의지하고 있던 유비는, 조조를 속여서 몸을 빼고는 다시 서주를 손에 넣었다.

화가 난 조조는 유대(劉岱), 왕충(王忠)의 두 사람에게 5만 명의 병사를 주어 서주를 치게 했다.

유비는 우선 관우에게 명령해서 맞아 치게 했는데 관우는 왕충을 포로로 잡아 돌아왔다.

"내가 우선 관우에게 출격을 명령한 것은, 장비 같으면 죽여 버릴 것이라고 걱정했기 때문이다."

라고 유비는 말하고 관우를 크게 칭찬했다.

유비는 될 수 있으면 조조와 싸우고 싶지 않았기 때문에, 두 사람의 장군을 죽여 버림으로써 조조의 노여움을 사고 싶지 않았던 것이다.

그 말을 들은 장비는 유대를 생포해 올 테니 출격을 시켜 달라고 원했다. 장비가 공격해 가자 유대는 수비를 단단히 하고 응하지 않았다. 그래서 장비는 한 가지 계책을 생각했다.

그 날 밤에 야습을 한다고 정보를 흘려 놓고 대낮부터 몹시 술을 마신 체하고, 병사의 사소한 죄를 책망하여 몹시 때린 다음에 나무에 묶어 두었다. 그리고 그 다음에 그 병사를 도망치게 했다. 달아난 병사는 유대의 진으로 가서 야습이 있다는 것을 알렸다.

병사의 몸에 난 상처를 보고 그 말을 믿은 유대는 진지를 비워서 장비를 함정에 빠뜨리려고 했다. 유대는 함정에 빠뜨렸다고 생각했지만 반대로 함정에 걸린 것이었다. 장비는 유대의 퇴로를 차단하고 50명쯤의 병사로 공격하게 했다.

대기하고 있던 유대가 야습으로 판단하고 일제히 공격하기 시작하자, 장비는 그 배후에서 나타나 유대를 생포하고 말았다.

장비의 술버릇이 나쁘다는 것과 사소한 죄로 병사를 때린다는 것은 벌써 유명했던 모양이다. 유대가 도망쳐 온 병사의 말을 믿은 것도 장비의 술버릇이 나쁘다는 것이 뇌리에 박혀 있었기 때문이다. 이것을 역수로 쓴 장비의 작전은 그에게 있어서는 특기할 만한 책략이었다고 할 수 있다.

장비는 자기의 결점을 충분히 알고 있었던 모양이다. 그것을 고치려고 노력도 했을 것이다. 내일부터 술을 끊을 것이니 오늘은 마지막 술을 마신다면서 술을 마시고 대실패를 저지르는 일도 있었다. 장비의 비극은, 고치려고 하되 그것을 금방 잊어 버리는 데 있었다.

스카우트의 천재 조조를 뿌리치다

건안 5년(A.D.200), 생포된 두 사람의 부장을 돌려주었는데도 조조는 대군을 이끌고 유비의 서주를 공격했다.

북쪽에 있는 원소에 대비해서 조조가 병사를 움직이지 않을 것이라고 방심하고 있던 유비는, 거의 저항도 하지 못하고 패했으며, 원소를 의지하여 도망쳤다. 장비는 난전 속에서 행방불명이 되었다. 관우는 최후까지 저항했으나 유비의 처자가 붙잡혔다는 말을 듣고, 친구인 장료(張遼)에게 설득되어서 '유비의 행방을 알게 되면 곧 떠난다'는 것을 조건으로 조조에게 항복했다.

조조는 병적일 정도로 용장을 좋아했다고 한다. 관우가 황웅을 베었을 때부터 조조는 관우에게 반하고 있었다. 장료를 시켜 항복을 권한 것도 죽이기가 아까웠기 때문이다. 그리고 관우가 항복한 다음부터는 자기를 섬기게 하려고 했다.

우선 서주로부터 허도(許都)로 돌아가는 도중 역참(驛站)에서 묵을 때마다 유비의 처자와 관우에게 한 방밖에 주지 않았다. 관우가 같은 방에 자면 불의(不義)의 소문을 퍼뜨려서 유비에게 돌아가기 거북하게 하자고 생각했던 것이다. 그렇지만 관우는 밤새도록 방 밖에 서서 망을 보고 있었다고 한다.

허도에 도착한 다음부터는 미녀를 10명이나 관우에게 붙여서 미인계로 사로잡으려고 했으나 관우는 여자들을 모두 유비의 처자를 돌볼 시녀로 보내고 말았다.

계획이 실패한 조조는 장료에게 명령해서 관우의 의중을 떠보게 했다. 전에 여포를 섬기고 있었던 장료는 그 때부터 관우와 친했던 것이다.

"우리 주인은 귀하에게 홀딱 반해서 어떻게든지 해서 여기에 머물러 있어 주기를 바라고 있습니다. 귀하는 그래도 언젠가는 여기를 떠날 작정입니까."

장료는 관우를 찾아 가서 물었다.

"귀하의 호의는 마음에 깊이 사무치고 있습니다. 그렇지만 나는 유비와 생사를 함께 하기로 서로 맹세한 사이이며, 이 신의는 배반할 수가 없습니다. 유비의 행방을 알면 떠난다는 것을 조건으로 한 것도 그 때문이니 아무쪼록 양해해 주십시오."

관우의 대답을 장료로부터 들은 조조는,

"이 사람이야말로 천하의 의사(義士)다."

하고 장탄식했다.

"관우는 의리가 굳은 사나이이므로 군주님을 위해 뭔가 전공(戰攻)을 세워 은혜를 갚고 난 후 떠날 것입니다."

장료가 그 후 조조에게 전한 말이었다.

그 말을 들은 참모 순욱이 말했다.

"그렇다면 전공을 세우지 못하게 하면 됩니다."

"과연 그렇구나."

하고 조조도 그렇게 할 생각이었으나, 그렇게 하고 있을 수 없는 사태가 발생했다.

그 때 마침 원소가 대군을 이끌고 남하해 온 것이다.

조조도 15만의 병력을 이끌고 백마(白馬)에서 대전했다. 원소의 선봉은 안량(顔良)이었으며 원소에게는 과분한 장수라고 칭송되던 맹장이었다.

조조의 진에서 우선 송헌(宋憲)이 나갔으나 일격으로 전사했으며, 뒤이어 나간 위속(魏續)도 역시 단칼에 두동강이가 되었다. 초조한 조조가 '누가 없느냐' 하고 말하자 서황(徐晃)이 나갔으나, 20합쯤 싸우다가 도망쳐 돌아왔다. 휘하에서 최강을 자랑하던 서황까지 졌기 때문에 조조는 생각에 잠기고 말았다. 안량을 베지 않으면 원소에게 지고 만다.

"안량을 벨 수 있는 사람을 알고 있습니다."

정욱(程昱)의 말에 조조가 누구냐고 묻자, 관우라고 대답했다.

공로를 세우면 떠나 버린다고는 생각했지만, 당면한 문제가 더 시급했다. 급히 관우를 불렀다.

관우가 원소의 부대로 단독으로 뛰어 들어가자 병사들은 놀라서 좌우로 갈라졌다. 관우는 똑바로 안량 앞으로 갔으며, 안량이 자세를 취할 틈도 주지 않고 언월도(偃月刀)를 한 번 번쩍였다. 안량은 견디다 못해 말에서 떨어졌다. 관우는 말에서 내려 안량의 목을 베고, 안장에 묶어 매어 곧 말머리를 돌렸다. 원소의 군대는 멍청하게 바라볼 뿐이었으며, 관우는 무인(無人)의 들판을 가듯이 원소군 속을 달려 나왔다.

관우가 조조 앞에 안량의 목을 내밀자,

"관공이야말로 천하 무쌍(天下無雙)이다."

하고 조조가 말했다.

"나는 이 정도지만 동생인 장비라면 1백만의 적중에서 목을 베는 것도 자루 속의 칼을 빼는 것과 마찬가지입니다."

관우의 대답에 조조는 놀라면서 '앞으로 장비를 만나는 일이 있으면 조심해라' 하고 좌우의 부장에 말했다고 한다.

일갈(一喝)하여 대군을 달아나게 하다

원소 밑을 떠난 유비, 조조에 대한 의리를 다한 관우, 산적질을 하면서 두 사람을 찾고 있던 장비 등 세 명은 재회했으며, 이전부터 유비를 따르고 있던 조운(趙雲)까지 합류, 여남(汝南)으로 갔다. 그곳에서 병사를 모아 조조에게 싸움을 걸었으나 또 지고 형주로 도망쳤다.

형주의 유표에게 의지한 유비는 신야(新野)의 성을 얻었으며, 공명을 참모로서 맞을 수가 있었다.

유비는 패잔유랑(敗殘流浪)을 되풀이하면서도 그 이름이 더욱 칭송된다고 하는 이상한 인격을 가지고 있었으며, 부하에는 관우, 장비, 조운이라는 일기당천의 무장을 가지고 있으면서도 좋은 참모를 만나지 못했었다. 거기에 당대 제일의 지모라는 말을 들었던 공명을 얻은 것이었다. '물고기가 물을 얻은 것과 마찬가지다'라고 말하면서 유비는 기뻐했다.

건안 13년(A.D.208) 9월에 조조는 남하해서 신양성을 공격했다. 지탱할 수 없다고 판단한 유비는 일단 강릉(江陵)으로 달아나려고 했으나, 영민(領民)들이 따라오기 때문에 하루에 몇십 리도 전진할 수가 없었다. 그러는 동안에 장판(長阪)에서 추격당해 뿔뿔이 흩어지고 말았다.

관우는 먼저 강릉으로 배를 준비하러 가서 그 자리에는 없었다. 공명은 강하(江夏)로 원군을 요청하러 갔으며, 조운은 유비의 부인을 지키고 있었다. 장비가 혼자 용전분투해서 유비를 지켜 동쪽으로 달아나게 하고, 자기는 장판교라는 다리 위에서 적을 기다렸다. 좌우 숲속에 20명 정도의 부하를 잠복시킨 후 흙먼지를 일게 하여 복병이 있는 것처럼 꾸몄다.

이윽고 난전 속에서 잃어버린 유비의 아들을 구출한 조운이 숨이 가쁜 채로 돌아왔다.

조운은 비틀비틀 다리를 건넜다. 장비는 창을 겨누고 다리 위에 장승처럼 우뚝 섰다.

조운을 쫓아온 조조의 군대는 다리 서쪽에서 멈추어 섰다. 호랑이 수염을 곤두세우고 둥근 눈을 크게 뜨고 있는 장비의 형상에 겁을 먹기도 했고, 뒤의 숲에서 일어나는 흙먼지가 공명의 책략이라고 생각했던 것이다.

이윽고 보고를 받은 조조가 달려왔다. 그것을 본 장비가 소리를 질렀다.

"나는 연나라 사람 장비다. 누가 승부를 겨루겠느냐."

그 목소리가 울려 퍼지자 조조군은 엉겁결에 도망치려고 했다. 안량을 관우가 베고서 '장비라면 자루 속에 칼을 집듯이 한다'고 했던 말을 기억하고 있었던 것이다.

장비는 또 한 번 호통쳤다. 엉겁결에 조조는 떨었다. 그 기분이 말에 전해진 모양이었다. 말이 뒤로 물러나고 다른 말들도 술렁거렸다.

그 기미를 본 장비는 창을 겨누고 또 한 번 호통쳤다.

"싸우느냐 도망치느냐를 정하라."

그 목소리에 조조 옆에 있던 하후걸(夏候傑)이 몹시 놀라 말에서 굴러 떨어졌다. 조조도 부들부들 떨려서 참다 못해 말머리를 돌리고 채찍질을 했다. 그와 동시에 부장들도 일제히 달아나기 시작했다. 장비의 일갈(一喝)이 일군을 패주시켰던 것이다.

여몽(呂蒙)의 함정

그 후 조조는 적벽에서 오나라와 싸워 대패했으며, 유비는 형주를 수중에 넣고 익주(益州:뒷날의 촉)를 바라보는 발판을 만들었다.

건안 16년(A.D.211)에 유비는 익주로 들어갔으며, '삼국지'라는 명칭의 유래인 위, 오, 촉의 삼국이 정립하게 되었다.

건안 24년(A.D.219)에 유비가 촉으로 들어간 다음 쭉 형주를 지키고 있던 관우는, 유비의 명령에 의해서 위나라로 진격을 개시했다. 앞을 가로막는 것은 양양(襄陽)과 번성(樊城)을 지키는 조인(曹仁)이었다.

관우는 출진할 때 형주에 절반의 병력을 남겨서 오나라에 대한 수비를 충당했다. 당시 오나라가 명장인 여몽(呂蒙)을 국경인 육구(陸口)에 두고 형주를 노리고 있었기 때문이다.

양양으로 쳐들어간 관우는 이것을 점령하고, 달아나는 조인을 좇아 번성을 포위했다. 조인은 허도로 사자를 보내서 원군을 부탁했다.

조조는 우금(于禁)에게 강용(剛勇)한 방덕(龐德)을 딸려 보냈다. 이끄는 군사는 7군(軍) 8만 7천 명이었다.

양군이 대치한 채 며칠을 보내던 중 관우는 때마침 내리는 비를 이용하여 상류의 물을 막고 뗏목과 배를 준비해 두고 어느 날 밤에 단숨에 둑을 터뜨렸다.

탁류는 단숨에 우금의 진지를 삼켰으며, 빠져 죽는 사람이 부지기수였다. 우금, 방덕 등은 약간의 부하와 함께 고지대로 달아났으나, 날이 새는 것과 함께 관우군이 배로 둘러싸고 활을 쏘아 댔기 때문에 우금은 항복하고 말았고 방덕은 혼자서 분전했으나 마침내 붙잡히고 말았다.

방덕은 서량(西凉) 출신이며 이 때 유비를 섬기고 있던 마초(馬超)의 종제(從弟)가 되었다. 두 사람은 서량군을 이끌고 조조와 싸워, 한 때는 조조도 '이것이 마지막이로구나' 하고 생각했을 정도로 선전했으나, 마지막에는 져서 한중(漢中)으로 달아났으며, 그 후 조조가 한중을 정복했을 때 조조에게 항복했던 것이다.

관우는 방덕의 무용을 아까워하여 항복하도록 권했으나, 방덕이 듣지 않았기 때문에 목을 베고 말았다.

우금의 패보(敗報)가 전해지자 조조는 관우의 기세를 무서워하여 천도하려고까지 생각했다. 번성이 함락되면 허도 까지는 이미 가로막는 것이 없는 외길이기 때문이었다.

이 때 사마의(司馬懿)가 오나라가 형주를 공격하도록 원군을 청하는 사자를 보내자고 진언했다.

사마의, 자는 중달(仲達)이며 나중에 공명의 호적수가 된 사나이다.

조조는 당장 오나라의 손권에게 사자를 파견했다. 형주를 공격해 주면 현재 관우가 지배하고 있는 곳은 모두 오나라 영토로 해도 좋다는 조건이었다.

손권은 기꺼이 승낙했다.

손권은 한때 관우의 기세를 무서워하여 관우의 딸을 자기 며느리로 맞으려고 한 일이 있었다. 그러나 관우는 '손권 따위의 아들에게 딸을 줄 수 없다'고 거절해 버렸다. 이 때의 거절

방법이 무례했기 때문에 손권은 관우에 대해서 깊은 증오감을 품고 있었다. 그 관우를 칠 수가 있는데다가 염원이었던 형주가 손에 들어오는 것이다. 기꺼이 승낙한 것은 당연한 일이었다.

다만 관우가 오나라에 대비해서 군대를 남겨 놓고 있으니 이것을 어떻게 하느냐가 문제였다.

손권은 여몽을 불러서 의논했다. 여몽은 자기는 병이라고 하고 사령관에서 면직시킨 후 후임에 육손(陸遜)을 명해 달라고 말했다.

관우는 거만한 사나이기 때문에 육손으로 바뀌었다고 알면 깔보고 군대를 번성 공격으로 돌릴 것이라고 말했다.

육손, 자는 백언(伯言). 후일 오나라의 정승이 된다. 이때 36세, 대외적으로는 무명이었지만, 오나라 국내에서는 영재(英才)라는 칭찬을 받는 사나이였다.

육손은 육구(陸口)에 도착하자 관우에게 선물을 보내고,

"애송이이므로 잘 부탁합니다."

하고 겸비(謙卑)한 인사장을 보냈다.

관우는 여몽이 없어졌다는 것을 알자 여몽의 추측대로 군대를 번성 공격을 위해 옮겼다.

자존심이 초래한 죽음

여몽이 관우를 평해 성격이 '거만'하다고 한 것은 한편으로는 자존심이 강하다는 것이기도 하며, 관우의 유일한 결함이라고도 할 수 있었다. 관우는 자기 이상의 인간은 없다고 생각하고 있었다. 손권이 가지고 온 혼담을 냉담하게 거절한 것도 그 예가 된다.

마초가 유비의 막하로 들어왔을 때, 관우는 마초란 어떤 사나이냐고 공명에게 물었다.

이에 공명은 '마초는 일대의 영걸(英傑)이며 익덕과 필적하지만, 수염님에게는 감히 미치지 못할 것이다.'라고 대답했다.

수염님이란 아름다운 수염을 기르고 있던 관우를 말하는 것이었다. 공명은 관우의 성격을 잘 알고 있었기 때문에 그 자존심을 건드리지 않는 대답을 했던 것이다.

또 관우가 전장군(前將軍)에 임명되었을 때, 그 사자로 온 비시(費詩)에게 후장군에는 누가 되었느냐고 묻고, 황충(黃忠)이 되었다고 하자. '노병(老兵)과 동열(同列)이라니' 하며 화를 내고 승진을 받지 않았다.

"옛날에 한나라의 고조(高祖)는 고락을 함께 한 소하(蕭何)나 조삼(曹參) 위에 항복해 온 한신(韓信)을 두었습니다. 지금 한때의 공로를 중요시하여 황충을 승진시킨 것도 그와 마찬가지며, 당신과 동일하게 본 것은 아닙니다. 장군과 한왕(유비)

은 일심동체며, 자리의 상하에는 관계가 없지 않습니까."

비시가 그렇게 말하고 승락하도록 설득하자 관우는 자기의 잘못을 깨달았다고 한다.

관우의 자존심이 강하다는 것을 말해 주는 에피소드지만, 이것을 뒤집으면 상대를 깔본다는 것이며 그것이 관우가 실패하는 원인이 되었다.

관우가 군대를 이동시키자 여몽은 즉각 심양강(潯陽江)을 건너서 남군(南郡), 공안(公安)을 점령하고 순식간에 형주의 태반을 제압했다.

관우는 오군이 공격해 왔을 때를 위해 봉화대를 마련하고 있었지만, 여몽은 재빨리 봉화대를 점령하여 신호를 보내지 못하게 했다. 그래서 번성을 포위하고 있던 관우는 적인 위군이 가르쳐 줄 때까지 그 사실을 모르고 있었다고 할 형편이었다.

더욱 불리했던 것은 남군, 공안을 지키고 있던 부사인(傅士仁)과 미방(靡芳)이 번성 공격의 선봉이 될 예정이었지만, 출진 전야의 실화(失火)로 귀환 후, 처벌을 정한다고 언도되고 있었다는 점이었다.

어쩌면 사형될지도 모른다고 생각한 두 사람은 일전도 하지 않고 오군에 항복했던 것이다.

관우군은 완전히 고립되고 말았다. 거기에 조조가 군대를 이끌고 도착하여 성병(城兵)과 호응해서 단숨에 공격하기 시작하자, 전의를 상실하고 있던 관우군은 완전히 패배하고 말았다.

패한 관우는 익주로 가려고 했지만 오군에게 저지되어 하는 수 없이 맥성으로 들어갔다. 따르는 병사는 수백 명에 지나지 않았다.

맥성의 성벽에 서서 주위를 포위하고 있던 오군을 보았을 때의 관우의 심중은 어떠했을까. 생사를 함께 하자고 맹세한 유비는 아득히 멀리 있었으며, 전에는 안중에도 없었던 오군이 지금 자기 생사의 열쇠를 쥐고 있다. 관우로서는 참기 어려운 일이었을 것이다.

12월에 관우는 10여 기를 이끌고 성을 탈출했으나 마침내 유비가 기다리는 익주에 당도하지도 못한 채 붙잡혀 살해되었다. 58세였다.

손권은 관우의 목을 조조에게 보냈다. 조조가 그 목을 보니 마치 살아 있는 것 같았으며, 조조를 보고 히쭉 웃었다고 한다.

그 이래로 조조는 관우의 영혼에 괴롭힘을 당해 이듬해 1월에 죽었다. 60세였다.

또 여몽은 개선 축하 석상에서 '나는 관우다' 하고 외치고 전신에서 피를 흘리면서 죽었다고 한다.

이 해에 형주에는 역병(疫病)이 유행했다.

이런 것들은 모두 앙화(殃禍)라고 생각되었다. 중국에서 관우의 신주를 모시는 관제묘(關帝廟)가 많은 것은 모두 이런 이유 때문이다. 즉 앙화가 센 것은 수호하는 힘도 강하다고 생각되어, 중국 민중은 관우를 제사지냄으로써 앙화를 피하는 동시에 수호를 바랐을 것이다.

부하를 학대한 것이 화를 부른다

관우가 죽었다는 소식이 전해지자 유비는 졸도했으며, 3일 동안은 물도 마시지 않고 슬퍼했다.

유비는 그 후 촉한의 제위(帝位)에 올랐으며, 관우의 원수를 갚기 위해 동정령(東征令)을 내렸다.

공명과 조운 등이, 직접적인 적은 위나라이며 사정(私情)에 사로잡혀서 오나라를 치는 것은 좋지 않다고 간했으나, 유비는 듣지 않았다. 유비에게 있어서 관우는 골육과 같았다. 그 원수를 갚는 것은 무엇보다도 우선할 일이었다. 그것 이외의 일은 생각할 수 없을 만큼 손권이 밉다는 기분에 집착하고 이었던 것이다. 이비선악(理非善惡)의 판단은 다른 것이었다. 한 나라의 지배자로서는 실격이었지만, 그만큼 정의(情誼)를 존중했다는 것이 유비의 가장 큰 매력이기도 했던 것이다.

한편 관우가 죽었다는 소식을 들은 다음부터의 장비는, 아침부터 술에 취해 있었으며, 관우를 생각하면서 울고 부하의 대수롭지 않은 실수를 책망해서는 채찍으로 치기도 하고, 혹은 죽이기도 하면서 날을 보내고 있는 형편이었으나, 유비로부터 동정령이 내리고 선봉을 명령받자 덩실거리면서 기뻐했다.

"너는 부하를 너무 많이 사형에 처하고 있다. 또 매일처럼 병사를 채찍으로 치고, 더구나 그 병사를 좌우에 두고 있다. 이것은 화를 초래하게 될 것이므로 특히 조심하라."

이 때 유비가 장비에게 준 충고이지만, 장비에게는 그 충고가 마음에 깊이 들어오지 않았다. 자기의 강함을 믿고 있었던 장비는 병사 따위가 몇 사람이 덤벼들어도 살해당할 리가 없다고 생각하고 있었던 것이다.

장비는 즉각 출진 준비를 명령하는 동시에 범강(范彊) 장달(張達)의 두 사람에게 전군이 흰 깃발과 흰 옷을 3일 이내에 갖추도록 명령했다.

두 사람은 3일 이내에는 도저히 준비할 수 없으므로 적어도 10일의 여유를 주기 바란다고 말했다. 장비는 화를 냈다. 대장의 명령을 듣지 않는다고 호통친 후 두 사람을 나무에 묶고 채찍으로 치게 했다.

두 사람이 비명을 지르며 분부대로 따르겠다고 되뇌며 울었기 때문에, 장비는 두 사람을 풀어 주었다. 두 사람은 아픈 몸을 어루만지면서 숙사로 돌아갔으나, 고통스런 나머지 약속한 대로 실행할 수 있을 리가 없었다. 만약 준비하지 못하면 이번에는 살해될 것이 확실했다.

"어차피 살해될 바에는 거꾸로 죽여 버리자. 실패하더라도 본전치기다."

두 사람은 그렇게 의논하고 그 날 밤 술에 취해서 곤드레만드레가 되어 자고 있는 장비의 숙소로 몰래 들어가서 찔러 죽이고, 그 목을 베어서 오나라로 달아났다.

장비는 이 때 55세, 아직도 일할 수 있는 나이였다. 스스로의 술버릇이 초래한 일이라고 하지만, 너무나도 비참하게 죽고 말았다.

타협 없는 생활 태도

유비, 관우, 장비의 3명이 탁현에서 만나 의형제의 인연을 맺고 전란의 세상에 나선 것은, 중국 역사에 삼국 시대라는 하나의 발자취를 남기게 되었다. 태평스러운 세상이었더라면 3명은 방탕무뢰(放蕩無頼)한 인생을 보내고 생을 마쳤을 것이다. 후한 말이라는 난세가 3명을 세상에 내보내는 토양(土壤)이 된 것이다. 그리고 한 성의 주인이 되겠다는 소망을 훨씬 넘은 지위까지 안겨 주었다. 그야말로 풍운을 탄 결과다.

그렇지만 세 가지 형태의 힘을 가진 3명의 힘이 융합되지 않았더라면 이런 결과는 얻을 수 없었을 것이다. 유비 혼자서도, 관우나 장비 혼자서도 어느 정도의 성공을 얻을 수 있었다 하더라도, 촉이라는 나라를 일으킬 수는 없었을 것이 틀림없다. 유비라는 만인에게 경모를 받는 매력을 가진 사나이가 있었기 때문에 관우와 장비의 용맹이 더욱 빛났다고 할 수 있다.

그렇지만 이합집산이 심하고 오늘의 벗을 내일의 적으로 삼아도 조금도 이상할 것이 없었던 시대에, 이 3명이 일관한 의리의 세계는 훌륭하다. 의형제의 인연을 맺으면서도 관우와 장비는 유비에 대해서 신하의 예를 취하고 그것을 끝까지 지켜나갔다. 그것이 조금도 부자연스럽지 않은 점이 이들 3명의 결합이 얼마나 강한가를 더욱 느끼게 하는 것이다.

관우와 장비의 두 사람 다 각자의 인생을 타협하는 일 없이 살았으며, 타협하지 않았기 때문에 뜻밖의 죽음을 맞았다. 현대에서는 도저히 생각할 수 없는 생활 태도다. 또 한편으로 현대의 우리들에게 타협하지 말라는 한 가지 교훈을 가르쳐 주고 있는지도 모른다.

국가의 흥망을 결정한 2세들의 우열

조비(曹丕)와 유선(劉禪). 위나라와 촉나라로 나라는 다르지만, 함께 2세들이다. 그러나 두 사람이 걸은 길은 그 삶이 주어졌을 때부터 대칭형(對稱形)을 그리기 시작했다. 조비는 오랜 불우 생활을 보냈지만 제위(帝位)에 오르자 치정(治政)의 재능을 발휘했으며, 재위(在位) 불과 6년, 40세로 죽었지만 '명군(名君)'이라고 일컬어졌다. 한편 유선은 40년이라는 오랜 동안 제위에 있었으나 마침내 촉나라를 멸망으로 몰아넣어 '우군(愚君)'이라고 불렸다. 이들 후계자 두 사람의 운명을 갈라놓은 것은…….

사랑받는 왕자와 사랑받지 못한 왕자

건안(建安) 8년(A.D.203), 관도의 싸움에서 승리한 조조는 잔적 소탕(殘敵掃蕩)의 군을 일으키고 원수인 원소(袁紹)의 유아(遺兒)들을 쫓아 기주성(冀州城)으로 쳐들어갔다. 아버지를 따라 군중에 있었던 장남인 조비(曹丕)는 젊은 무사답게 늠름한 모습으로 원소의 숙소로 돌입했다. 그는 여성들이 사는 안채 문 앞에서 말을 내려 장검을 힘차게 빼어들고 문 안으로 들어가려고 했다.

"안 됩니다. 정승님의 명령으로 여자들이 사는 이 곳에 남자는 들어갈 수가 없습니다."

하고 필사적으로 말리려고 하는 측근의 손을 조비는 거칠게 뿌리쳤다.

"비켜라, 정승님의 장남인 나는 다르단 말이야."

어거지로 집 안으로 들어간 조비가 거기서 본 것은 이 세상 사람이라고는 생각할 수 없는 아름답고 고상한 여성이었다. 원소의 차남 원희(袁熙)의 아내 진복이었다. 아직 홍안의 미소년인 조비에게는 이 젊은 유부녀가 마치 선녀처럼 눈부시게 보였다. 그가 군율(軍律)을 범하면서까지 어거지로 여인들이 있는 집으로 들어온 것은, 전부터 기주에 진복이라는 절세의 미인이 있다는 말을 듣고 있었기 때문이다.

이튿날 입성한 조조는 군기를 어지럽힌 것이 자기 아들이라는 말을 듣고 깜짝 놀랐다. 아직 아이이고 불쌍하기는 했지만 군율은 엄정하지 않으면 안 되었다. 조조는 자기 아들을 끌어내서 법에 따라서 처분하려고 했다. 그 때 측근의 무장들이 잘 수습했기 때문에 1등급의 죄를 감해서 조비는 간신히 사죄(死罪)로부터 면했다.

그로부터 5년 후엔 건안 13년(A.D.208)에 조조는 서주(徐州)의 영주 유표(劉表)를 치기 위해 남정군(南征軍)을 일으켰다. 그 무렵 유표의 식객으로서 침략군의 요격을 맡고 있던 것이 유비였다. 그는 제갈량, 관우, 장비, 조운 등 휘하의 여러 장수를 이끌고 장강 북안의 장판(長阪)에서 조조군과 싸웠는데, 전투는 조조군의 대승으로 끝나고 유비군은 궤멸 상태가 되었다.

난전이 한창일 때 유비는 처자와 뿔뿔이 흩어지고 목숨만 겨우 부지한 채 도망쳤었다. 이 때 후위(後衛)를 맡은 조운은 맹렬한 기세로 분투했다.

그는 감부인(甘夫人)을 도와 갓 태어난 아기 아두(阿斗)를 품에 안고, 적의 엄중한 포위를 돌파하여 숨이 막 끊어질 듯이 유비의 본진으로 뛰어들었다. 피로 새빨갛게 물든 갑옷을 벗고 아두를 유비에게 내밀었다.

"나리, 도련님은 무사하십니다."

유비는 기쁜 나머지 엉겁결에 눈물이 나려고 하는 것을 꾹 참았다. 그리고 갑자기 엄한 표정이 되더니

"이 바보 같은 놈아, 너 때문에 아비는 하마터면 둘도 없는 대장을 한 사람 잃을 뻔했단 말이야."

그렇게 말하면서 유비는 갓난아기를 땅바닥에 내던졌다.

이것은 소설 「삼국지연의」에 보이는 명장면의 하나다. 두말할 것도 없이 끝 부분은 픽션이다. 이렇게 씀으로써 작가인 나관중(羅貫中)은 유비가 자기 자식보다도 부하의 목숨을 더 걱정하는 인군(仁君)이었다고 설명하고 싶었던 것이다.

그와 동시에 픽션이기는 하지만 이 이야기는 아두, 자라서 촉한의 2대째 황제가 되는 유선(劉禪)이 아버지의 애정과 신하의 도움이라는 좋은 운수를 타고났다는 것을 암시하고 있다.

여하튼 후년 위나라 문제(文帝)가 되는 조비와 유선이라는 후계자들의 차이를, 이 두 가지 에피소드는 상징하고 있다고 할 수 있을 것이다.

조조의 아들 3형제

'영웅은 색을 좋아한다'는 말이 있지만 삼국 제1의 영웅 조조는 많은 여성을 사랑했다. 당시의 귀인은 일부다처(一夫多妻)가 보통이었기 때문에, 조조는 공공연히 애인들을 처첩(妻

妾)으로 맞았다.

그에게는 25명의 아들이 있었다. 이 25명의 2세들 중에서 조조가 장래에 자기 후계자로 삼고 싶다고 생각한 아들이 3명 있었다. 변부인(卞夫人)을 어머니로 둔 조비, 조식(曹植)과, 환부인(環夫人)을 어머니로 둔 조충(曹沖)이었다.

하긴 본시 조조가 후계 넘버원으로 지목하고 있었던 것은 조충이었다. 조충의 자는 창서(蒼舒)로 어릴 때부터 신동으로 이름이 높았다. 그가 보기 드물게 영리하다는 것을 보여주는 유명한 에피소드가 있다.

오나라의 손권이 남국의 코끼리를 조조에게 헌상했다. 처음으로 본 거대한 동물에 위나라의 여러 신하들은 깜짝 놀랐으며, 도대체 무게가 얼마쯤 될까 하고 수군거렸다. 몸무게를 알고 싶어도 그런 큰 코끼리를 어떻게 해서 저울에 달면 좋을지 짐작도 가지 않았다.

모두들 고개를 갸우뚱하고 있자 아직 어린 조충이 이렇게 말했다.

"그건 쉬운 일이지. 코끼리를 큰 배에 태우고 선복(船腹)이 가라앉은 곳에 표를 해둔단 말이야. 나중에 그 표가 있는 선까지 돌을 실어 보고 그 돌을 달아서 합계하면 코끼리의 무게를 알 수 있단 말이야."

조조는 과연 그렇구나 하고 고개를 끄덕이고, 아들이 말한 방법으로 코끼리의 무게를 측정했다고 한다.

조충은 수재에게 있기 쉬운 차가운 마음의 소유자가 아닌, 선천적으로 동정심이 많은 젊은이였기 때문에 부하들의 평판도 좋았다. 더구나 무예에도 뛰어난 대장부였기 때문에 조조도 특별히 귀여워했다.

조조는 자주 신하들 앞에서, 조충은 후계자의 재목감이라고 거리낌없이 공언했을 정도였다.

나중에 제위(帝位)에 오른 조비도,

"만약 조충이 살아 있다면 짐(朕)은 제위에 오르지 못했을 것이다."

라고 술회했다.

그렇지만 재자단명(才子短命)이라는 말대로 조충은 건안 13년에 13세의 어린 나이로 병사했다.

조충이 죽은 다음 후계자 싸움은 조비와 조식의 2명으로 좁혀졌다.

조식은 조비의 친동생이다. 이 왕자도 수재(秀才)란 칭찬을 듣고 있었다.(생존 기간이 길기 때문에 오히려 조식 쪽이 조충보다도 수재로서 알려져 있다.) 그중에서도 문재(文才)에 있어서는 건안 문단(建安文壇) 제1이었으며, 일찍이 제갈량으로 하여금,

"천하의 문재를 한 말(斗)이라고 한다면 조식의 문재는 8되(升)를 차지한다."

고까지 말하게 했을 정도였다.

동작대(銅雀台)라는 크고 호화로운 별저(別邸)가 낙성되었을 때의 일이었다. 조조는 왕자와 왕녀 수십 명을 대(台) 위에 있게 하고 즉석에서 동작대를 기리는 시를 짓게 했다. 자녀들이 모두 좋은 생각이 떠오르지 않아 애를 먹고 있는 동안에, 오직 한 사람 조식은 붓을 들자 마자 단숨에 써버렸다. 그것이 또 훌륭한 솜씨여서 전문가인 문인이라도 좀처럼 쓸 수 없는 것 같은 명문이었기 때문에 조조는 혀를 내두르고 말았다.

문학을 좋아하는 조조는 조식의 이 탁월한 문재를 매우 사랑했으며, 조충이 죽은 다음에는 한때 후계자로서 조식을 생각했다. 그리고 이것이 조비와 조식 형제를 골육상잔(骨肉相殘)의 싸움에 돌입시키게 만들었던 것이다.

불여의한 조비의 어린 시절

조비의 자는 자환(子桓)으로 중평(中平) 4년(A.D.187)에 조조의 둘째 아들로서 태어났다. 조조는 변부인(卞夫人)과의 사이에 조비와 조창(曹彰), 조식 등 3명의 아들을 낳았었다. 조비 위에 조앙(曹昻)이라는 배다른 장남이 있었으나, 이 아이는 일찍 전사했기 때문에 실질적으로는 조비가 조조의 25명이나 되는 왕자 중의 장자로 되어 있었다.

장유(長幼)의 서열이 까다로운 당시의 중국으로서는 적출(嫡出)의 장자라는 지위에서 절대적인 무게가 있었다. 웬만한 일이 없는 한 다음 대의 당주(當主)는 장자가 되게 되어 있었다.

따라서 실질적인 장남인 조비도 당연히 태어나면서부터 후계자로서 대우받아야만 했었다. 그렇지만 앞에서 말한 바와 같이 20세 때까지의 조비를 주위 사람들은 다음 대의 후계자로 보지 않았으며 조비 자신도 콤플렉스와 스트레스로 가득 찬 나날을 지내지 않을 수가 있었다. 조충이라는 굉장히 뛰어난 배다른 동생이 있었기 때문이다. 그리고 사실 아버지인 조조도 조충을 다음 대의 주인으로 만들 작정으로 있었다. 조비로서도 순서로 말하자면 자기가 후계자라는 것을 알고 있었지만, 결정권을 쥐고 있는 아버지가 조충에게 분명히 점을 찍고 있는 이상 어떻게 할 수가 없었던 것이다.

조비가 22세 때에 조충이 죽었기 때문에 정세는 호전되었다. 그러나 아직 결정적으로 조비에게 유리한 단계는 아니었다. 이번에야말로 장남인 조비가 우승 후보자일 터인데도 아버지인 조조는 태도를 분명히 하지 않고, 오히려 후계자에는 친동생인 조식을 앉히고 싶다고 생각하고 있는 모양이었다. 조충이 살아 있을 때는 단념하고 있었던 조비도 일이 이렇게 되면 후계자 경쟁에 진지하게 덤벼들지 않을 수가 없었다.

장남인 조비에게 가담하느냐 3남인 조식에게 편드느냐 하는 것은 위나라의 문무 고관에게 있어서 일문의 존속에 관한 큰 일이었다. 그리고 어느 쪽이냐 하면 문학적인 천재였던 조식 쪽에는 정의(丁儀) 형제, 양수(楊修), 왕릉(王凌) 같은 문인파 고관이 많았으며, 한편 사마의(司馬懿) 형제, 하후돈(夏候惇) 같은 무관과 최념(崔琰), 모개 같은 대대로 조조를 섬겨온 중신들은 정통성을 존중하고 장남인 조비를 옹립하는 쪽에 서 있었다.

양파 모두 자기가 미는 왕자가 후계자로서는 가장 적합하다고 주장하고, 각기 조조에게 선전하기 위해 권모술수를 최대한으로 발휘하고 있었다. 이렇게 해서 조비, 조식 형제를 둘러싼 골육상잔의 치열한 싸움은 위나라 왕실을 내부로부터 뒤집는 불씨가 될지도 모르는 형편으로 되어 갔다.

과연 조조는 냉엄한 판단력을 가지고 있었다. 끝까지 고민한 끝에 자신의 감정을 누르고 정통성을 채택했다. 건안 22년에 그는 정식으로 장남을 태자로 세웠다. 그 때 조비는 31세였다.

건안 25년에 일대의 효웅(梟雄) 조조는 낙양에서 편하게 죽음을 맞이했다. 그 존재가 너무나도 강대한 것이었기 때문에 그 죽음은 당연히 천하에 큰 쇼크를 주었다.

조가의 형제들은 아무도 아버지의 임종에는 입회하지 못했다. 태자인 조비는 업(鄴)에 있었다. 왠지 조조는 자기가 위독하다는 것을 깨달았을 때, 태자인 조비가 아니라 무용에 뛰어난 차남인 조창(曹彰)을 장안에서 불러들였다. 따라서 낙양에는 조창 쪽이 먼저 도착했다. 조창은 낙양에 도착하자마자 왕위의 증표인 옥새(玉璽)를 찾아다녔으나, 조비파의 중신 가규가 그것을 넘겨 주는 것을 거절했다. 조조로부터 뭔가 분부를 받았는지 가규는 즉각 관(棺)을 받들고 태자가 있는 업으로 향했다.

한편 조비 쪽은 아버지가 사망했다는 소식에 허탈 상태에 빠져 남의 눈도 꺼리지 않고 쓰러져 울고 있었다. 보다 못해 시종장(侍從長)인 사마부(司馬孚:사마중달의 친동생)가 직언을 했다.

"왕이 돌아가신 지금 천하의 이목은 태자 전하 한 분에게 모여 있습니다. 집의 큰일을 위해서 또 국민을 위해서도 전하께서는 분기(奮起)하시지 않으면 안 됩니다. 울고 계실 경우가 아니란 말입니다."

이리하여 조비는 중신들의 재빠른 활동의 도움을 빌어서 아버지의 자리를 이어받아 위왕이 되었다. 그렇지만 곧 본래의 냉정함을 도로 찾아 새 리더로서, 돌아가신 아버지에도 뒤떨어지지 않을 정도의 강대한 힘과 지위를 확보했다.

장례식이 끝난 3개월 후에 조비는 선양(禪讓)의 형식으로 로봇화되고 있던 한나라 헌제(獻帝)로부터 제위를 물려받았다.

이렇게 해서 172년간 계속된 후한 왕조는 멸망하고 새로 위나라 왕조가 탄생했으며, 조비는 문제(文帝)라고 칭했다.

탁월한 치정(治政)의 재능

제위에 오른 후에 조비가 실시한 것은 자기를 지지해 준 신하들에 대한 논공행상(論功行賞)과, 반대파에 대한 철저한 탄압이었다.

조식파의 중진(重鎭) 정의 형제의 일족이 몰살당한 것을 비롯하여 전에 조비에게 비판적인 의견을 말한 자나 후계자 경쟁에서 적 쪽에 섰다고 간주된 자는 모두 처벌되었다. 가열(苛烈)한 탄압은 육친에 대해서도 가차가 없었다. 차남 조창, 삼남 조식도 유형 무형의 압박 때문에 불우한 가운데 죽고 말았다.

후계자로서의 지위의 확립을 꾀하는 한편, 문제는 내정에도 힘을 썼다. 지나치게 냉혹할 정도로 이성적(理性的)인 조비는 채찍과 엿을 적당히 구분해서 썼던 것이다. 채찍이란 앞에서 말한 반대파에 대한 준엄한 탄압이고, 엿이란 자기 파의 우대와 대사(大赦)였다.

문제의 재위 기간(在位期間)은 불과 6년밖에 안 되지만, 사회적으로는 안정과 번영의 시대였다. 아버지 조조 정도로 스케일이 크지는 않았지만, 조비는 정치가로서는 견실한 타입이며, 많은 치정(治政)의 실적을 올렸다. 원정에 의한 군사비 지출도 비교적 적었으며 사회적으로도 안정되었던 것은 조비의 견실한 경륜(經倫) 덕택이었다.

대외적으로는 조비, 즉 문제는 당면의 강적인 촉나라와는 될 수 있는 대로 일을 꾸미는 것을 피하고, 한편 보다 약한 오나라의 손권에게는 신하로 복종할 것을 강요했다. 그리고 때로는 소규모적인 군사 행동을 일으켜서 오나라를 혼내 주려고 했다.(이 작전은 실패했지만 결과적으로 오나라와 촉나라가 손을 잡는 것을 막는 역할을 했다.)

치정의 성공 이외에 조비는 문예 학문상에 큰 발자취를 남기고 있다. 중국 문학사에서 말하는 '삼조(三曹)'의 한 사람이라고 일컬어지는 조비는, 성격적으로는 냉정하고 가혹했지만 문학을 좋아한 점에서는 아버지 조조나 동생 조식에 뒤떨어지지 않았다.

귀재(鬼才) 조식이 정열적이고 인간의 슬픔을 다이내믹하게 노래하는 시부(詩賦)를 잘한데 대해서, 조비 쪽은 보다 이지적이고 정감(情感)을 속에 숨긴 문학 작품을 저술(著述)하고 있다.

그는 「전론(戰論)」을 비롯하여 백여 편에 이르는 평론과 시부를 남기고 있지만, 그중에서는 유한한 인생과 무한한 생명을 가지고 있는 문학 작품을 대비(對比)시킨, 다음 문장이 유명하다.

'생각컨대 문장은 경국(經國)의 대업이고 불후(不朽)의 성사(盛事)다. 연수(年壽)는 때가 있어 다하며, 영락(榮樂)은 그 몸에 그친다. 생명과 영화는 필지(必至)의 상기(常期)다. 아직 문

장이 끝이 없는 것에 미치지 못하다.'

문장을 쓰는 것을 나라를 다스리는 것과 동렬(同列)에 두고, 사람의 목숨은 다하는 일이 있어도 문학은 불후한 것이라고 말하는 조비의 이 주장은 어느 시대에도 통용되는 정론(正論) 일 것이다.

이와 같이 문예나 학문을 잘 이해한 조비는 학문을 장려하고 재능이 있는 문인과 유학자(儒學者)를 모아서 후하게 대우하여 많은 업적을 올리게 하고 있다.

이 시기의 소위 건안 문단의 뒤를 받아 중국 문학사상에서 위진 문학(魏晉文學)이 하나의 금자탑을 만들어 낼 수가 있었던 것은 조비에게 힘입은 바가 크다. 그렇지만 조비는 위나라의 황초(黃初) 7년(A.D.226)에 조야(朝野)가 애석해 하는 가운데 40세의 젊은 나이로 죽었다.

죽음을 기록할 가치도 없는 2세 유선

촉나라의 2대 황제가 된 유선(劉禪)은 자가 공사(公嗣), 유명(幼名)은 아두(阿斗)였다. 건안 12년(A.D.207)에 유비와 감부인(甘夫人) 사이에 태어났다. 적자이면서 장남이었다. 유선이 탄생했을 무렵에 아버지인 유비는 아직 자기 영토를 가지고 있지 않았으며, 앞에서 말한 것처럼 형주의 군벌 유표의 객장(客將)으로 있었으며, 비육지탄(髀肉之嘆)을 세월을 보내고 있었다. 말하자면 실의(失意)의 시대였다. 그렇지만 처음으로 적남(嫡男)이 탄생한 데 대해 유비는 매우 기뻐했다. 유선은 부모의 총애를 한몸에 받고 성장했다.

그 후 천재적 군사 제갈량의 헌책(獻策)에 따라 유비는 사천 분지(四川盆地)로 진출하여 촉나라라는 새 나라를 만드는 데 성공했다. 소위 '천하삼분지계'의 구현이었다.

위나라의 건안 24년(A.D.219)에 아버지가 한중왕(漢中王)이 되었을 때, 유선은 13세의 젊은 나이로 왕태자가 되었다. 조비의 경우와 달라서 유선에게는 라이벌도 없었으며 후계자 싸움도 없었다.

황초(黃初) 3년에 유비는 오나라의 장군 여몽의 책모에 의해서 살해된 의제(義弟) 관우의 복수전을 위해 대군을 이끌고 오나라로 원정했다.

그렇지만 싸움은 이롭지 못해서 대패를 당하고 촉나라와 오나라의 국경에 가까운 백제성(白帝城)으로 도망쳐 돌아왔다.

패전의 쇼크도 곁들어져 유비는 거기서 중병에 걸렸으며, 마침내 이듬해 봄 영면(永眠)했다. 장례식이 끝난 다음 유선은 성도(成都)에서 제갈량 등 중신의 도움을 받아 자연스럽게 촉나라의 2대째 황제가 되었다. 그 때 17세였다.

이후 40년이란 긴 동안에 걸쳐서 유선은 제위(帝位)에 있게 되었다.

위나라, 오나라, 촉나라의 3국은 각기 독자적인 왕조를 만들었으며, 위나라는 5대, 오나라는 4대, 촉나라는 2대를 계속하였다. 다시 말해서 3국 합계하여 11명의 황제를 배출하고 있지만, 재위(在位) 40년에 이른 것은 유선뿐이었다.

이유는 그만큼 유선이 좋은 부하를 가지고 있었던가, 아니면 천연의 요새로 둘러싸인 촉나라가 난공불락이며 정정(政情)도 안정되어 있었던 까닭일 것이다.

그렇지만 역사상으로는, 유선은 삼국의 왕들 중에서는 가장 범용한 군주로 되어 있다. 예를 들면 위나라의 조비는 문제, 오나라의 손권은 소열제(昭烈帝)라는 식으로 다른 황제에게는 모두 경칭(敬稱)이 붙여져 있지만, 다만 유선에게는 없었다. 그는 다만 '후주(後主)'라고 불릴 뿐이었다. 후주라는 것은 2대째이며 마지막 주인이라는 뉘앙스가 있다.

경원(景元) 4년(A.D.263)에 성도는 위나라의 원정군 사령관 등애(鄧艾)의 공격을 받았다. 위군이 성으로 밀어닥쳐 온 것에 깜짝 놀란 후주(後主) 유선은 아들인 북지왕(北地王) 유심(劉諶)과 군신제장(君臣諸將)의 반대를 물리치고 스스로 몸을 묶어 성문을 열고 항복을 제의했다.

이리하여 촉나라 왕조는 멸망했으며, 유선은 멀리 위나라의 서울 낙양으로 신병이 옮겨졌다. 그를 겁쟁이라느니 수치를 모르는 사람이니 하고 비난하는 사람도 많다.

유선이 언제 어디서 죽었는가에 대해서 정사에는 기록이 일체 없다. 다시 말해 사망을 기록할 가치도 없는 인간이었다는 것일까.

가혹한 성격의 '명군'과 '우군(愚君)'

조비는 아버지를 닮아서 성격이 가혹했지만, 냉정하고 참을성이 있다는 점에서는 아버지 이상이었다. 태자가 될 때까지 그는 꾹 참고 지냈다. 그렇지만 한 번 권력의 자리에 오르자마자 타고난 냉혹성을 발휘했다. 정사 「삼국지」의 저자 진수는, 조비는 천하를 얻은 사람으로서는 기량(器量)이 작았다고 평하고 있다.

즉위한 지 얼마 후에 조비는 친동생이며 전의 라이벌이었던 조식에게 이렇게 명령했다.

"너는 전부터 시재(詩才)를 자랑하고 있었다. 지금부터 7보(步) 걷는 동안에 시를 한 수 지어라. 만약 짓지 못하면 죽음을 주겠다."

조식은 7보 걷자마자 시를 한 수 지었다.

콩을 삶아 국을 만들고

된장을 걸러서 국물로 한다.
콩깍지는 솥 밑에서 타고
콩은 솥 속에서 운다.
본시 뿌리는 같이하여 생겼는데
서로 볶는 것은 어째서 몹시도 급할까.

이것이 유명한 7보의 시다.(더 간단한 칠언절구(七言絕句)라는 설도 있다.)

조비의 비정함과 조식의 필사적인 항의를 잘 나타내고 있는 시다.

그렇지만 가혹하다는 결점을 제외하면 조비는 매우 견실하며, 정치가로서는 언제나 냉정함을 잃지 않는 좋은 점이 있었다. 부하의 간언에도 귀를 잘 기울였다.

어느 때인가 조비는 기주(冀州)의 주민을 하남으로 이주시키려고 했다. 마침 하남의 주민들은 흉작이었으므로 기근(飢饉)에 고생하고 있었기 때문에 중신들은 모두 이주 계획에 반대했다. 대신들이 문제에게 반대안을 건의했다. 성미가 과격한 문제는 맞대 놓고 반대를 하자 격노했다.

"닥쳐라, 군주의 생각에 일일이 반대를 한다는 것은 언어도단이다."

그는 노기를 숨기지 않고 홱 자리를 떴다. 이 때문에 회의는 중단되었다.

잠시 후에 문제는 다시 얼굴을 내밀고 회의를 다시 열었다. 신비(辛毗)를 비롯하여 중신들이 한 번 더 반대 이유를 간곡하게 설명하고 진정했더니, 본래의 냉정함을 되찾아 결국 당초의 절반만을 이주시키는 것으로 타협했다. 그 성격의 일면을 말해 주는 에피소드다.

중국어에서는 '아두(阿斗)'라는 말을 '우군(愚君)'의 대명사로서 쓴다. 이것은 범용한 2세라는 이미지가 유선의 인간상에 정착되어 버렸기 때문이다.

백제성에서 중태에 빠진 유비는 머리맡에 정승인 제갈량을 불러들여서 이렇게 말했다.

"만약 내 아들인 아두가 보좌할 가치가 있다면 아무쪼록 돌보아 제구실을 하게 해주기 바란다. 그렇지만 그 그릇이 아니라면 그대가 대신 제위에 오르기 바란다."

제갈량은 감격의 눈물에 목이 메면서,

"폐하, 무슨 말씀을 하십니까. 저는 태자 전하의 가장 믿는 신하로 되어 목숨과 바꿔서라도 지켜 나가겠습니다."

라고 대답했다.

이것도 「삼국지연의」에서는 유명한 대목이다. 자기 자식이지만 유선이 한 나라를 다스릴 그릇이 아니라는 것을 그 아버지 유비는 깨닫고 있었던 것 같다. 부모조차도 자기 자식이 범용하다고 생각했을 정도이므로, 세상 사람이나 역사가가 유선 아두를 바보 취급하는 것도 무리가 아니다.

나라를 망하게 하고 그 신병을 위나라에 구속당한 후에도, 적도(敵都) 낙양에서 사마소(司馬昭:사마중달의 차남)가 마련한 연회 석상에서 유선 혼자서 들떠 떠들어 대고 있었다. 이것에는 사마소도 어이가 없어서 측근에게 말했다.

"일찍이 유선은 멍청이란 말은 듣고 있었지만 이렇게까지 바보일 줄은 몰랐다. 이런 군주 밑에서는 가령 제갈량이 살아 있었다 하더라도 촉나라를 존속시킬 수가 없었을 것이다."

그러자 대신인 가충(賈充)이 이렇게 대답했다.

"옳은 말씀입니다. 그렇지만 유선이 이런 우군(愚君)이 아니었다면 아무리 뛰어난 전하라 하더라도 촉나라를 쉽사리 항복시키지는 못했을 것이라고 생각합니다."

또 어느 때 사마소가 유선에게 이렇게 물었다.

"당신의 고국 촉나라가 그리우시겠지요."

유선은 천연스러운 얼굴로

"아닙니다. 귀국에 와서 그런 대로 즐겁게 지내고 있습니다. 촉나라의 일이 생각나는 것은 없습니다."

이 이야기를 전해들은 옛 부하가 당장 찾아와서 말했다.

"다음에는 눈물을 흘리면서 이렇게 대답해 주십시오. '조상 대대의 묘소(墓所)가 멀리 촉나라에 있습니다. 그렇기 때문에 매일매일 서쪽 촉나라를 바라보며 고향을 그리워하는 생각에 사로잡혀 있단 말입니다.'라고."

후일에 사마소가 또 같은 말을 했다. 그러자 유선은 옛 부

하에게 배운 대로 대답했다. 사마소는,

"참, 그러고 보니 당신의 신하 중에서 언젠가 그것과 같은 말을 하는 사람이 있더군요."

깜짝 놀란 유선은,

"이거 송구스럽습니다. 사실은 그 사람으로부터 지금 말씀드린 것처럼 대답하는 것이 좋다고 배웠기 때문에……."

그 천진난만함에 시종(侍從)들은 무의식중에 쓴웃음을 지었다.

인간의 행복

이와 같이 유선이 멍청이었다는 것을 말해 주는 에피소드가 많지만, 아무리 유선이 범용하고 우매했다 하더라도, 뭔가 좋은 점이 없다면 40년 동안이나 제위(帝位)를 유지하는 것은 어려웠을 것이다. 바보처럼 보이더라도 유선에게는 부하가 모반(謀反)을 일으키려고 하는 생각을 잃게 하는 뭔가 따스한 매력이 있었는지도 모른다. 그렇지만 역사적인 자료상으로는 이것을 증명할 방법이 없다.

황제로서는 범용했을지도 모르지만, 한 사람의 인간으로서 유선은 남에게 원한을 사는 짓은 하지 않고 살았으며, 항상 자기 스타일대로 혼자 인생을 즐기고 있었다.

그는 전장에도 나가지 않았으며, 함부로 신하를 죽이지도 않았다. 칠칠치 못하다든가 수치를 모르는 사람이라고 비판받는 일은 있어도, 그는 지지 않으려고 기를 쓰지도 않고 뽐내지도 않으면서 만족스러운 생애를 보냈을 것이다.

요컨대 유선은 촉나라의 2대째 황제로서 태어났기 때문에 나쁜 것이지, 평범한 한 시정인(市井人)이었더라면 무난한 인생을 보낼 수 있었을 것이 틀림없다.

이에 대해 조비는 40년이라는 짧은 생애를 세차게 살았다.

조비의 생애는 꽃의 생명처럼 굉장하리만큼 아름다웠지만, 그렇지만 짧고 그리고 스트레스의 연속이었을 것이 틀림없다.

한편 유선의 긴 생애는 그야말로 취생몽사(醉生夢死)였다고 할 수 있을 것이다.

세차고 그리고 긍지(矜持)가 높고 짧은 생명을 보낸 조비와, 멍청이로서 무난하게 긴 생애를 마친 유선. 삼국 시대의 이들 두 사람의 후계자 중 어느 쪽의 생활 태도에 보다 높은 평가를 내리느냐 하는 것은, 사람과 시대 환경에 따라 다를 것이다.

그리고 어느 쪽이 인간으로서 행복했는가? 이것도 경솔하게 말할 수는 없는 일이다.

奇策(기책)에 빠진 小國(소국) 公孫氏(공손씨) 4대

대(大) 속에서 소(小)가 살아나간다는 것은 쉬운 일이 아니다. 위, 오, 촉 3국의 틈 사이를 누비면서 요동(遼東)의 패권을 잡은 공손씨도 역시 그랬었다. 한때는 천하를 노리고자 하는 마음가짐이었으나, 대를 거듭함에 따라 조락(凋落)되어 부득불 줄타기 외교를 하지 않을 수 없게 되어 갔다. 그리고 4대째, 연(淵)의 대에 이르러서는 연명하기 위해 잇달아 내놓은 기책(奇策)도 모두 어긋났으며, 마침내는 위나라의 맹공격을 받고 멸망했다.

공손탁(公孫度), 역경에서 일어나라

중국 본토에서 위, 오, 촉의 삼국이 중원에서 사슴을 쫓고 있을 무렵, 중국의 동북 지구에서부터 한반도에 걸쳐서 한나라가 있었다.

이 나라는 요동(遼東)의 공손씨(公孫氏)가 세운 것으로, 나중에 자립하여 연(燕)이라고 부르게 되는데, 3세(世) 4대로 멸망했다. 일개 지방 정권에 지나지 않았으며 중앙에서의 대세가 정해지기 시작했을 무렵에는 역사의 무대에서 물거품처럼 사라져 갔다.

그렇지만 이 지방 정권 — 요동의 공손씨는 치열한 패권 싸움이 한창인 중국과 한국 및 일본 사이에 개재(介在)하면서 나름대로 확실한 역할을 한 다음 멸망한 것이다.

공손씨의 영토는 만주에서부터 압록강 남쪽의 한반도에 이르고 있었다. 물론 한반도에 대한 지배는 간접 통치에 가까운 느슨한 것에 지나지 않았지만, 그 판도는 꽤 광대했었다. 만약 역사의 톱니 바퀴가 조금만 어긋났더라도 「삼국지」가 아닌 「사국지」로 되어 있었을지도 모른다.

요동의 공손씨에게 있어서 비극이었던 것은 너무나도 중국 본토의 중심부에서 멀리 떨어진 곳에 위치하고 있었다는 것이다. 정보가 부족한 가운데서 아무리 발버둥쳐봤자 패자(霸者)가 될 수밖에 없는 숙명 아래 있었다.

요동의 공손씨가 역사에서 차지한 역할은 말하자면 「삼국지」의 외전(外傳)에 해당된다. 위, 오, 촉의 삼국 사이에 틈만 있으면 비집고 들어가려고 하면서, 줄타기와 같은 외교를 전개하였으나, 결국은 스스로 무덤을 파고 자멸해 가게 된다. 주인공은 아니지만 역사의 진행에 있어서 시종 필요한 역을 맡았던 것이다. 역사는 때로 이와 같은 촉매(觸媒) 비슷한 존재를 필요로 한다. 그 촉매가 한 역할은 거의 평가되는 일이 없으며, 완성된 제품 — 결과로서의 역사만이 후세에 전해지게 된다.

공손씨는 요동 양양(襄陽) 출신이다. 초대인 공손탁(公孫度)의 아버지 연(延)은 '관리를 피해' 현토(玄菟)에 있었다고 하므로, 요동군에서 뭔가 좋지 않은 일을 저지르고 현토군으로 흘러온 것일 것이다.

이 무렵의 동북 지구에서부터 한반도에 걸쳐서는 한나라 왕조의 지배가 미치고는 있었지만, 변경 땅이기 때문에 상당히 어지러웠던 모양이다. 한나라 무제가 원봉(元封) 3년(B.C.108)에 유명한 4군을 설치했다. 낙랑(樂浪), 진번(眞蕃), 임둔(臨屯), 현토(玄菟)의 4군이다.

그중에서 진번과 임둔의 2군은 군으로서의 기능을 상실하고 있었다. 낙랑군은 현재의 평양 부근에 있었다. 또 현토군은 소제(昭帝)의 시원(始元) 5년(B.C.82)에 요동 방면으로 옮겨졌다. 요동군보다 약간 동쪽에 현토군이 있었던 것이다.

그 무렵에 현토의 태수(太守)는 공손역(公孫域)이라는 사람이었다. 공손탁이 아버지 대에 이곳으로 이주(移住)해 온 것은 이 사람을 의지하고 왔을 것이다. 같은 공손이라는 성을 가지고 있는 먼 일가였던 모양이다. 여하튼 공손탁은 처음에는 공손역 밑에 있었다. 현토군의 낮은 벼슬아치로 등용된 공손탁은, 그렇지만 먼 일가의 연줄로 손에 넣은 낮은 벼슬아치 자리에 안주할 인물이 아니었다.

마치 현토성에 있던 중랑장(中郎將)인 서영(徐榮)이라는 인물에게 접근하기 시작했다. 서영은 삼국지의 전사(前史)라고도 할 수 있는 시대에 권력을 잡고 있던 동탁의 부하였다. 이 무렵이 되면 한나라 왕조의 위령(威令)은 땅에 떨어진 상태여서 헌제(獻帝)를 안고 있는 동탁이 정치와 인사를 집행해도 아무도 시비를 걸지 못했다.

공손탁, 요동후 평주목을 칭하다

공손탁은 공손역으로부터 서영으로 후원처를 바꾸고 요동태수의 지위로 올라갔다. 동탁, 서영이라는 연줄을 이용했을 뿐만 아니라, 본인에게도 그만한 능력이 있었기 때문일 것이다.

아버지 대에는 쫓겨나다시피 떠난 요동으로 태수가 되어 복귀한 것이다. 아버지가 관리를 피해야만 했던 사정을 잘 알고 있는 사람도 적지 않았을 것이다. 그 위에 현토성의 낮은 벼슬아치였던 전력도 전해졌을 것이다. 요동군 안에는 불평 분자가 많이 있었다. 사람들은 신임 태수를 아무튼 가볍게 보았음이 틀림없었다.

공손탁은 부임하자마자 과감한 방법을 택했다.

'군 안의 명호대성(名豪大姓)의 불법을 안주(按誅)하여 백여가를 이멸(夷滅)했다'고 하므로 대숙청을 한 셈이었다. 그 때문에 군 전체가 순식간에 부들부들 떨었다고 한다.

이렇게 해서 영내의 지반을 다져 놓은 다음에 공손탁은 군사 외교 공세로 펴나갔다. 동쪽의 고구려를 치고, 서쪽으로 오환(烏桓)을 쳐서 그 종녀(宗女)를 부여족(夫餘族)에게 시집보내서 중립을 지키게 하는 등 갑자기 재능을 발휘했다.

초평 연간(初平年間)(A.D.190~193)에는 요동군의 영토가 확대되었기 때문에 요서(遼西), 중요의 2군을 분할하고 제멋대로 태수를 두게 되었다. 그 뒤에 황해를 건너가서 작전을 전개, 산동 반도 까지 손에 넣고 말았다.

한나라 왕조가 망해 가고 있어 군웅이 할거하는 중국 본토와는 상관없이 동북 지구에서는 공손탁이 제멋대로 행동하고 있었다. 공손탁을 요동의 공손 정권의 초대(初代)로 하는 이유가 여기에 있다.

사실 공손탁은 요동후 평주목(遼東候平州牧)을 자칭하고, 아버지 연에게 건의후(建義候)라는 이름을 추시(追諡)했으며, 한나라의 이조묘(二祖廟)를 세워 단선(壇禪:황제가 하늘에 제사지내는 곳)을 마련했다. 다시 말해서 황제가 되어 천하를 차지하겠다고 공언한 것이다.

조조가 깜짝 놀랐음에 틀림없다. 쇠퇴했다고는 하지만 명목상으로는 한나라 왕실이 존재하고 있었다. 촌놈이 제멋대로 지껄여대고 있구나 — 하고 생각했을 것이다. 그러나 조조는 노회(老獪)했다. 무위장군(武威將軍) 영녕후(永寧候)의 자리를 주어서 공손탁을 회유하려고 했다. 그러나 공손탁 쪽에서 조조의 봉작(封爵)을 일축했다. '나는 요동의 왕이다. 어찌 영녕후 따위를 받을 수 있으랴.'고 말하고 인수(印綬)를 무기고에 치워 버렸다고 하므로 그 기개를 엿볼 수 있다.

위, 오, 촉의 삼국이 정립하기 이전에 일개 지방 정군에 지나지 않던 공손씨가 이미 패자가 되려고 하는 결의를 품고 있었다는 점이 재미있다. 증작(贈爵)을 거부당하자 조조의 체면은 완전히 손상된 셈이지만, 그런 일로 토벌군을 보낼 만큼 조조는 단순한 인물이 아니었다.

이와 같이 요동의 공손씨가 자립하고 조조와의 사이에 애매한 관계를 유지하면서도 존재할 수 있었던 것은, 중원의 패권싸움에 바쁜 열강이 동북 지구 까지 손이 돌아가지 않았기 때문이다.

후한 건안 9년(A.D.204)에 공손탁은 죽고 아들인 강(康)이 뒤를 이었다. 공손씨와 조조의 관계는 대립도 아니고 동맹도 아니었지만 그 나름대로 안정되어 있었다.

건안 12년(A.D.207)에 조조는 오환을 정벌했다. 오환이라는 것은 요하(遼河) 상류에 살고 있던 동호(東胡)의 일파이며, '용건능리(勇健能理)한 사람을 뽑아 결투를 시켜서 이긴 사람을 대인(大人)으로 삼았다'고 할 정도이므로 활기 있는 기마민족이었음이 틀림없다. 이 때 오환의 후원자였던 원소의 아들 원상(袁尙)이 요동으로 망명해 왔다. 이 때 공손강은 원상을 베어 그 목을 조조에게 보냈다. 정면으로 당당히 조조를 적으로 삼을 생각은 없었던 것이다.

그 일로 진공 지대로 되어 있던 요동은 조조의 토벌을 받는 일도 없이 패권 싸움의 권외에 있게 되었던 것이다.

그렇다고 그 내부가 안정되어 있었던 것은 아니었다. 공손강의 뒤는 동생인 공손공이 잇게 되었지만 병약했었다. 강의 아들 연(淵)은 숙부가 되는 공을 체포하여 실력으로 자리를 뺏고 말았다.

이런 내분이 있으면 결속이 약해지고 집단의 힘이 감쇄(減殺)되고 마는 것은 어느 시대나 다름이 없다.

수세(守勢)가 초래한 조락

서기 220년은 후한이 멸망하는 해가 되었다. 전후 4백 년에 걸쳐서 중국에 군림했던 한제국은 이로써 소멸되었다. 삼국 정립 시대의 막이 열린 것이다.

조조는 이미 이 세상에 없고, 그 아들 조비(曹丕)가 위나라의 문제(文帝)로 대를 이었다. 그 이전부터 한나라 왕실은 명존실망(名存實亡)의 상태였으며, 조씨의 꼭두각시가 되어 있었으므로, 한나라의 영토를 모조리 상속한 셈이었다. 이에 비해 공손연의 요동 정권은 초대의 공손탁의 시대부터 영토는 조금도 늘지 않았다. 여전히 일개 지방 정권에 지나지 않았다. 공손탁이 천하를 재패하겠다고 공언하고부터 뒤의 3대는 무위하게 지내온 셈이 된다. 오로지 영토를 지키는 것에 급급했으므로 확대를 도모하는 일이 없었던 것이다.

그럴 때 천하 통일을 노리는 위나라 왕조가 성립되었던 것이다.

강대한 위나라와 대치해서 요동은 갑자기 병탄(倂呑)당할 위험에 놓여졌다. 일찍이 공손탁은 조조에 대해서 어디까지나 대등하게, 혹은 그 이상의 태도를 보였다. 그런데 대를 이은 공손강이 다른 열강과 동맹해서 조조의 배후를 찌르면 공손탁이 공언했던 대로 천하를 뺏는 것도 꿈은 아니었다. 그러나 공손강도 공손공도 수비로 돌아버렸다. 그리고 공손연의 시대가 되자 일개 지방 군벌에 지나지 않는 상태로 위나라의 위협에 직면하게 되었다.

공손연은 궁지에 몰린 상태에서 곡예사 같은 외교 공세로 연명해 나갔다. 연은 아득히 먼 남방의 오나라로 사자를 보냈던 것이다. 위나라의 위협을 받고, 고육지책(苦肉之策)으로서 외교의 정석 — 원교근공책(遠交近攻策)을 실행하려고 생각했던 것이다. 태화(太和) 2년(위나라 연호, A.D.228)의 일이었다.

그러나 이 해에 연은 위나라로부터 요동 태수로 봉해졌다. 조조의 봉작을 일축했던 조부 때의 기개는 이미 어디서도 찾아볼 수가 없었다. 한편으로는 위나라로부터 칭호를 받고, 다른 한편으로는 오나라와 동맹하자는 것이었다.

오나라에 보낸 상표문(上表文)에서 공손연은 말했다.

"위나라는 충선(忠善)을 채록(採錄)하고 공신의 뒤를 포상할 줄 모릅니다. 그렇기는커녕 유주 자사나 동래태수(東萊太守)의 그릇된 말을 신용하여 함부로 주병(州兵)을 일으켜서 신(臣)의 군을 해치려고 하고 있습니다. 신이 위나라를 의지하지 않았기 때문에 위나라는 국교를 단절했습니다. 인신(人臣)에는 거취(去就)의 분수라는 것이 있습니다. 전요(田饒)가 제(齊)로 가고 악의(樂毅)가 조(趙)로 달아난 고사(故事)에 신도 배우려고 생각합니다. 아무쪼록 폐하는 신의 모의(慕義)를 받아들여 빨리 대사업을 정하고, 나아가서 하락(河落)을 손에 넣어 성대(聖代)의 창시자가 되어 주십시오."

연의 상표문이 닿은 것은 오나라로서는 마침 좋은 시기였다. 위나라는 문제가 죽고 명제(明帝)의 치세(治世)로 되어 있었는데, 대규모적인 남진 작전을 계획중이었다. 촉나라에서 유명한 '읍참마속(泣斬馬謖)'의 고사(故事)가 있었던 것도 이 해였다. 오군은 남하해 온 위나라 조휴(曹休)의 대군을 석정(石亭)에서 격파했다.

오나라의 손권은 당장 요동과의 동맹을 결심하고 태화 3년에 장강(張剛), 관독(管篤)의 두 사람을 사자로 보냈다. 더욱 동맹을 강화하려고 생각하여 장군 주하(周賀), 교위(校尉) 배잠(裴潛)의 두 사람이 요동을 향했다.

위험한 줄타기 외교

오나라의 손권은 어디까지나 진심이었다. 전략상 남북으로부터 위나라를 공격하면 유리해지는 것은 확실하지만, 그러나 그는 요동의 힘을 과대 평가하고 있었다. 이 기대는 공손연에게 준 손권의 조서(詔書)로부터도 충분히 엿볼 수 있다.

"짐(朕)은 부덕하지만 하늘의 명령을 처음으로 받고 밤마다 긍긍(兢兢)해서 잠을 잘 틈도 없을 정도다. 지금 요동태수 연왕(燕王)이 있다. 오랫동안 위나라에 위협받아 한 쪽에 멀리 떨어져 있었다. 즉 나라 일에 마음이 있어도 그 방법이 없었다. 지금 천명에 의해 두 사자를 보낸다. 짐이 요동을 얻은 것은 어떤 기쁨도 이보다 더한 것은 없다. 천하 통일은 이에 정해진 거나 마찬가지다. 특히 요동에는 조은(詔恩)을 봉선(奉宣)하고 거국적으로 자세하게 이 기쁨을 알려주도록 명령하는 바이다."

오나라는 요동을 후원하려고 하고 있었다. 전국 시대 연(燕)나라의 고지(故地)이며 상당한 국력을 축적하고 있음에 틀림없다고 믿고 있었다.

그러나 공손연은 태도가 분명치 않았다. 양속 외교(兩屬外交)를 하려고 하여 서기 233년에는 위나라로부터 요동공(遼東公)으로 봉해졌다. 오히려 이것은 당연한 일일지도 모른다. 공손연이 위나라와 전쟁을 시작한 것도 아니기 때문이다. 위나라와의 관계는 악화된 것이 아니었다. 오나라와 동맹을 맺은 것은 오지(奧地)에 있는 촉나라는 별도로 하고, 위나라와 오나라의 어느 쪽이 이기더라도 어떻게든지 존립할 수 있도록 보험을 든거나 마찬가지다. 그런 판국에 오나라는 자국과의 동맹을 대대적으로 선전하고 싶다고 하는 것이었다. 공손연으로서는 난처하게 되었다.

그 때 오나라는 대규모의 사절(使節)을 보내고 있었다. 이번에는 단순한 사절이 아니었다. 대상(大常) 장미(張彌), 집금오(執金吾) 허안(許安), 장군 하달 등 3명의 정사(正使) 외에 장병 1만 명, 금보진화(金寶珍貨), 구석비물(九錫備物) 등이 오나라를 출발했다. 장병 1만 명은 실수(實數)는 아니겠지만, 여하튼 일대 군사 고문단을 파견해서 본격적으로 요동을 지원할 생각이었다. 이만큼 노골적으로 하는데 위나라가 모르고 넘어갈 리가 없었다.

오나라의 대선단은 무사히 요동에 도착하여 수도인 양평으로 인도되었다. 그렇지만 요동의 사정은 크게 바뀌고 있었다. 이 일을 위나라가 알게 되어 위나라로부터 배신 행위에 대한 문책을 당하고 공손연은 부들부들 떨고 있었던 것이다. 북중국 일대에 군림하고 있는 위나라와 정면으로 싸울 힘 같은 것이 공손연에게는 없기 때문이었다.

자멸을 재촉한 공손연의 기책(奇策)

여기서 공손연은 또 다시 기책을 썼다. 오나라 사신인 장미, 허안의 목을 베어 위나라로 보내고 말았다. 어처구니없는 일을 당한 것은 오나라 사람들이었다. 일부러 요동 까지 찾아왔는데, 이렇게 되고 보니 무엇을 하러 왔는지 알 수 없었다.

그렇지만 정사 2명을 모살(謀殺)했다고 해도 오나라 사람은 일대 집단이었다. 공손연이 전원을 학살할 수가 없었던 것은 오나라에 걸고 있던 보험에도 이유가 있다. 공손연은 오나라 사람들을 분리해서 여러 현에 유폐하고 중원의 귀추가 결정되는 것을 기다리기로 했다.

여기에 진단(秦旦) 허군(許群) 두덕(杜德) 황강(黃彊)의 4명의 중사(中使)가 있었다. 그들 4명은 현토군에 유치되었다. 현토군은 호수 2백, 태수는 왕찬(王贊)이었다. 옛날엔 무제 4군 중의 하나이지만, 삼국 시대가 되자 변경의 한촌(寒村)으로 영락(零落)되어 있었다. 4명은 여기에 감금되었는데 40일쯤 지나자 마침내 탈출을 결의했다.

그중의 한 사람인 진단은 말했다.

"우리는 나라의 명령을 욕보이고 지금 멀리 이 곳에 버려져 있다. 죽은 거나 마찬가지다. 이 현토군의 형세를 보니 매우 약하다. 만약 여기서 마음을 합해서 성곽을 태워 버리고, 태수 왕찬을 죽여 나라의 수치를 갚고 그런 다음에 죽으면 더 이상 미련을 남길 일은 없다. 헛되이 살아 남아서 죽을 때까지 포로로 되는 것과 어느 쪽을 택하겠는가?"

그래서 함께 행동하자고 결의를 다졌는데 불과 2백 호의 한촌이라고는 하지만 경비가 엄중했으며, 태수를 죽인다는 것은 성공할 것 같지도 않았다. 하는 수 없이 4명은 성벽을 타고 넘어서 몰래 탈주했다.

여기서부터의 과정이 재미있다. 포로 수용소를 테마로 한 전쟁 영화에 흔히 있는 패턴으로 되어 있어서 지루하지가 않다. 오나라 사람 일행은 산중으로 도망쳐 들어가 산나물을 캐 먹으면서 걸어가기를 6~7백 리, 이제는 추격대를 무서워할 필요는 없어졌지만, 다음 문제가 생겼다. 허군이 상처를 입어 앉은뱅이 걸음을 해서 함께 갈 수가 없게 되었다. 큰 일이었다. 전쟁 영화에서도 탈주할 때 총알을 맞은 동료가 거치적거리게 된다는 설정이 자주 나온다.

그래도 두덕이 허군을 돌보면서 여행을 계속했다. 그렇지만 험한 산길에 접어들어 더 이상은 전진할 수 없게 되었다. '일동은 풀 속에 누워서 서로 슬피 울었다'고 씌어 있다.

허군이 말했다.

▲최근의 대련(大連). 공씨 일족은 이 요동 반도 일대에 세력을 뻗치고 있었다.

“나는 괴롭지도 않지만 상처가 심하다. 멀지 않아 죽을 것이다. 당신들만이라도 빨리 가라. 바라건대 반드시 도달하는 곳이 있기를! 서로 돌보면서 가도록 하라. 골짜기에서 죽어봤자 무슨 소용이 있겠는가.”

이에 두덕이 대답했다.

“이역에서의 유리(流離) 동안에 우리는 삶을 함께 해왔다. 지금 당신을 버리고 갈 수는 없다.”

언제까지 의논하고 있어 보아도 끝이 없기 때문에, 상처입은 허군을 그 곳에 남기고 두덕이 먹을 것을 찾아와 보살펴 주기로 하고, 다른 2명 — 진단과 황강은 길을 계속 가기로 했다.

두 사람은 요동의 세력 범위를 탈출하여 동쪽으로 전진하는 동안에 인가가 있는 곳으로 나왔다. 무슨 목표가 있어서 탈출한 것도 아니었지만, 이상한 계기로 중립국 고구려에 도착한 것이었다. 그들은 환도성(丸都城)에서 궁왕(宮王)을 면회하게 되었다.

사정을 이야기하고 손권의 조서를 보여 주었더니, 고구려 측은 매우 호의적으로 대해 주고 수색대를 보내서 버려 두고 온 두 사람의 오나라 사자까지 구해 주었다. 다시 4명의 오나라 사자는 25명의 고구려 사자와 함께 담비 모피 1천 매와 산새 깃털 10구(具)를 선물받고 오나라로 돌아갔다.

기적적으로 살아 돌아온 진단 등 4명은 손권으로부터 후하게 대접받았다. 동아시아의 세력 분포는 뜻밖의 방향으로 발전하기 시작했다. 요동의 공손연에게 배반당한 오나라는 고구려와 통교(通交)하기에 이른 것이다.

오나라로부터 사굉(謝宏), 진순(陳恂)의 두 사자가 하사품을 가지고 고구려로 건너갔다. 이번에는 오나라도 조심을 했다. 궁왕과의 회견에 있어서는 실력을 행사하여 30여 명을 인질로 잡은 다음 교섭을 시작했다. 답례로서 고구려로부터는 100마리의 말을 선물했으며, 그중의 80마리가 오나라에 도착했다고 한다.

'배반자'의 운명

더욱더 궁지에 빠진 것은 공손연이었다. 일단 오나라 사자의 목을 낙양으로 보내서 위나라와 화해하기는 했으나, 이합배반(離合背叛)은 난세에 흔히 있는 일이었다. 위나라로서도 쉽사리 공손연을 신용해 주지는 않았다. 더구나 이번에는 오나라와 고구려에 의해서 배후를 위협당하게 되고 말았다.

오나라는 동맹할 상대를 구하고 있었다. 요동, 고구려와의 관계와 병행해서 손권은 황룡(黃龍) 2년(A.D.230)에 이주(夷州) 및 단주(亶州)를 찾기 위해 장군 위온(衛溫), 제갈직(諸葛

直)에게 무장 병사 1만 명을 주어 출범(出帆)시켰다.

이 무렵 공손연은 줄타기 외교의 결과 멸망할 지경에 빠져 있었다. 위나라로서도 공손연을 방치할 수가 없게 되었다. 언제 또 배반할지도 몰랐기 때문이다. 공손연의 성격은 위나라에서도 잘 알고 있었다. 엉뚱한 기책(奇策)을 생각해 낼 뿐이며, 좀처럼 실행에 옮기지 못하는 우유부단(優柔不斷)한 사나이였다. 책사(策士)로서는 쓸모가 있지만 일국의 왕이 될 만한 인물은 아니었다.

공손연이 자립한 것은 위나라의 경초(景初) 원년(A.D.237)의 일이었다. 위나라로부터 문책의 사자로서 파견된 유주 태수(幽州太守)인 무구검(毋丘儉)을 격퇴하고 스스로 연왕(燕王)이라고 자칭했던 것이다. 이미 오나라와의 교류에 있어서는 공손씨는 전국 시대의 연나라 이름을 자주 쓰고 있었다. 그러나 연왕으로서의 공손연의 지위는 1년도 계속되지 못했다.

공손씨는 그 이전에 몇 번이나 위나라와 싸울 기회가 있었다. 예를 들면 공손강의 시대라면 한나라 왕실을 둘러싼 불화에 참가할 수도 있었다. 또 오나라와 동맹하여 남북으로부터 협격(挾擊)을 했더라면 이길 가능성도 없는 것은 아니었다.

그러나 창업자인 공손탁 다음에 3대에 걸친 후계자는 자기 영토를 안전히 지키는 일에만 얽매여서 공세로 나가야 할 때에 결단을 내리려고 하지 않았다. 그리고 궁지에 몰려서 고립되었을 때가 되어서야 겨우 위나라와 대결하기로 결단을 내렸던 것이지만, 때는 이미 늦은 상태로 되어 있었다.

공손씨의 멸망

위나라는 공손연을 공격했다. 공손연은 위군이 출동했다는 말을 듣고 그렇게까지 지독하게 처사했던 오나라의 손권에게 구원을 요청했다. 손권은 '적의 적은 우리 편이다'라는 인식 때문인지 이 요청을 받아들이고, 원정군을 보내서 격려하는 동시에 친서를 주었다.

"사마의는 용병(用兵)의 달인(達人)이다. 천변만화(千變萬化)의 싸움을 벌여서 지는 것을 모른다. 아무쪼록 조심해서 싸우는 게 좋다."

그렇지만 강동의 오나라와 요동과는 너무나도 멀리 떨어져 있었다. 구원도 정신적 지원에 그쳤을 뿐이었다.

위나라는 대장군인 사마의(중달)을 파견했다. 「삼국지연의」에서는 죽은 공명에게 달아났다고 해서 어릿광대 취급을 받고 있는 사마의지만, 진나라 왕조의 시조가 되는 명장이었다.

경초(景初) 2년 6월에 사마의군은 요수 까지 공격해 왔다. 공손연은 대안(對岸)에 수만 명의 대군을 투입하여 견고한 방어선을 구축하고 침공을 막으려고 했다. 그러나 사마의군은 밤낮으로 끊임없이 공격하여 포위망을 좁혀 왔다.

갑자기 희게 빛나는 유성(流星)이 공손연군 가까이로 흘러 떨어졌다. 이것을 본 공손연군은 동요를 일으켰다. 겁을 먹은 공손연은 두 번에 걸쳐 항복을 제의했다.

그렇지만 사마의는 사자에게 차갑게 말했다.

"알겠느냐, 싸움에는 5가지 방법이 있다. 첫째 전력이 충분하다면 공격한다. 둘째, 전력이 불충분하다면 지킨다. 셋째, 지킬 전력도 없으면 도망친다. 나머지 2가지는 항복과 전사다. 그런데 너는 손을 묶지도 않고 뻔뻔스럽게 나왔다. 이미 전사를 각오하고 있는 것으로 보았다."

공손연군은 어이없이 궤멸하고 공손연은 참수(斬首)되었다.

이렇게 해서 요동의 공손씨 정권은 3세 4대로서 완전히 멸망했다. 역사의 촉매(觸媒)로서의 역할을 끝낸 것이다. 뒤이어서 정시(正始) 5년(A.D.244)에는 고구려의 환도성(丸都城)도 격파되었다. 위나라가 동방 정책의 중요성을 인식하기 시작한 것이었다. 그 영향은 한반도, 그리고 일본에도 크게 미쳤다.

濁世(탁세)에 등을 돌린 '竹林(죽림)의 七賢(칠현)'

삼국 시대도 말기에 이르자, 조조의 아들 조비가 일으킨 위나라 왕조는 그 중신 사마씨에 의해 '선양(禪讓)'이라는 이름 아래 왕권을 강탈당하게 되었다. 이 사건으로 대표되듯이 오랫동안의 항쟁에 의해 인심은 몹시 거칠어졌으며 문화 도덕은 퇴폐의 극에 달하고 위선이 횡행하고 있었다. 이런 시대에 있어서 세속으로부터 도피하여 청담(淸談)에 열중하는 사람이 잇따랐다. 그 대표적인 것이 죽림(竹林)의 칠현(七賢)이라고 불리는 일군의 사람들이다.

문화가 형해화(形骸化)하는 시대

'사람의 천성은 악(惡)이다. 선(善)한 것은 거짓이다'라고 순자(荀子)는 말했다. 인간의 타고난 성질은 악이다. 그 천성에 따른다면 사람은 그 식욕, 성욕, 소유욕, 그밖의 여러 가지 욕망의 충족에 광분(狂奔)하고, 마침내는 야수와 같은 증오와 투쟁을 전개하기에 이를 것이다. 그런 나쁜 천성을 갖춘 인간을 선으로 이끄는 것은 인위적인 문화라고 그는 말하는 것이다.

그것은 인간의 야만성을 교정하는 미적(美的) 교육, 혹은 인공을 가한 예술적 고안이라고 말해도 좋을지도 모른다.

두말할 것도 없이 문화란 하나의 틀이며 형식이며 지침이다. 사람은 그 문화에 비추어서 인식하고, 그 문화에 의거해서 판단하고, 그 문화에 따라 행동한다.

문화가 없으면 사람은 행동할 수가 없고, 상황을 파악할 수도 없고, 인식할 수도 없을 것이다. 문화의 기능은 이렇게도 중대하다.

그렇지만 또 '일음일양(一陰一陽) 이것을 도(道)라고 한다'고 「역(易)」의 '계사전(繫辭傳)'에서도 말하고 있다. 세계는 음과 양의 상호 작용, 상호 침투에 의해서 성립되고 있는 것이라고 한다면, 양이 다하면 음으로 돌아가고 음이 다하면 양으로 돌아가는 것은 거의 자명(自明)한 것이다.

문화의 난숙기(爛熟期) 혹은 시대가 바뀔 때 같은, 말하자면 추세의 극점(極点)에 달했을 때 문화는 문화로서의 기능을 상실하고 새 문화를 필요로 하게 된다.

예를 들면 그것은 14세기 말부터 16세기 초에 걸쳐서 일어난 르네상스를 상기하는 것만으로도 충분할 것이다. 문화가 형해화(形骸化)되어서 인간을 소외시키게 되는 것이다. 그런 문화의 하나로서 예컨대 3년의 상(喪)이 있다.

이것에 대해서 「논어(論語)」는 이런 이야기를 적고 있다.

어느 때 재아(宰我)가 공자에게 물었다.

"3년의 상은 만 1년으로 줄여도 충분하지 않겠습니까. 3년 동안이나 예(禮)를 실행하지 않으면 예는 붕괴되지 말 것입니다. 3년 동안이나 음악을 연주하지 않으면 음악은 붕괴되고 말 것입니다. 1년이 지나면 묵은 쌀은 다 먹고 새 쌀이 익을 것이며, 새로 불을 붙이기로 되어 있습니다. 그러므로 상(喪)은 끝맺기에 알맞는 만 1년으로 단축하는 것이 좋지 않겠습니까."

공자가 말했다.

"부모가 죽고 3년도 지나지 않았는데 새 쌀을 먹는다든가 새 비단옷을 입는다든가 해서 너는 태연하게 있을 수 있는가."

"태연합니다."

"태연할 수 있다면 그렇게 하는 것이 좋겠지. 대체로 교양이 있는 사람은 복상(服喪)하고 있는 동안은 맛있는 음식을 먹어도 맛이 있다고 생각하지 않으며, 음악을 들어도 즐겁다고 생각하지 않으며, 집에 있어도 안정되지 않는다. 그렇기 때문에 그런 일은 일체 하지 않는 것이다. 그렇지만 네가 태연하다고 한다면 그렇게 하면 좋을 것이다."

재아가 나가자, 공자는 말했다.

"재아는 애정이 없는 놈이구나. 아이라는 것은 태어나서 3년이 지나야 겨우 부모의 품에서 떨어지는 것이다. 그렇기 때문에 3년 동안 부모의 상에 복을 입는 것이며, 그것은 전세계 어디를 가도 공통되고 있는 일이다. 재아만 하더라도 부모로부터 3년의 사랑은 받았을 터인데."

복상 기간을 3년에서 1년으로 단축해야 하지 않느냐고 하는 매우 합리적인 제안을 공자가 쌀쌀하게 부정했듯이, 3년의 복상은 중국에 있어서는 공인된 예법이었다.

부모에게 효도하는 것을 최고의 도덕으로 삼는 대문화가 있다. 그 속에서 부모의 죽음을 만나면 사람은 어떻게 그 슬픔을 표현하면 좋은가. 그것에 대한 지침으로서 그 슬픔을 과부족없이 표현하기 위해 3년 동안 맛있는 것을 먹지 않고 오락에 참여하지 않고 무덤 옆의 오두막집에서 조용히 지낸다는 소문화가 창조되었다. 3년상을 입으면 충분히 애도의 뜻을 다한 것이라고 스스로도 안심하고 사회도 그렇게 인정해 주었던 것이다.

그렇지만 장기에 걸쳐서 무반성하게 답습되게 되면, 이 공인된 예법도 형해화되지 않을 수가 없다.

왕융(王戎)과 3년상

신화적 세계의 일이라고 하더라도 요(堯)가 순(舜)에게 제위(帝位)를 물려주고, 순이 우(禹)에게 제위를 물려준 것처럼 제위를 덕이 있는 사람에게 물려준다고 하는 정권 이동에 관한 하나의 문화가 일찍이 중국에서는 형성되어 있었다.

그렇지만 삼국 정립의 시대로 들어와서 조조의 아들인 조비는 이 선양(禪讓)이라는 형식을 빌어서 후한으로부터 정권을 강탈했던 것이다. 그 제위는 다시 사마씨에 의해서 같은 수법으로 강탈당하는 운명으로 되어 있었다.

촉한의 지장(知將) 제갈공명과 호각(互角)이라고는 말할 수 없더라도, 어쨌든 대패를 당하는 일 없이 싸워서 위나라를 지켜 온 사마의는 조비가 죽은 다음에는 위나라 왕조를 능가하는 실력을 갖게 되었다. 그리고 그 아들인 사마소(司馬昭)의 대가 되자 제멋대로 황제의 폐립(廢立)을 하고 마침내 선양이라는 형식으로 위나라로부터 정권의 위양을 받아 진(晉)나라 왕조를 세웠다.

내용은 강탈이면서도 형식은 선양이라고 하는, 이 내용과 형식의 괴리(乖離)로부터도 문화의 형해화를 역력히 알 수가 있을 것이다.

더구나 정권 교대기에 흔히 있는 일로서 가지 각색의 음모가 도처에서 소용돌이치고 있었으며, 문화인을 가장한 황제는 문화인들을 존경하는 척을 했지만, 만약 황제의 노여움을 사게 되는 날엔 그들을 죽이는 것을 전혀 주저하지 않았다. 이런 상황 속에서 이 세상을 도피하고 청담(淸談)에 열중하는 사람이 많아졌다.

그중에서도 중국의 시에 개인적인 심정을 토로하는 방법을 개척한 완적(阮籍), 그 시에 고원(高遠)한 사상성을 도입한 계강(계康), '젊을 때 향자기(向子期)의 사구부(思舊賦)를 읽고, 그 부(賦)가 불과 몇 줄밖에 되지 않으며 발단으로부터 금방 결말이 되는 것을 어째서일까 하고 이상하게 생각했다. 그러나 지금에 와서 그것을 알게 되었다'고 노신(魯迅)이 유석(柔石) 등의 죽음을 생각하면서 슬픔을 적었던 그 향수(向秀), 머슴에게 가래를 짊어지고 따라오게 하고, '죽으면 그 자리에 구덩이를 파서 묻으라'고 말하면서 '주덕송(酒德頌)'을 쓴 유령(劉伶), 그리고 산도(山濤), 완함(阮咸), 왕융(王戎)을 보탠 소위 죽림의 칠현이 유명하다.

그들의 고뇌에 가득 찬 반속적(反俗的)인 생활 태도는 시적(詩的) 정신의 구현인 동시에 위나라 진나라의 전형(典型)이라고 말할 수 있을지도 모른다.

다시 이야기를 복상 문제로 돌리자, 「세설신어(世說新語)」에 이런 이야기가 있다.

칠현의 한 사람인 왕융과 화교(和嶠)라는 인물은 거의 동시에 부모의 상을 당했는데, 두 사람 다 훌륭하게 부모의 상을 입었다고 칭찬을 받았다. 그렇지만 왕융은 부모를 잃은 슬픔으로 닭뼈처럼 말라 버린데 비해, 화교는 정해진 대로의 곡읍(哭泣)의 예를 해서 애도의 뜻을 표했던 것이다.

그런데 어떻게 혼동했는지 진나라의 무제(武帝)가 유의(劉毅)에게 말했다.

"경은 왕융과 화교를 잘 위문해 주었겠지. 화교는 정해진 예법 이상으로 슬퍼하고 있다기에 걱정하고 있는 것이다."

이 말에 유의가 대답했다.

"화교는 정해진 예법대로 상을 입고 있습니다만, 기력은 매우 충실해 있습니다. 그와는 반대로 왕융 쪽은 정해진 예법에서 벗어나 있습니다만 슬픔 때문에 뼈가 비쳐 보일 정도로 바싹 말랐습니다. 화교는 예법에 따라서 격식대로 슬퍼하는 생효(生孝)지만, 왕융은 예법을 초월해서 자기도 죽을지도 모르는 사효(死孝)라고 생각됩니다. 폐하는 화교의 일을 걱정하시기보다는 왕융의 일이야말로 걱정해 주셔야 할 것입니다."

데카당스로 전화(轉化)된 순수한 영혼

3년의 복상이라는 문화는 위나라에서 진나라로 부자연스럽게 권력이 이행(移行)한, 다소 살벌한 시대의 전환기에 있어서는 확실히 위선적인 방식으로 전화(轉化)되었음에 틀림없었다. 부모의 상을 입고 있으면서 기력이 충실하다는 화교는 아무리 보아도 부모의 죽음을 슬퍼하고 있다고는 생각되지 않는다.

그럼에도 불구하고 예법에 맞기만 하면 슬픔 자체는 뒤로 미루고 훌륭한 복상이라고 스스로도 안심하고 사회도 그렇게 인정한다. 말하자면 예(禮)의 형해화가 착실히 진행중이라는 것을 그것이 말해 주고 있다고 말할 수 있을 것이다. 복상이 면죄부(免罪符)가 되었던 것이다.

오로지 부모의 죽음을 슬퍼하려고 하는 순수한 정신에 대해서 그것은 분명한 부정이었다. 시인은 부정을 용서할 수가 없다. 시인은 그 부정에 한없이 초조함을 느낄 것이다.

그렇지만 시인은 그 부정을 당장에 시정시킬 수 있을 정도의 강자가 아니었기 때문에, 그 부정을 부정(否定)하고 그 부정을 용서하는 사회를 부정하고, 상식적인 가치 체계를 역전시키기 위해 스스로 병든 사람, 말하자면 데카당스로 변모할 수밖에 없었음이 틀림없다.

데카당스란 스스로 타락함으로써 타락한 문화를 비판하고, 문화의 신생(新生)을 희구하는 정신의 자율적인 운동에 지나지 않는다. 적어도 정신의 고귀성과 순수성을 지키기 위해 시인들은 위악(僞惡)의 가면을 썼다.

스스로의 악행배덕(惡行背德)에 의해서 위선(僞善)의 방패, 형해화된 문화를 파괴하려고 했던 것이다. 앞에서 인용한 사효(死孝)의 왕융은 정신적 품위를 지키기 위해 예법을 파괴한 예에 지나지 않지만, 같은 「세설신어」에서 몇 가지 데카당스의 에피소드를 들어 보기로 한다.

완적은 어머니를 장사지내는데 있어서 한 마리의 살찐 돼지를 삶고 술을 두 말쯤 마셨다. 그런 다음 어머니와의 이별에 임했는데, 단 한 마디 '끝장이다'라고 말하고는 소리를 높여서 울며 피를 토하고 얼마동안 맥빠진 것처럼 있었다.

그런 완적에게 친구인 배계가 조문하러 찾아왔다. 완적은 술이 취해서 머리를 흩뜨린 채 걸상에 앉아서 다리를 뻗고 곡읍(哭泣)의 예도 하지 않았다. 배계는 땅바닥에 멍석을 깔고 곡읍하고 조상하는 말을 한 후 금방 가버렸다.

"조문이라는 것은 주인이 곡읍의 예를 한 다음에 손님이 조문의 예를 하기로 되어 있습니다. 완적이 아무것도 하지 않는데 당신은 어째서 곡읍의 예를 하셨습니까."

하고 묻는 사람이 있었기 때문에 배계는 대답했다.

"완적은 세속을 초월한 사람이기 때문에 예 같은 것은 안중에 없습니다. 나는 세속 속의 인간이기 때문에 스스로 예의범절을 지키려고 했던 것입니다."

당시의 사람들은 이 이야기에 감탄했다.

그 완적은 어머니의 상중이었는데도 불구하고 진나라 문왕(文王)의 연회석에서 술을 마시고 고기를 먹었다. 사례교위인 하증(何曾)이 동석하고 있다가 말했다.

"상감께서는 지금 효행(孝行)을 천하를 다스리는 기본 원리로 삼고 계십니다. 그런데 완적은 부모의 상중이면서도 상감의 연회 석상에서 공공연하게 술을 마시고 고기를 먹고 있습니다. 아무쪼록 국외로 추방해서 풍교(風敎)를 바로잡으셔야 할 것입니다."

이에 대해 문왕은 꾸짖듯이,

"완적은 저렇게 여위어 있지 않느냐. 그런데도 네가 함께 슬퍼해 주지 못하다니 어떻게 된 일이냐. 더구나 상중이라도 병에 걸리면 술을 마시고 고기를 먹어도 좋다는 것은 본시 예에 맞는 일이기도 하단 말이다."

하고 말했다.

그런 동안에도 완적은 먹고 마시는 것을 그만두려고도 하지 않고 태연자약하고 있었다.

완적의 이웃집 부인은 미인이었다. 술집에서 술을 팔고 있었다. 완적과 왕융은 자주 그 부인에게 가서 술을 마셨다. 완적은 취하면 그대로 그 부인 옆에서 자버렸다. 처음에 그 여자의 남편은 아내와의 사이를 의심했으나, 주의해서 보고 있으니 완적에게는 전혀 다른 뜻이 없다는 것을 알았다.

완적의 에피소드를 하나 더 쓰기로 한다.

그의 형수가 친정에 가려고 했다. 형수와 시동생은 직접 말을 주고받지 않는 것이 당시의 예의로 되어 있었지만 완적은 형수를 만나서 이별의 인사를 주고받았다. 그것을 비난하는 사람이 있었지만 이것에 대해 완적은 말했다.

"예라는 것은 나 같은 사람을 위해 만들어진 것이 아니니다."

유령의 기개 '주덕송(酒德頌)'

섬세하고 열정적인 영혼은 위악의 가면을 쓰고 인간을 소외시키기만 하는 형해화된 예법을 비판하고 부정하려고 했다. 그렇지만 또 그 가면의 이면에는 속악(俗惡)한 사회에 대한 단호한 혐오와 모멸이 끊임없이 증식(增殖)되고 있었을 것이다. 그러므로 그것을 알게 되면 당장에 치열한 집중 공격을 받게 될 것이다.

사회의 복수라고도 할 수 있는 그 통렬한 반격을 회피하기 위해, 도회(韜晦)에 의해서 당시의 시인들은 그 단호한 혐오와 모멸을 은폐하지 않으면 안 되었다.

생살여탈(生殺與奪)의 권력을 쥐고 있는 제왕이나 유력자에 대해서는 특히 그랬었다. 예를 들면 앞에서 말한 「세설신어」

에는 이런 것이 적혀 있다.

"완적은 더할 나위 없이 조심성이 많은 사람이다. 그와 이야기하고 있으면 언제나 말하는 것에 심오(深奧)한 뜻이 있고 다른 사람의 인물 비평 같은 것은 하는 일이 없다."

하고 진나라의 문왕이 칭찬했다는 것이다.

또 이런 이야기도 있다.

"계강과 벌써 20년이나 교제하고 있지만, 그가 희노애락(喜怒哀樂)의 감정을 나타내는 것을 본 일이 없다."

고 왕융이 말했다는 것이다.

이 의식적인 사회와의 단절, 혹은 불감무각(不感無覺)이라고도 할 수 있는, 사회에 대한 차가운 무관심에 의해서, 시인들은 스스로를 무장하고 있었던 것이다.

다른 사람의 인물 비평을 하지 않는다든가 희노애락의 감정을 나타내지 않는다는 것은, 단순히 조심성이 있다고 하기보다는 남보다 갑절 느끼고 있을 슬픔이나 노여움, 혐오와 모멸, 그 밖의 여러 가지 격정을, 스스로의 의지에 의해서 훌륭하게 제어(制御)하고 무관심이라는 가면을 쓰고 무화(無化)시키는 것이었음이 틀림없다.

불감무각의 배후에는 스스로의 의사에 관한 한 긍지가 있었을 것이다. 그런 불감무각의 주장 위에 시인들은 술의 효용을 효과적으로 짜넣고 있었던 것이다.

유령은 숙취(宿醉)로 몹시 목이 말랐다. 그래서 부인에게 술을 가지고 와 달라고 부탁했다. 그러자 부인은 술을 버리고, 술그릇을 깨뜨리고, 눈물을 흘리면서 간절히 원했다.

"당신은 술을 너무 많이 마십니다. 섭생(攝生)의 길에서 벗어나 있습니다. 술을 끊어 주십시오."

"예, 잘 알았습니다. 그렇지만 나는 스스로는 끊을 수 없습니다. 하늘에 빌고 금주를 맹세합시다. 당장 제주(祭酒)와 고기를 차리도록 하십시오."

"알았습니다."

부인은 신전(神前)에 술과 고기를 차리고는, 기도를 하고 맹세를 하라고 재촉했다.

"하늘은 이 유령님을 이 세상에 낳고 술에 의해서 이름을 얻게 했다. 마시면 한 섬(石), 해장술에는 다섯 말(斗), 마누라의 말 같은 것은 함부로 들을 수가 없단 말이다."

유령은 무릎을 꿇고 기도를 한 후 그대로 술을 마시고 고기를 먹어 완전히 취해 버렸다.

이것도 「세설신어」에 나오는 이야기다. 다소 희화화(戲畫化)함으로써 풍자(諷刺)는 더 한층 날카로워졌지만, 술에 의해서 이름을 얻은 이 유령에게 '주덕송(酒德頌)'이라는 문장이 있다.

"대인(大人) 선생이라는 사람이 있었다. 천지를 일조(一朝)로 하고 만 년을 일순(一瞬)으로 하고, 일월(日月)을 창(窓)으로 하고, 세계가 끝나는 곳을 마당으로 하고 있었다. 어디에 가더라도 일정한 길이 없고, 어디에 있더라도 일정한 집이 없었다. 하늘을 지붕으로 삼고 땅을 좌석으로 삼고 마음이 내키는 대로 가고 싶은 곳에 갔다. 멈추면 술잔을 손에 들고, 가면 술통을 가지고 가서 오직 술만이 임무라고 생각하고 다른 일은 거들떠보지도 않았다.

귀공자와 전에 고위 고관에 있었던 사람이 선생의 평론을 듣고 그 까닭을 서로 논했다. 그러자 마구 자신이 솟아 두 사람은 의기양양하게 선생을 찾아가서 예법에 대해서 말하고 논봉(論鋒)도 날카롭게 논박해댔다.

선생은 술통을 안고 토기(土器)에 받아, 술잔으로 탁주를 마시고 수염을 비틀면서 다리를 뻗고, 누룩을 베개로 하고 술지개미를 요로 삼고 누워서, 아무것도 생각하는 것도 없이 도연(陶然)히 즐기고 있었다. 황홀하게 취하고 황홀하게 깨며 귀를 기울여도 천둥소리조차 들리지 않으며, 뚫어지게 보아도 태산의 모습조차 비치지 않는다. 더위와 추위가 살을 찌르는 것도 느끼지 않으며 이해득실(利害得失)에 마음을 움직이는 일도 없다.

문득 보니 만물이 교착(交錯)되어서 대하(大河)에 떠 있는 부평초와 같다. 두 사람은 옆에서 모시고 이것저것 시중을 들고 있었다."

'주덕송'은 '유령의 기개를 나타낸 것이다'라고 하지만, 불감무각과 마찬가지로 도회의 한 측면을 형성하고 있는 술의 공덕을 유령은 기리고 싶었을 것이다.

아마도 '당신의 사람들에게 있어서 술은 그 비판 정신을 굴절(屈折)된 형태로 표명하기 위한 알맞는 지주(支柱)였음에 틀림없다.

완적은 원래 제세(濟世)의 뜻을 가지고 있었으나 위나라와 진나라의 교대기에는 마구 사건이 많이 터져서 명사라는 말을 듣고 있는 사람이라도 몸을 완전히 보전하기가 힘들었다. 그 때문에 완적은 세상 일과 인연을 끊고 매일매일 술을 많이 마시게 되었다.

진나라의 문제는 처음에 그 아들인 무제를 위해 완적에게 혼인을 하자고 제의하려고 했다. 그러나 완적은 60일 동안이나 만취해 있어 말을 꺼낼 기회가 없었으므로 문제는 마침내 단념하고 말았다.

종회(鍾會)는 자주 시사 문제를 질문하여 그 회답 여하에 따라서는 벌을 주려고 시도했으나, 완적은 언제나 술에 취해 있어서 그를 함정에 빠뜨릴 수가 없었다.

「진서(晉書) 권 48」은 이렇게 적고 있다. '술은 도회를 위한 절호의 수단이었다.'

오로지 도회에……

그렇다고는 하지만, 물론 그저 술을 마시고 취해서 곤드레만드레가 되어 있으면 되는 것이 아니다. 진의(眞意)를 도회시키기 위해서는 의식적으로 스스로의 심정이나 행위를 통제하는 냉정한 계산과 임기응변의 대응이 필요했었다. 술은 불감무각의 또 하나의 측면이기도 했던 것이다.

위나라 조정에서는 사마소(司馬昭)를 공(公)으로 봉하고 구석(九錫)의 예(禮)를 준비했으나, 사마소는 고사(固辭)하고 받지 않았다.

공경(公卿)과 장교들은 사마소의 막부집 까지 찾아가서 정중하게 설득하였다. 사공(司空)인 정충(鄭沖)은 급히 사자를 보내서 완적에게 권진(勸進)의 문장을 쓸 것을 의뢰했다.

완적은 그 때 원준(袁準)의 집에 있었다. 숙취로 누워 있었으므로 부축해서 일으켜 주자, 거침없이 목찰(木札)에 적고 첨삭(添削)하는 일도 없이 그대로 다 써서 사자에게 주었다. 당시의 사람들은 신필(神筆)이라고 칭찬했다.

「세설신어」는 이렇게 적고 있지만, 이것이 '정충을 위해 진왕(晉王)을 권한 전(牋)'이다.

황제보다도 실권을 가지고 있던 사마소에게 정식으로 권력의 자리에 오를 것을 권진한 문장이었던 것이다. 권력을 경멸하고 권력을 부정하면서도, 시인들은 이런 형태로 권력에 가담하고 있었던 것이다. 그것이야말로 몸을 보전하는 것의 대상(代償)이었던 것이다.

"완적은 한나라 시인 사마상여(司馬相如)와 비교해서 어떨까요."

하고 왕공(王恭)이 물어 보자,

"완적은 가슴 속에 응어리가 있습니다. 그렇기 때문에 술을 마시고 그것을 씻어내고 있는 것입니다."

하고 왕침(王忱)이 대답했다고 「세설신어」는 쓰고 있다.

아무리 그 몸의 안전을 지키기 위한 대상이라고 하더라도, 마음에도 없이 권력에 가담함으로써 여러 가지 고민과 우수(憂愁)에서 생기는 가슴 속의 응어리는 비대해지기만 했을 것이다. 그들이 오로지 마신 술은 그런 가슴 속의 응어리를 씻어내는 쓴 술이기도 했던 것이다.

왕융은 구두쇠였다. 조카가 결혼할 때 홑옷을 한 벌 주었는데, 나중에 새삼스럽게 대금을 청구했다.

사도(司徒)인 왕융은 신분이 높고 더구나 살림이 유복했었다. 소유하는 집과 대지, 머슴, 목동, 논밭, 맷돌류는 낙양에 견줄 사람이 없을 정도였다. 증서 정리에 바빴으며, 언제나 부인과 촛불 밑에서 계산에 정신이 없었다.

이 왕융의 집에는 훌륭한 자두나무가 있었다. 언제나 그 열매를 팔고 있었는데 그 씨가 다른 사람의 손에 넘어 가는 것을 걱정하고 그 씨 속에 들어 있는 흰 알맹이에 구멍을 뚫는 것을 잊지 않았다.

「세설신어」는 이런 에피소드를 많이 적고 있지만, 그들은 예상 밖의 언동에 의해서 상대의 불의(不意)를 찌르고 그 한 순간의 동요를 틈타서 도회를 완성시키는 방법까지도 고안해 낸 것 같다.

기발한 언동에 의해서 상대를 현혹시켜 간신히 몸의 안전을 지키려고도 했다. 그것은 기지(機智)라고 부를 수 있는 것이었을 것이다.

왕융은 재산을 많이 늘리고 있었지만, 그대로 언제나 충분하지는 못한 것 같았다. 어떤 사람이 말했다.

"왕융은 일부러 그런 거동을 하여 도회하고 있는 것이다."

「진양(晉陽) 추(秋)」는 그렇게 적고 있다. 그렇지만 그런 도회의 조그만 계산 착오가 목숨과 관계되는 큰 실패의 원인이 되어 버리는 수도 있었던 것이다.

살얼음을 밟은 인생

종회(鍾會)는 사마사(司馬師), 사마소(司馬昭) 대장군 형제의 총애를 받고 있었다. 아직 계강과는 면식이 없었지만 그 명성을 듣고 만나러 갔다.

종회는 귀공자이며 그 뛰어난 재지(才智)에 의해서 몹시 총애를 받고 있었기 때문에 살진 말을 타고 고급 가죽옷을 입고 외출하곤 했다.

마침 그 때 계강은 큰 나무 밑에 다리를 뻗고 앉아서 대장간 일을 하고 있었다. 향수(向秀)가 조수를 맡아 풀무질을 하고 있었다.

계강은 망치를 치는 손을 멈추려고도 하지도 않고 방약무인(傍若無人)하게 행동했으며, 아무리 기다려도 한 마디도 인사를 하려고 하지 않았다. 종회가 일어나서 돌아가려고 하자, 계강이 말했다.

"무엇을 듣고 찾아왔느냐, 무엇을 보고 돌아가려고 하는 거냐?"

"들은 것을 듣고, 본 것을 보고 돌아가는 것이다."

종회는 그렇게 대답했지만 이 일에 대해 깊은 앙심을 품었다.

그 후 여안(呂安)의 사건에 관련해서 마침내 계강을 중상모략했다.

「세설신어」 및 「위씨춘추(魏氏春秋)」는 그렇게 적고 있

는데, 계강은 실수를 해서 남의 권세를 빌어 뽐내는 자인 종회의 원한을 사고 말았던 것이다.

필시 그것은 계강의 사소한 계산 착오였겠지만, 사태는 돌이킬 수가 없는 데 까지 가고 말았다.

▲남경의 성벽. 이 도시는 삼국 시대에 건업(建業)이라고 불렸으며, 오나라의 서울이었다.

계강은 여안과 사이가 좋았다. 여안의 형인 여손(呂遜)이, 여안의 아내인 서민(徐民)과 밀통했다. 여안은 여손을 고소하고 아내와 이혼하려고 작정하고 계강에게 의논했다.

계강은 생각을 돌리라고 설득했다. 그러나 여손 쪽이 불안해져서 반대로 여안이 어머니를 때렸다고 밀고하여, 변경땅으로 추방시켜야 한다고 상주(上奏)했다.

이것이 「진양 추」에 적혀 있는 여안의 사건이다. 계강은 친구 여안을 위해 그가 억울하다는 것을 주장하여 변호에 힘썼으나, 복수할 기회를 노리고 있던 종회는 두 사람을 매우 비방했다.

"옛날에 제(齊)나라에서 화사(華士)를 죽이고 노(魯)나라에서 소정묘(少正卯)를 죽인 것은, 그들이 재능을 믿고 군중을 현혹했으며, 군주를 무시하고 가르침을 어지럽혔기 때문입니다. 계강과 여안의 도배(徒輩)는 마찬가지로 제멋대로 지껄여서 성현의 가르침을 비방하고 도덕을 파괴하고 있습니다.

이것은 제왕된 자가 단연코 용서해서는 안 되는 일입니다. 아무쪼록 이들을 주살(誅殺)해서 풍속을 순량(淳良)하게 해야 합니다."

총애하는 종회의 말을 따라 문왕(완적이 권진문을 쓴 사마소다)은 두 사람을 죽이고 말았다.

죽음에 즈음하여 계강은 거문고를 요청하여 '광릉산(廣陵散)'을 탔다고 「진서(晉書) 권 49」는 적고 있지만, 불감무각의 가면 밑으로부터 살짝 보인 방심의 계산 착오가 계강을 무참한 죽음으로 이끌고 말았던 것이다.

그들이 만사를 제쳐놓고 지키려고 했던 것, 그것은 틀림없이 미(美)라고 부를 수 있는 것이었을 것이다. 마음씨가 착한 시인들은 가지각색의 도회와 슬픈 대상에 의해서 간신히 그 몸의 안전을 지키면서, 그 미라고 부를 수 있는 것을 지키는 일에 집념을 불태웠다.

그렇지만 바로 계강이 그러했듯이, 그것은 언제 떨어져도 이상할 것이 없는 위험한 줄타기에 지나지 않았었다.

완적은 연시 '영회(詠懷)'의 33번째에서 이렇게 노래하고 있다.

오늘도 또 밤이 왔다.
날이 새면 또 아침이 온다
얼굴 생김도 조금씩 달라지고
마음의 생기도 점점 쇠퇴한다.
가슴 속은 부글부글 끓고
여위는 정도도 심해진다
세상은 천변만화(千變萬化)
지혜를 짜내서 무엇하나
그렇지만 멍하고 있으면
바람에 생명이 날려 간다
살얼음을 밟는 일생이었다고는
아무도 모르는 일일 것이다.

▨ 편집자 주(註)

이 책은 삼국지를 3회 이상 읽었던 사람들이 읽고 난 느낌을 장소와 시간, 사람들을 바꿔가면서 인물 중심으로 발표한 내용을 모아 일목요연하게 정리한 것으로, 각자의 주장을 하나하나 기록해 오면서 가장 객관적이고, 예리하게 분석한 부분들을 발췌, 종합한 것이다.

경영처세학으로 본 인물 삼국지

초판 인쇄일 : 2022년 5월 20일
초판 발행일 : 2022년 5월 25일

평역 : 자유토론 편집부
발행인 : 김종윤
펴낸곳 : 주식회사 자유지성사
등록번호 : 제 2 - 1173호
등록일자 : 1991년 5월 18일

서울특별시 송파구 위례성대로 8길 58, 202호
전화 : 02) 333- 9535 | 팩스 : 02) 6280- 9535
E-mail : fibook@naver.com
ISBN : 978 - 89 - 7997 - 432 - 4 (03820)